莫格爾少校

／小說集

舞劍入道，心劍合一；
互為鏡像，反生錯位。
山燃水竭，歲月，人生，感悟。
七個故事，是七個夢境，也是七種真實。

—鄧海南・著—

目 錄

龍泉劍

龍泉劍靜靜躺在他雙掌之中。花梨木鞘淡淡施一層清漆，木紋如河波在匝住劍鞘的鏤花銅皮中隱隱流動。緩緩抽劍出鞘，抽動處遊出一條龍來，暗紅色的，淺淺鐫在劍面上，龍頭朝著劍柄，離吞口一寸之遙。翻過劍身，背面淺淺地鐫著一隻鳳，淡黃色的，和龍在同一位置上。將劍再抽出一些，劍鞘口裏又滑出七顆星，劍的兩面都鐫有北斗七星，一面暗紅，一面淡黃，和天上七星遙遙相對。把劍再抽出一些，一根劍脊，將劍面一分為二。一使勁將劍整個從鞘中拔出，劍便如同被赤條條地剝光了衣服，在陽光下光溜溜地，羞答答地閃光。現在他看清了這把劍的整個形狀，如一枚蒲葉，薄薄的，似乎一陣勁風吹來便會隨風彎倒，握在手中卻沉甸甸的。他小心翼翼伸出左手兩指捏住劍尖，把劍微微扳成一個弧形。據說上好的劍可以扳成一個圓圈而不折斷，彈開後依然筆直挺硬。但這劍不行，最多可以彎成一條拋物線，再扳怕要斷掉。劍面也單調沒有花紋，據說上好的劍上是應該有一些淬火淬出的花紋的，如果是很有規則排列的水波樣紋或羽毛樣紋，那就是一口名副其實的寶劍了，能削鐵如泥。手中這劍，雖然很漂亮，很精緻，不過是一把普普通通的劍，稱之為寶劍，是遠遠談不上的。當他將劍送入劍鞘，卻見劍把上分明刻著四個字：龍泉寶劍。

「這真是一把寶劍？」他帶點揶揄地問，把寶字說得格外重些。

「世上其實無所謂什麼寶劍不寶劍，全看劍在什麼人手裏。劍是通靈性的，得到了人的英氣，劣劍也會變成寶劍；在不識劍的人眼中，寶劍也不過是一根廢鐵。」那賣劍的漢子看著他說，目光竟有點深不可測。

他想起小時候讀《岳傳》，岳飛在市上看到有人賣劍，忍不住拿過來看看，只將劍拔出一寸，便連叫好劍好劍，自知買不起，把劍放回攤上，哪知賣劍的人卻叫住他說，難得有人識得此劍，這位既是知音，便把劍送與你吧。如今幾百年光陰如水，滄海桑田，這世界上還有那樣的寶劍那樣的賣劍者和那樣的得劍者嗎？面前這賣劍的漢子故作高深，不過是比較高明的生意經而已。

「這劍多少錢？」

「沒價，你看著給吧。」

他把身上帶著的錢全都掏給了那漢子，抱著劍回家了。忍不住想試試刃口，便用菜刀和劍互擊一下，菜刀的刃仍是一道筆直的細線，劍刃上卻有了一個小小的凹痕。寶劍？削鐵如泥？他不禁啞然失笑。反正他買劍不是為了殺人削鐵，只為了督促自己早起鍛鍊，有一把劍掛在床頭，也就提醒自己不要天天早上睡懶覺了。

於是開始了練劍。他曾練過數年拳腳，在這個基礎上沒有多大困難，只在於如何將劍舞得純熟而瀟灑。他找來幾本劍譜，先在家裏比比劃劃按圖索驥，把幾個套路都默記下來後，覺得不至羞於見人了，便每天早上起來去公園練劍。起初只是像完成一個程序般做著那些動作，不過練練筋骨，活動活動腰腿而已。不想卻漸漸入了佳境，只要提劍在手，便覺有一種神爽之氣從握劍的手流向全身，頓覺耳聰目明，腦清心靜。深吸一口氣再徐徐吐出，腰腿手腳都充滿了一種想動的欲望，於是身體如魚一般在空氣中游起來，那劍便隨著身體的騰挪閃展在四周翻飛，或輕或重或剛或柔；或徐或疾或沉或浮，全身心沉浸於舞動之中，每每將劍奮力刺出，都能體驗到一種快感。而當做那個難度極大的動作——跳起先刺出一劍，然後忽然凌空轉身收劍再向相反方向疾刺時——快感幾乎達到了高峰。他凝神聚力騰躍出劍，身體於飄然中猛的扭腰擺腿變身收劍於腰際，當身體如飛燕狀將劍似乎是緩緩其實是閃電般推出時，能明顯感到全身的力量是如何集中於腰部，再從腰部送入右肩，注入右臂、手腕，從掌心和五指流入劍柄，順著劍脊直貫劍尖。當力量被劍尖所阻無法再前進時，劍身便顫動如一條飛遊的蛇，顫動中似有一條蛇信子從劍尖吐出，同時發出一聲錚錚的鳴響，這一剎那，舞劍者便也進入了一種超然出世的狀態。當再次感覺到大地又升上來托住雙腳時，才從超然中回到常態，把剩下的動作繼續做下去。悉心體味著劍在手中的感覺，撩、抹、穿、挑，手腕的每一轉動，都使劍在空中畫出一道轉瞬即逝的優美弧線。他能明顯地感覺到空氣是如何被劍鋒劃破的，當劍運得緩慢時，如輕輕地裁開一幅錦緞；劍運得迅疾時，如乾脆地揮斷一束絲綢，發出一聲裂帛的輕響；並且能感覺到空氣是如何像波浪追逐船尾一樣追逐著劍身，在追逐中形成一個美麗的透明的漩渦。

他似乎和劍有緣，對劍術有著極高的悟性。並沒有經名家指點，自己就能把所有喜歡的套路都舞得得心應手。練得多了，便品出了劍中三味。各家劍法中千變萬化的各種動作雖然身體的勢態與形狀各異，但對手中的劍來說，無非只做著兩種運動，一是走直線，一是走曲線。直線為刺，是劍術中最基本然而也是最精到的動作，雖然只是簡單地將劍直推向前，但上下前後左右無處不可出擊，每一刺都要爆發迅疾，力貫劍尖，劍的威勢盡在於此。除了刺之外的所有動作，穿、崩、掄、掛、撩、抹、劈、擺，挽花雲劍，無不是在轉繞身體做著大大小小長長短短圓圓扁扁的弧形運動，劍的飄逸灑脫全由這些弧線顯出。直線的剛勁與曲線的柔和相間組合便成了劍術中的停頓與綿延，斷與連顯現出舞劍的節奏。整個一套動作中或直或曲，或連綿不絕或突然靜止，流暢的圓弧中不時射出根根直線，直線又巧妙地藏入翻轉的圓弧之中，這就構成了劍術的音韻與旋律。他從對劍術的悟性中發現世界上許多事情都與劍術有著相通的道理。有些東西看來複雜紛繁，其實吃透了竟非常簡單，如劍的運動一樣只有兩種方式，直線與弧線；而有些東西看起來極其簡單，只因有直與弧兩種因素就可以生出無窮變化。而且他發現凡是美的事物，必定有某種內在的韻律，他在舞劍時，這種韻律就在他身體中不停地流動，從一個關節流向另一個關節，從一塊肌肉流向另一塊肌肉，從血肉之軀流進鐵英鑄成的修長身體，又流回他的神經與血管。當韻律流動時，似乎劍也有了生命，成了他的手臂的一部分。他覺得他的神經末稍可以一直伸延到劍尖，劍在運動中產生的微微彎曲與震顫的感覺，都能迅速地傳遞到大腦。他對劍術中的音韻已嫻熟於心，可以不再循規蹈矩，能夠不著痕跡地從這一個套路中舞入另一個套路裏去，但他畢竟還是在演奏前人編排好的曲譜，他不滿足於此，如果說藝術有會、通、精、化四境的話，幾年對劍術的癡迷沉醉使他已走過了前三個境界。起初練劍，一個套路練不完就氣喘吁吁大汗淋漓；漸漸氣息越練越沉穩均勻，汗也越出越少，把個個套路練下來，也不過氣息稍喘，內衣微濕。但每次練完，劍都是濕漉漉的，甚至順著劍尖向下滴水。開始他感到奇怪，後來把這濕潤歸於空氣中的潮氣凝於劍上，便用一塊天鵝絨布每天將劍擦拭了再收於鞘中。他知道如果有朝一日練完劍後氣息不亂，微汗不出，那時他的劍術就臻於化境了。進入化境，就可以隨心所欲地用這三尺龍泉即興演奏自己的旋律了。

終於有一天，他抽劍出鞘時有一種異樣的感覺，似乎聽到了一聲隱隱約約的清純音響。把劍橫在眼前，迷朦的晨霧中看不出劍有什麼異樣。他把劍貼在左臂後面深吸一口氣做起勢時，那種異樣的感覺愈加強烈起來，當左手在優美的滑動中把劍交給右手，右手一握住劍柄，他就知道久已期盼的時刻到來了，右腳向前一步，便跨入了一種全新的境界，內心與外界完全協調，物與我渾然一體，此時他覺得世界上已沒有了他，只一把劍在風中翻飛舞動；又像是那把沒有人在舞的劍就是他自己；忽又覺得既沒有什麼他也沒有什麼劍，只有一股無形的氣在空間裏流動；又覺得地上的泥土花草，四周的樹木、山石、湖水，包括在樹葉間鳴叫的小鳥，整個的公園都是他，都在看著金黃的銀杏樹林中的那片空地上有一把劍像一個精靈般在飛舞，在嘶嘶的風聲中不時發出錚錚的鳴叫。他全然不知自己是在如何舞劍和做了哪些動作，只是聽其自然地劍隨身走身隨劍動，一種輕鬆舒展的快感彌漫了全身心，恍如在一個極美的夢中神遊。以前只有在舞到最興奮最得意忘形時的一瞬間才會有的稍縱即逝的超然狀態現在竟貫穿了整套動作，這套動作不是他過去練過的任何一路劍法，而是在心、身、劍三者處於極其默契極其空幻靈動時隨心任意揮寫出的詩篇和旋律。直到他覺得虎口微微一震，一聲響而脆的金屬碰擊聲將他從如夢如幻如癡如迷的境界中喚醒。

他是在晨光曦微中進入那種境界的，走出來時發現天已大亮。定睛一看，自己已舞到空場邊上那株千年古銀杏樹下，護著這棵銀杏樹的一圈鐵欄柵中的一根已被劍尖削斷，舉起劍來看，劍尖完好無損。他好驚訝，忽然想起那賣劍漢子高深莫測的目光，莫非這真是一把寶劍？再仔細一看，大驚失色，濕漉漉的劍身上，原來鑄在離吞口處一寸的那條龍竟已不在原處，而是到了劍尖，連龍頭都掉轉了方向，分明那是一條會遊動的活物。他懷疑自己的眼睛，用手一摸，指腹的感覺告訴他，那仍是一條鑄在劍面上的龍。他把劍翻過身來，見那隻鳳也離了原來的位置，在劍的中部翩翩起舞，鳳翅與鳳尾也與先前的狀態顯然不同，卻又分明是鑄在劍面上的。再看正反兩面的北斗七星也都斗轉星移，他想了一下天色未明前看見的大熊星座，就像此刻劍上的七星一樣斜斜地橫陳著。這真奇了！他用那塊天鵝絨布擦拭劍身，那水跡竟擦不去，原來劍而上不知何時滲出了非常美麗的水波樣花紋，極有規律地整齊排列著，隱隱發出迷人的暗光。他小心翼翼捏住劍尖把劍扳成一個環，一鬆手，錚地一聲，劍身彈得筆直挺硬。他把手伸進胸前，皮膚滑潤如絲，沒有汗，這才醒悟過來，練劍時應出的汗都從這劍身上流走了。汗漬便成了劍上的水紋。一切都只能說明，這是一把通靈性的寶劍，只是自己過去不識貨而已。一旦認識了寶劍，自己的劍術也已進入了化境。他揀起地上被削斷的那半截鐵欄柵，向空中一扔，待落下時用劍輕輕揮去，一聲脆響，鐵條又被裁為兩段，毫不含糊的削鐵如泥。察看劍刃，絲毫無損，只是上次被菜刀的刀刃碰出的凹痕仍在原處。

他大喜過望，興奮不已。舞劍的欲望如潮水湧動，舉劍又接著舞了下去，舞得隨心所欲，酣暢淋漓，直到盡了興放才收住。再看那劍，龍鳳七星又都回歸了原處，水波樣的花紋卻不再褪去，像股溪水在劍上淙淙流淌。

回到家裏，他又拿菜刀和劍鋒相對碰擊了一下，這次劍刃是一道筆直的細線，而菜刀卻如軟鐵皮一樣捲了口。

以後每次練劍，那龍鳳都會在劍上遊動飛走，七星也會轉動如天上北斗。待舞劍完畢，又都歸回原位。汗水照舊流過水波樣花紋。再以後，因為他練劍已練到了極至，不再那麼沉醉癡迷，興趣也就漸漸淡了，高興時早起仍然練上一陣，慵懶時便不願早起。結婚後因嬌妻貪戀暖被窩，他也養成了睡懶覺的習慣。緊接著妻子懷孕生子，他為妻子兒子忙碌不休，早起鍛鍊的念頭只好打消。寶劍成了掛在牆上的裝飾品，一閒便閒了三年。

三年後的一天早晨，他醒來後摸摸肚皮，發現原來硬挺挺成方成塊的腹肌變成了厚厚軟軟的一大片脂肪，忽然想到該恢復鍛鍊了，不然發胖的趨勢將一發而不可收，而且也不該辜負那把龍泉寶劍。於是不顧妻子的反對，穿衣起床，提劍上公園。仍走到那片銀杏樹環抱的空地，面南立在中心。但當他做完起式，忽然覺得頭腦中一片空曠，過去練得純熟而瀟灑的那些套路竟然忘得一乾二淨。那曾經有過的隨心所欲地即興起舞的超然境界也已一去不復返，好不容易記起一些互不連貫的動作，沒舞幾下已是一身大汗，劍上卻再也沒有半點潮氣。舉起劍來看，發現不對，那美麗的花紋水波早已乾涸得不見一絲印跡，劍上卻這裏那裏生了一些鏽斑。那龍不會再遊，鳳不會再舞，呈北斗七星狀排列的七星恐怕也不再會轉動斗柄了。他不願相信寶劍就這樣失去了靈氣，揮劍使勁向那圍住古銀杏樹的鐵欄柵砍去，一聲沉悶的金屬碰擊聲，他的虎口震得發麻，那鐵條並沒有斷開，不過被碰落了幾片鏽皮。他像生了大病一樣回到家裏，想想仍不服氣，又用菜刀和劍刃對著碰擊了一次，菜刀這次沒有捲口，劍刃上卻又多了一個凹痕。

他捧著劍沉思良久，然後從破布堆中找到了那塊過去拭劍用的天鵝絨布，使勁地試圖擦去劍上的鏽斑。

翡翠鑽石

翡翠老太太有一顆價值連城的鑽石。

這顆鑽石約摸有大公雞的雞心那麼大，到底有多重？從來沒戥過，少說也有百十克拉吧。老太太視為至寶，嚴密收藏，連家裏人也輕易見不到。只有在每年老爺子的忌日，才照例鄭重其事地捧出來瞻仰一翻。鑽石盛在一隻精緻的黑絲絨首飾盒裏，每次打開盒蓋，都讓人眼前猛地一亮，但見它安詳地半臥在呈波浪形褶皺的絲絨襯底上，幽幽地閃著清亮的光。與一般鑽石不同的是，這光芒並不寒冷刺目，而似乎是朦朦朧朧地帶著幾絲暖意，幾縷脈脈的溫情，這可是老爺子當年送給翡翠的愛情信物啊！

據老爺子說，這顆鑽石一共有一百五十七個面。到底有沒有這麼多，誰也沒數過，老太太不讓隨便碰它，怕弄髒了，只讓把首飾盒捧在手裏小心翼翼地觀賞。不過這一百五十七個面恐怕不會有假，手稍微一抖，光點便會在不同的面上閃爍個不停。它的任何一個面都能靈巧地把光線捕捉進去，然後通過其他一面五十六個面折射出來，晶瑩剔透，光彩紛呈。白天對著太陽看，那裏頭就像關著一顆光芒四射的小太陽；晚上湊著燭光瞄，又有一顆極小的星星在它的中心一明一暗地眨巴眼。每次瞻仰鑽石，全家人都讚歎不已——對老爺子留下的這塊稀世之寶，更對老爺子琢磨鑽石的那份卓絕超群的手藝。

翡翠是蘊玉齋翡翠大王鐵幫女兒，卻嫁給了街對面聚寶閣的後堂夥計老莫。老莫是專為聚寶閣的老闆加工寶石的能工巧匠，他切削琢磨鑽石的功夫是琉璃廠的一絕。

鐵幫在琉璃廠地面上是財大氣粗的主兒，按說珠寶翠玉都可以經營，都大有賺頭，可他偏偏愛翠成癖，一門心思只和翡翠打交道，也不知道這種原產於緬甸的綠色玉石是怎麼占了他的心，奪了他的魂的。對珍珠、珊瑚、瑪瑙、紅藍寶石以及其他玉石之類只是順帶經營著，從不上心。他尤其看不上那種從西洋舶來卻後來居上的玩藝兒——鑽石，鐵了心認定了那「白玻璃碴子」只是用來割玻璃的，上不了古玩和首飾行的大雅之堂。「翡翠是什麼？」他常對同行說，「那是用上好的碧螺春泡出來的茶，一汪綠水，濃淡皆宜，靈滑潤澤，看了就讓人心動！鑽石那玩藝又是什麼？」他一撇嘴，「那是直接從大水缸裏舀出來的白水，還點點滴滴撒得不成樣子，我最看不上那玩藝兒！」

他的店裏從來不進鑽石。

可斜對門的聚寶閣偏偏靠經營鑽石發了財。這發財一半是靠掌櫃的眼力勁兒和生意經，還有一半也是借重了老莫的手藝。

對聚寶閣靠這種不上路的玩藝兒發的財，鐵幫不願用正眼去瞧同時卻又耿耿於懷。更可惱的是他的閨女，鼎鼎大名的翡翠大王的女兒，名字就叫翡翠，偏偏也喜歡上了那種白水似的玩藝兒。不但如此，還喜歡上了那個在後堂裏點「水」成金的魔術師——老莫。

翡翠是在翡翠堆裏滾大的。那些被父親珍寶引為知己浸透了愛意的戒面、扳指、耳墜、手鐲，以及諸如此類的翡翠物件在她眼裏只不過是一些發綠的半透明又不透明的石頭而已。其他那些珍珠玉石也沒什麼稀罕之處。可是當她在對門街坊聚寶閣的櫃檯上看到了在自家店裏從來沒見到過的鑽石，一下子就被這種堅硬小巧玲瓏剔透的新鮮玩藝兒迷住了，她覺得其他種種珠寶在鑽石面前統統黯然失色！她聽說聚寶閣有一個琢磨鑽石的巧匠，就向掌櫃的提出想去看看這鑽石到底是怎麼琢磨出來的。聚寶閣的掌櫃一來不好駁翡翠大王千金的面子，二來反正鐵幫是鐵了心不會沾鑽石的邊，讓姑娘家看看也無妨，就答應了。翡翠隨掌櫃的走進後院那間加工鑽石的北房時，老莫正把一顆剛加工完的玉米粒大小的鑽石拈在食指與拇指間對著光出神地看著。也不知道是他的神態、面容、目光還是別的什麼一下子就打動了翡翠，反正從此後她便芳心有主了。

等鐵幫想起為女兒謀劃婚事時，翡翠直接了當地提出，她和老莫相好，要嫁人就得嫁給他。這時候當爹的才發現，原來閨女手指上已經悄悄地戴上了一枚鑽石戒指。翡翠大王氣昏了頭。老莫不但只是個夥計，而且還是他最瞧不上眼的聚寶閣的夥計，是吃他最看不上眼的「白水」飯的，而且是結過婚死了老婆的人，在老家還有個孩子。可是翡翠不管這些，鐵了心要嫁。鐵幫明白不能強逼她改心眼，女兒也有像他一樣的鐵脾氣，硬逼非鬧出人命來不可。但又咽不下這口氣去，只好一刀兩斷，隨她去嫁，從今往後再也不認這個女兒，原來為她準備好的翡翠珠寶等等陪嫁，一件也不給。鐵幫被女兒傷透了心；翡翠也鐵了心和家裏斷了，死心塌地跟了老莫。

翡翠大王覺得臉上無光，再加上時局動盪，不久就舉家遷去了臺灣，後來又去了美國。翡翠從珠寶商的女兒變成了首飾匠的妻子，從此和鐵家斷了聯繫。

洞房花燭之夜，老莫神態莊重地捧給翡翠一個漂亮的黑絲絨首飾盒。打開盒蓋，那顆碩大的鑽石一下子照花了她的眼。她驚訝老莫怎麼會擁有這麼大的一個寶物。是偷的？老莫的人品不能幹這號事；是掙的？雖說老莫成天和鑽石打交道，可畢竟是個夥計，不可能掙下這份財產。

「哪來的？」翡翠問，又欣喜又害怕。

老莫神秘地笑笑，說是一個主顧私下裏交給他加工的，後來主顧不巧死了，鑽石便沒主了。他躲著東家用晚上自己的時間悄悄地幹了近一年，琢磨成了，專為送給她的。「不過有一條，」老莫按住了她的手說，「這可是咱們倆的信物，只屬於你一個人，只能留在你身邊，不能送人，也不要拿出去讓外人瞧，無論什麼時候也不能換了當錢使，一句話，這是顆無價之寶，不能沾上銅臭味！」

翡翠全答應了。她從小在富貴裏長大，卻不是一個愛錢的人。

翡翠和老莫過了二十年平平淡淡卻恩恩愛愛的日子。她沒生孩子，給老莫的兒子當後媽。後來有一天老莫病重了，臨終前問翡翠：「我送你的那顆大鑽石呢？」

翡翠拿出來給他看。老莫美滋滋地瞧著說：「這是我這輩子最得意的手藝活，是件傑作，無價之寶，專為你做的，你好好留著它！」

翡翠問：「以後呢，傳人不？」

「不傳！」老莫說得乾巴脆，「你死的時候，帶走它。」

老莫又把兒子媳婦叫來囑咐：「你們要好好孝敬你媽，心盡到了，自有你們的福氣！」

老莫死後，兒子媳婦待翡翠很好，當親媽一樣。不知是因為忠於父親的遺訓還是惦記著那顆鑽石，也許兩者兼而有之。有一段歲月家裏的日子過得相當艱難，老莫留下的其他幾件小鑽石飾物，包括翡翠手上的戒指全都變賣了，唯獨這顆大鑽石安然無恙地保存了下來。

前些年鐵幫的小兒子回大陸來找到了姐姐，翡翠才知道父親已經仙逝了，不過一直活到了九十歲。弟弟告訴她，父親晚年心腸已經不那麼鐵了，常常惦記起留在大陸的這個女兒。他還帶回了幾件東西：一副全部呈高豔綠的翠扳指；一對巧奪天工的翠麻花手鐲；一隻翡翠戒指，戒面如一潭綠水；還有一塊成色極佳沒有加工過的翠料，這幾樣都是鐵幫生前的心愛之物，有的是賣出去後又花高價買回來收著的。翡翠大王臨終吩咐了，讓把這幾件稀世珍品交給翡翠，把這個名叫翡翠的女兒再認回來。

都說鐵家的人心鐵。鐵幫老爺子的鐵勁兒已經化成了繞指柔，可翡翠的鐵脾氣還沒轉過彎來。親她是認了，可父親指定要給她的那幾件翡翠東西硬是一件也不收。弟弟大為動容，道：「姐，這幾樣可都是價值連城的寶物啊！」

翡翠卻淡淡一笑：「不稀罕，我有鑽石呢！」

終於有一天，翡翠也病倒了，她知道自己燈快滅了。臨終前，她又拿出鑽石，看著那一個一個面裏折出來的光，回憶她和老莫的那些甜蜜的日子。她對這顆鑽石珍愛之至，從來都讓它靜靜地斜臥在黑絲絨的褶皺裏，輕易不去碰它。這最堅硬的東西竟受著最脆弱的東西一般的愛護。但這次，她情不自禁地用食指和拇指小心翼翼地拈起了它，輕輕放在了掌心裏，把它捧到嘴邊上吻了一下，鑽石的光芒清涼甘甜地刺上了她的舌尖。她恍惚了一下，默默地冥想了一會兒，隨後便陶醉地笑了。她想起老莫叫她帶走它的話，但看著鑽石的美麗，終於不忍。

翡翠死了。鑽石留了下來。兒子媳婦自然對它珍愛有加，當做傳家寶安放在絲絨盒中，並沒有拿出來換錢。但家中放著這麼一顆貴重之物，生怕某一天被盜走了，心中總些戰戰兢兢。

忽有一天，鑽石不見了。兒子媳婦大為驚慌，正要去報案，卻見小孫女手裏拿著那個首飾盒在玩，連忙奪過來一看，空了！急問：「這裏面的鑽石呢？你弄到哪兒去啦！」

小孫女嚇白了臉：「我……吃了。」

「吃了！那得趕緊上醫院啊，那麼尖那麼硬的一塊東西，可別把腸子割破了！」

鑽石要緊，孩子的小命更要緊。

在背著去醫院的路上，小孫女趴在大人耳朵邊悄悄地問：「太奶奶的鑽石怎麼是甜的？」

「胡說八道，鑽石怎麼會甜？」

「真的是甜的，像冰糖。」

「你是怎麼吃下去的？吞下肚的？沒紮疼嗓子眼？」

「沒吞，含在嘴裏，它就化了。」

到醫院透視的結果，孩子體內完全沒有什麼異物，看來確實是融化在她的身體裏、血液中了。

「這怎麼可能呢？那麼大的一顆鑽石，那麼多年了，價值連城……就這麼……化了？」媳婦怎麼想心裏也接受不了。

兒子倒很超然，「別老尋思啦，世上有些事兒大概就是這樣，可以說價值連城，也可以說一文不名；供著是個稀罕的寶物，可孩子含在嘴裏化了也就化了。不過，爹的這份手藝，娘的這份情意，可真是……」

陰差陽錯

葉子林和林子葉是一對孿生兄弟。他們由同一粒卵子和兩條可以說沒有任何區別的精子發育而成。從小吃同樣的飯長大，睡同一張床長高，在同一個學校的同一個班級的同一張課桌上受同一種教育。按照同一張智力測驗表的測試，智商都是一百二十五分。而且兩個人對表中每一道題的回答都完全相同。所以在學校時門門功課都一樣，而且每次考試都是同時交卷。至於相貌，當然也一模一樣，誰臉上也不少一個點，誰臉上也不多一個痣。兩個人從上到下從內到外唯一的區別是：葉子林的心臟和正常人一樣在左邊，而林子葉的心臟和正常人不一樣，在右邊。當然體內其他臟器的位置也都隨心臟做了相應的調整。可是這從互為鏡像的角度來看，又不能算什麼區別。同學們要區分他們，只能跟據喊葉子林或林子葉時，是兩個人中的哪一個做出反應，可是往往喊出一個名字兩個人都會抬起頭來，因為他們經常被別人當成對方。這時候就只能由他們兄弟倆說，我是葉子林，於是他就是葉子林；我是林子葉，於是他就是林子葉。事實上很難說他們誰是哥哥誰是弟弟，因為即使是父母也難免把他們搞顛倒了，而且這兩個人可以說實在沒有什麼差別，於是大家就乾脆不去區分他們。有的同學甚至用葉子林子葉或林子葉子林這樣一個共同的名字來稱呼他們倆。世界上沒有兩片葉子是相同的嗎？認識他們兄弟的人都會懷疑這句格言的正確性。既然他們倆如此相象，便也樂於形影不離地作為一個兩位一體的人共同生活在這個世界上。想一樣的事，說一樣的話，對各種事物自然也有同樣的感覺，抱著同樣的態度。唯一的不便是他們其中一個想上廁所時，另一個同時也有了便感。這在外面時並沒有什麼麻煩，一同去上公共廁所就是了。在家裏一般也沒什麼麻煩，兩個人你先我先地謙讓一番，然後一個人暫時忍耐一下，另一個儘量快地用完廁所。只是當兩個人都拉肚子時（他們要麼都不生病，要麼就同時生同樣的病，不同步生病這情況是沒有的）。才會遇到一些麻煩。好在他們難得拉肚子，所以也就算不得什麼麻煩。

但真正的麻煩終於來了，高中畢業時，他們同時開始了初戀。因為他們的思維、意識、氣質、性格、機遇等等等等都是一樣的，自然愛上的是同一位姑娘。也因為他們從內在的氣質到外在的品貌都毫無二致，那姑娘自然也同時愛上了他們倆。更確切的說，姑娘是愛上了同一個人，可問題是這同一個人同時又是兩個人，一個叫葉子林，一個叫林子葉。從姑娘的心意來講，她愛葉子林的同時不能不愛林子葉；可是她必須服從社會習慣，她要愛林子葉的同時就不能愛葉子林。她如果也有一個和她一模一樣的孿生姐姐或妹妹，這個問題不但很好解決而且可以說是天作之合。可問題是她沒有，於是這樣的問題就成了一個無法解決的難題。經過一番痛苦的抉擇，姑娘收回了自己的愛情。既然不能分給兩個人，那就只好一個也不給。有了這次傷心的經歷，葉子林和林子葉終於認識到，他們再也不能這樣合二而一地生活下去了。應該一分為二，各自去尋找只屬於自己的愛情，追求不同的事業並從此開始擁有名副其實的個人生活。

於是他們放棄了同樣的裝束。一個西裝西褲革履，另一個夾克衫牛仔褲旅遊鞋；一個癡迷於圍棋熱，另一個沉醉於打網球；一個熱衷於當京劇迷，另一個忘情於迪斯可；一個把頭理成了青年式，另一個把頭髮燙成了彈簧捲；一個用電動剃鬚刀每天早晚兩次掃蕩嘴唇上下；另一個精心留起小鬍子。漸漸地一個變得沉著，一個變得活潑；一個顯得穩健，一個顯得灑脫。高考填志願時，葉子林填了理科而林子葉填了文科，結果以同樣的考分分別被兩所大學錄取。終於裂變成了兩個獨立的人，結束了如雙子星座般互相環繞著的生活。但兩個人儘管分開了，並都在努力使自己變得和對方不一樣，可是同在母腹中懷胎十月所建立起來的一種特殊聯繫，卻總也改變不了。當葉子林生病時，林子葉也會感到不舒服；而當林子葉深夜為了寫一首詩靈感大發時，遠在異地的葉子林肯定會莫名其妙地失眠。如果有一個不受空間限制可以同時觀察他們兄弟倆的人，他必定會發現，當葉子林無意中哼著藍色的多瑙河的同時，林子葉正好隨口唱出：春天來了……兄弟兩個人都酷愛音樂，雖然分處兩地，卻總是在同樣的時間哼唱出同樣的旋律來，就像是從一個答錄機裏接出來的兩個音箱。

他們大學畢業了，他們各自成了家。兩人的妻子都很漂亮，只是一個溫柔似水，一個熱情如火。兩兄弟的小家相隔不遠。葉子林家住在南京路南邊的物理研究所宿舍，林子葉家住在北京路北邊的文學研究所宿舍。南京路和北京路南北直線距離只有一里路。但要從葉子林家到林子葉家，或從林子葉家到葉子林家一里路卻走不到，因為從物理研究所宿舍到文學研究所宿舍之間沒有直路可通。必須先從南京路或北京路上向西走半里，沿著連接南京路和北京路的天津路走一里，再向東走走回半里路。或從北京路或南京路先向東走半里，再沿著縱貫北京路和南京路的上海路走一里，再向西走回半里。這四條路恰好形成一個井字，葉子林的家在井字下面一橫的下面，林子葉的家在井字上面一橫的上面。無論從天津路走，或者從上海路走，距離都是兩里路。所以從此家到彼家或從彼家到此家就有了兩種選擇，走天津路，或者走上海路。

前面說過，這兄弟倆都酷愛音樂。大概音樂細胞可以遺傳，他們幾乎是同時生下了一個男孩一個女孩後，發現這兩個孩子可能在音樂上有著極高的天分，每當哭鬧時，只要一打開收音機放出音樂，便會偃啼停吵，大睜著兩隻烏黑的眼睛出神地諦聽。剛呀呀學語就能搖著小手哼出聽熟了的旋律。有天分就得培養，培養音樂天才就需要鋼琴。於是這兩對夫妻就像現時許多年輕夫妻一樣，一心要給孩子買鋼琴。可是物價和鋼琴的身價都在不約而同地看漲，等他們各自攢夠當初可以買一架鋼琴的錢，卻發現只夠買半架了。於是兄弟倆不約而同地想到了兩家合買一架鋼琴，兩個孩子共用。但鋼琴太搶手了，絕非想買馬上就能買到。於是兄弟倆又各自出去託熟人找關係。某一天這件事情終於有了眉目，林子葉找的熟人告訴他說，某商店裏此時正好有一架鋼琴，這鋼琴原是一對夫婦為他們的寶貝兒子訂的貨，不幸的是，這對夫婦正準備拿錢去提貨，他們家的陽臺因建築質量太差而突然塌落，站在陽臺上的兒子當場殞命。再買鋼琴自然就毫無意義了。但得到這個消息的人不是一個，誰能搶先到商店裏交款，誰就能擁有這架鋼琴。現在當務之急是要快，搶在其他像買鋼琴的人前面。琴是珠江牌的，很好，價錢是三千六。林子葉大為興奮，說，太好了。我手頭有一千八，我哥哥葉子林那裏還有一千八，我馬上到他那裏拿了錢去付款。

與此同時，葉子林託的朋友也告訴他一個消息：這位朋友的舅舅是某商店的主任，手中正好有一架還沒賣出的鋼琴，這位當主任的舅舅答應了把這架琴賣給外甥的朋友。但問題是這位當舅舅的主任並不只有一個外甥，另一個外甥也要求舅舅把琴賣給他的朋友，本著一視同仁的態度，舅舅也同時答應了他。現在關鍵的關鍵是在這場鋼琴競爭中哪一個外甥的朋友能夠先把錢交到他舅舅的商店裏買下這架鋼琴的所有權。葉子林大為高興，說，棒極了，我家裏有一千八，我弟弟林子葉手上還有一千八，我馬上到他家拿了款去交錢。

如果這是從星期一到星期六中的任何一天，這件事絕不會發生我馬上就要寫到的這麼多麻煩，他們哥倆只消往對方單位裏打個電話，約定誰到誰家裏去取錢，或兄弟倆各自帶了錢一同去商店，這件事就完了。但這一天偏偏是個星期天，而且哥兒倆的家裏都沒有私人電話。葉子林家附近雖有傳呼電話，但林子葉家住的宿舍剛蓋好不久還沒有安裝電話可供傳呼。於是這兄弟倆就只好走到對方家去。

林子葉到了葉子林的家，哥哥不在，一問，柔情似水的嫂子說，子林到你家去找你了，沒想到你倒來了。林子葉說，我是來拿錢去買鋼琴的，他不在，我就先拿了錢去付款，免得琴被別人買走了。哎呀，嫂子說，他帶了錢到你家去了，也是為了買鋼琴。林子葉說，那好，我趕快回去找他。

葉子林到了林子葉家，見弟弟不在，熱情如火的弟媳說，怎麼你來啦，子葉剛到你家去找你，路上沒碰到？葉子林說，我來是為了買鋼琴的事，得趕緊拿了錢去付款。弟媳說，他剛帶了那一千八百塊錢到你家去，說是再拿了你們那一千八一起去交錢，也是為了買鋼琴。葉子林說，真有意思，我得趕快回去找他。

林子葉急急趕回家，一看哥哥又不在，熱情如火的妻子說，怎麼哥哥剛走，你就回來了，不會在他家等一等？真笨！

葉子林匆匆回到家裏，一看到弟弟已經回去了。柔情似水的夫人說，子葉急著回家找你，你要在他家裏等一會就好了。

於是哥兒倆都以逸待勞，坐在家裏等對方再上門來。半個小時過去了，雙方都沒有等到對方。

林子葉首先等不住了，他想，我在家裏等他，說不定他也在家裏等我，兩個人這樣等下去，什麼時候才能碰頭？不行，我還是得到他家去。正要出門，妻子說，如果你走了，哥哥又來了怎麼辦？林子葉想了一下說，如果哥哥來了，就讓他在這兒等我，我到他家他如果不在我馬上回來。

葉子林也等不住了，他想，我這樣守株待兔，兔子不來怎麼辦？我還得去他家找他。剛走出門，又想起了一件事，回身對夫人說，如果弟弟又來了，你讓他不要再走了，我到他家找不到他立刻就回來。

葉子林剛走不久，林子葉就到了。嫂子，哥哥怎麼又走啦，真見了鬼了！這不是在跟我打游擊嗎？柔情似水的嫂子說，你別急，他說他去找不到你立刻就回來。

葉子林到了林子葉家，熱情如火的弟媳說，真糟糕，你們哥倆怎麼捉起迷藏來了，他剛走你倒又來了。不過不要緊，他找不到你馬上就會回來的，他讓你就在這兒等他。

這下葉子林和林子葉都犯了難，走也不是，留也不是，進退維谷。他們耐著性子在對方家又等了半個多小時，不見人來。於是林子葉想，我不能在這兒傻等了，既然妻子告訴哥哥在家等我，他肯定會等的，我趕回去，正好碰上他。而葉子林想，子葉這時候不來，說明一定在家裏等我，我如果老老實實咋這裏等他，鋼琴早被別人買走了。於是差不多同時，他們都下決心走出了對方的家門。

林子葉走到南京路上，正要按習慣向上海路走去，忽然想到，我們來回了兩次都沒能在路上碰到，肯定是因為我習慣走上海路，而他習慣走天津路，這次我改變一下習慣走天津路，即使他回家，我也能在路上碰到他。

葉子林走到北京路上，正要向走慣了的天津路走去，忽然也想到，為什麼我們來回兩次都沒能在路上相遇呢？肯定是他總是走上海路，而我總是走天津路。這次我反其道而行之，不走天津路走上海路，即使他等不住了，我們也能夠在路上相遇。

於是他們一個從上海路回家，一個從天津路回家，哥哥依然碰不上弟弟，弟弟仍舊沒遇見哥哥。一千八百元和另一個一千八百元無法匯聚到一起。

葉子林回到家，柔情似水的夫人說，看你們哥兒倆像走馬燈似地轉了三趟也沒碰著，累壞了吧，先休息一下，吃了午飯再說。

林子葉回到家，已經跑得又累又餓。熱情如火的妻子已經把午飯擺好了。他端起來就吃，剛吃了半碗，忽然停下筷子問，你說哥哥這會兒是不是也在家裏吃飯？妻子說午飯時間嘛，按理說也在吃飯。林子葉把筷子一放，那我就馬上再趕到他家去，把他堵在飯桌上，說走就走。妻子說，你飯也不吃完？林子葉說，等吃完飯下午再碰不上怎麼辦？妻子揪下燒雞的兩隻雞腿遞給他，拿著這個，邊走邊吃。寶貝女兒不樂意地哭了起來，那我一個腿也沒有了。熱情如火的妻子說，別哭別哭，爸爸是為了給你買鋼琴。

葉子林剛在飯桌前坐下，也忽然想到，他吃午飯的時候總不至於出來亂跑吧，這可是個把他堵在家裏的好機會，要不然下午再像這樣互相找不到，這買鋼琴的事可就要泡湯了。當機立斷，拿了個饅頭就去林子葉家。

結果兄弟倆僅僅是互相換了個地方吃午飯。午飯後，葉子林想，我們之所以一上午也沒碰上頭，是因為兩個人想的太一樣了，你想左的時候，我恰好也在想左；我想右的時間，你也正在想右。而你的右正是我的左，我的左正是你的右。想得越一樣，就越是不一樣。必須錯開想法才行。而林子葉想，吃過午飯後，他到底會在我家等我呢？還是會回家來找我呢？我必須和他想的不一樣，要不然還是碰不到。

於是一個想：你在想正嗎？那我就想負；而另一個想：你選擇肯定嗎？那我就選擇否定。

負負得正。否定之否定等於不否定。他們之間隔著一道透明的牆。

葉子林思考了一番對弟媳說，互相在尋找中總比互相在等待中遇到的機會要大些。我人先回家去，但一千八百塊錢留在你這兒，如果子葉回來，即使見不到我人，也可以先拿著錢去付款。

無獨有偶。在葉子林家，林子葉對嫂子說，這樣吧，我人還是先回去找哥哥，但把錢放在你這兒等他。一個找，一個等，相遇的可能性就會大得多。如果我回去他又回來了還是沒碰到，你就讓他先拿著錢去付款，免得再耽誤時間。

他們回家後，都拿到了對方的錢，可是自己的錢又偏偏留在了對方家裏，真是哭笑不得。兄弟倆各自面對著半架鋼琴的錢歎了一陣氣以後，林子葉忽然有了個好主意，對妻子說，現在只有這樣了，你從天津路去哥哥家，我從上海路去他家，這樣無論他在家還是在路上再也不會碰不到了。於是他們兵分兩路。

葉子林既然智商和弟弟一樣，自然也不會想不出同樣的好辦法，對夫人說，我和他之所以碰不到，就因為從南京路到北京路有上海路和天津路這兩條路可以走，而我們每次只能走一條路，每次走的偏偏又不是同一條路。如果我們倆同時到他家去找他，每人負責一條路，就不會失之交臂了。他們也分頭出發了。

其結果自然是碰到了。林子葉在上海路碰到了嫂子。葉子林在天津路上遇到了弟媳。但這對問題的解決毫不起作用。因為一千八百塊錢被葉子林帶到了天津路上，另一千八百元在上海路上林子葉的口袋裏。而且接下來又產生的新問題是：林子葉應該跟嫂子去哥哥家呢？還是帶嫂子回自己家呢？葉子林應該帶弟媳回自己家呢？還是跟弟媳去弟弟家？

這個惱人的星期天在不斷地互相尋找和不斷地互相找不到中終於過去了。

星期一一上班，葉子林就給弟弟打電話。一撥，占線。再一撥，又占線。他忽然想到弟弟大概也在同時給自己打電話，於是放下了話筒，果然，剛放下電話鈴就響了，正是林子葉打來的。電話一通，昨天怎麼也解決不了的問題便迎刃而解，才知道雙方託的朋友原來是同一個舅舅的兩個外甥。但等到他們拿著三千六百塊錢趕到那家商店時，鋼琴已被捷足先登的人買走了。也是通過那位當主任的舅舅買走的。因為那個當舅舅的主任不僅是舅舅還是叔叔，他除了這兩個外甥之外另外還有一個侄子。

熱山

太風溝風情

那座燙人的山是在一個叫太風溝的山溝裏。

賀蘭山脈的北部和賀蘭山脈南部的高峰峻嶺懸崖深壑迥然不同，這裏的山圓滑平緩，絲毫也沒有崢嶸峭拔之氣。這裏的山光禿禿灰溜溜的，在夏天也沒有多少綠色來滋潤眼睛。但在億萬斯年的以前，這裏有著遠比現在的山南部豐厚茂密得多的大片原始森林，地殼的變動把那些森林壓在了現在這些不起眼的禿山下面，變成了厚厚的煤層，距太風溝不遠的大烽礦，就是一個頗有點名氣的露天煤礦。太風溝本來並沒有人採煤，有一次炮團搞實彈演習，八門一三〇榴彈炮對著太風溝中的目標一陣猛轟，勘察彈著點時，竟發現被炸翻的風化山岩下露出了黑黑的煤。煤層就暴露在地面上了。師部得知這一情況，立即派出了一個排的兵力佔領了這塊風水寶地。於是我們這個獨立二師職業眾多的士兵中除了站崗的、打山洞的、種地的、燒芒硝的、看監獄的等等行當之外，又多出了一種挖煤的。反正符合老人家光輝的五・七指示，軍隊搞生產，挖煤自己燒和挖煤賣錢都無可非議，苦就苦了這一個排挖煤的大兵。太風溝的風刮起來塵土彌漫，飛沙打在臉上好像打耳光，刮得凶時晴天天空是灰的，太陽白乎乎的還沒有月亮亮。

陝西兵愛把什麼東西太怎麼樣了叫怎麼樣的太。比如太好了叫好的太，風太厲害了叫厲害的太。太風溝是否是個陝西人取的名字，無從稽考。原來煤沒有被炮轟出來時，風大歸大可並不黑，再說也沒有人住在這兒領略風的滋味。自從當兵的來挖煤以後，風就變成黑的了，一天活幹下來一個個都成了「亞非拉」（其實真正有形容意義的只是中間一個「非」字），不仔細看認不出是張三李四，髒乎乎的工作棉襖只能穿，不能拍不能抖，一抖一拍便像炸了一顆小煙幕彈。好在當兵的一不怕苦二不怕死，髒和累當然更不在話下。一番辛苦勞累之後，用鍬把開出來的煤扔上卡車，看著卡車顛顛晃晃地沿著崎嶇不平的盤山路開去，倒也有一種自豪與喜悅。

這裏的煤質極好，在陽光下一照閃閃發亮。冬天烤火，用鐵鍬鏟了往小臉盆那麼大的爐口裏填，磚砌的爐子裏像有只老虎在嗚嗚吼叫，桔紅的火苗像一條條蛇在發白發紅和半黑半紅的煤塊間纏繞遊動，一條條頭朝上，把蛇信子吐出爐口一尺高，能把爐口一寸多厚兩寸寬的大鐵圈燒得半透明，像個彎起來的燈管。一壺水坐上去，一會兒就只剩下個壺底，整天得不停地往裏添水，還得不斷地往地上潑水，要不就乾燥得叫人受不了。可士兵們寧願老添水老潑水，還是要把煤添得足足的，火燒得旺旺的，看著火的顏色、形狀，聽著火的也許是煤的聲音，覺得是一種享受，多少能解除一點漫長冬夜的寂寞。

太風溝偏僻、蠻荒、閉塞、枯燥，沒有鮮花，缺乏綠樹，貧於色彩，卻有一個世所罕見的去處——一座肚子裏的煤在自己燃燒著的煤山。這座自燃煤山和我們的採煤面隔兩道山樑，距營房有二十多分鐘的路，太風溝裏其他山頭上好歹還稀稀疏疏地長著些灌木和草，唯獨這座山什麼也不長。據說這座煤山從清朝就開始自己燃燒起來，又有人說從明朝末年就開始了，究竟是什麼年代開始自燃的，沒有人知道。究竟還要燃多久才會熄滅，也沒人知道。

這座大火爐的爐口不像火山口那樣在山頂上，它在半山腰；也不是一個圓口，而是一個有六七米長，最寬處大約有兩米多的裂隙。裂隙很深，其實就是一個山洞，只不過別的山洞裏邊是黑的，這個山洞裏面是紅的。靠洞口處暗紅，往裏是發桔色的紅，兩邊紅色的煤壁相對，只能看見紅光，卻並沒有火苗，再深處就看不到了。洞口太熱，人不能靠得太近，也不能待得太久，一會兒就烤得你受不了。好看的是下雨天和夜晚，如果下小雨，雨落到火口和火口周圍發燙的石頭上，飄揚起一片輕輕淡淡的煙氣，朦朦朧朧，迷迷茫茫，給這座不起眼的小禿山平添了幾分仙氣，幾分靈性，幾分情調。如果下大雨，那片輕輕淡淡的煙氣就變成了一股粗粗重重的水霧，嗤嗤啦啦地響著，從火口噴將出來，象一條龍在吐雲，又像一隻大鯨魚在吹霧。近看遠看都非常壯觀。晚上，整個太風溝一片漆黑，但只要視線能不受遮擋地望到這裏，就能看見一片紅光射向夜空。如果是大風天的夜晚，那紅光就像一支大紅蠟燭，雖然燭苗被吹得直晃，可就是滅不了，也不流淚。

沒事時，我們常去觀賞它在不同天氣中的不同景象。不過對我們三個人來說，更有意義的是被它燒透了的那一片「赤道大火炕」。

一種饑渴

當兵的不怕苦。再苦的日子也能頂得住。岩層剝離了，煤開出來了，還修了一條通向採煤面的汽車路，把個沒人的太風溝變成了一個小小的露天礦，變成了獨立二師的錢罐子。這其中的勞苦可想而知。苦是好藥，能磨練人。

可當兵的怕悶。悶得太厲害了；或者用陝西話說，悶得厲害的太了，就會悶出些毛病來。

太風溝裏除了一個排四十幾個白天變黑晚上變白的大活人之外，只有兩樣東西，風和煤。而大兵們的生活也就是挖煤、吃飯、政治學習、睡覺，周而復始。山上沒有樹，沒有花，當然更沒有如花的哪怕是不如花的女人。如果時間能拉過十幾年，如今單獨執勤的排肯定配備有大彩電，帶著你的眼睛滿世界觀光，看球看戲看電視連續劇。但那時這一切都沒有。那是一個精神上極其荒蕪的時代，在太風溝裏就尤其蠻荒。和精神的荒涼相媲美的是伙食的貧乏。細糧是粗糧的配角；肉是土豆、白菜和蘿蔔的配角，而瘦肉又永遠是肥肉的配角。

於是我們精神上最大的渴望是每星期能有一本好書看（當然不是圖書箱中《虹南作戰史》之類的書），肉體上最大的渴望是每星期能痛痛快快地吃一回肉（當然也不是伙房大鐵鍋裏的那種難吃的肥肉頭）。孔夫子說聞韶樂而三個月不知肉味，看來他很懂得精神食糧的重要。雖然我們三天不吃肉就饞得不行了，可是董龍彪、金建中和我還是一致認為，如果真能經常欣賞到優美的韶樂、韶電影、韶戲、韶畫、韶小說，就可以大大減輕沒有肉吃的痛苦。

我們真是不幸。即沒有韶樂可聞又老是過不足吃肉的癮。有一回我下山領藥時意外地得到了一張歌劇《紅珊瑚》的老唱片，是趙雲卿唱的《珊蝴頌》。如獲至寶地帶回太風溝在排裏那架破手搖唱機上一放，那久違了的迷人歌聲從一片雜音中飄出來時，我當時的感覺竟有點象靈魂從軀殼中脫了出來，被歌聲托著在海波上悠悠地晃，身體（不僅僅是心情）愉快極了，意識又恍惚又透徹。

可是歌聲戛然而止。副指導員任光義把唱針拔離了唱片，於是我的靈魂從「一樹紅花照碧海」的地方跌回到渾渾噩噩的太風溝裏。

「這是什麼京劇？咱沒聽過。」

「這是歌劇。」我如實回答。

「樣板戲裏沒有歌劇嘛。」他很認真嚴肅地說。

「這不是樣板戲。」我的心提了起來，膽也吊了起來。

他把唱片抓起來正反面看了一下，果然下了禁令：「我說怎麼聽著不對勁，是文化大革命以前的靡靡之音嘛，不能聽！」

我視若珍寶的，董龍彪和金建中還沒來得及一飽耳福的「韶樂」，就被任光義沒收了。他倆知道了以後，著實痛心疾首一番；於是手搖機的轉盤上又成了全排唯一的一張秦腔唱片的獨家天下，這張唱片從一學大寨如何如何，二學大寨如何如何，一直用同樣的腔調聲嘶力竭地吼到十學大寨如何如何。雖然勉強稱得上是樂，卻離「韶」相去太遠，而且太折磨人的神經（陝西兵倒是聽得津津有味）。作為對禁聽「韶樂」的報復，我只好偷偷地把它扔進了山溝裏（此舉使愛聽秦腔的陝西兵憤憤了許久）。

在如此荒僻寂寞的地方的如此單調枯燥的生活中，每星期一次的共產主義小聚餐便成了我，董龍彪和金建中三人聊解精神之渴與權飽口腹之欲的唯一辦法。三班長董龍彪是北京人，在陝北插隊以後當兵的；二班副金建中是上海人，回鄉插隊從老家常州入伍的；我是南京人，太風溝裏居然有三個大城市人，很自然便結成一個團夥，而我一個人住的衛生員的房間，就成了我們聚會的「裴多菲俱樂部」。每個星期六晚上或星期天（視具體情況而定），照例要去大烽礦的商店買上兩個罐頭和一瓶顏色青綠青綠的青梅煮酒，關起門來小小地享受一番。曹操和劉備青梅煮酒論英雄，我們沒有英雄可論，青梅煮酒諞閒傳。在這裏嘴巴可以不加崗哨，可以絕對自由地海吹神聊，天文地理文學歷史時事政治風俗民情，城市兵同是天涯淪落人的感慨和對某人的共同好惡，外加輕輕哼一些不能公開唱的「黃歌」。聚餐的一個重要內容是互相講述一些過去讀過的書，我從董龍彪那裏知道到了《錯箱記》和《紅與黑》，知道了斯蒂文森和斯湯達；從金建中那裏知道了有個叫馮夢龍的人寫了《三言》，知道了杜十娘怒沉百寶箱和賣油郎獨佔花魁；而他們從我這裏知道到了福爾摩斯探過的種種奇案和《七俠五義》。

董龍彪從面貌到身材都非常精幹。軍事動作、文體活動都是全排之冠，上單槓能來大車輪，拿著譜子馬上能教歌，是個走到哪裡都能引起女孩子注意的人。可是在太風溝不行，太風溝沒有女孩子。金建中長得遠不如董龍彪神氣，但挺有特點，淡眉細眼，鼻子很高，卻沒有下巴。這老兄記性極好，裝了一肚子唐詩宋詞，能滾瓜爛熟地背下《江姐》和《劉三姐》的幾乎全部歌詞，最了不起的是他居然看過《紅樓夢》。讓他講出來聽聽，他每次都故作高深：「此書只可讀，不可講；要談，你們沒看過；要講，老虎吃天，沒處下口。」但卻又是時不時地露幾個情節出來，讓你覺得神秘得不行。

在灰濛濛的太風溝裏，我們三人總算還擁有一片用青梅煮酒相濡以沫的小小綠洲。可經常不到月底，幾個可憐的津貼費就全部穿腸而過。一個週末之夜，我們因囊中羞澀，只好在我的小屋裏乾坐著。金建中百無聊賴地篡改著李白的詩句：「想喝沒有酒，對影成三人。」董龍彪忽然透露一個消息：下午送給養的車來過了，居然送來了一批光雞，大概是過年的菜。我們頓時興奮，隨之又沮喪。金建中長歎一聲：「可惜那些雞了，就是鳳凰經過炊事班的手也味同嚼蠟，要是能弄一隻來自己做做多好！」

董龍彪道：「弄只雞來倒不成問題，只是弄來了也沒法做。」

金建中一笑：「只要你弄得來，我就能做出一道鮮掉眉毛的好菜。」

董龍彪指著正燒得呼呼作響的大爐子說：「在陝北插隊時，活雞都偷過，何況死雞乎，咱們在爐子上烤著吃。」

金建中一擺手：「何以言偷？不義之財，取之何礙，這本是我們的伙食，可你我能吃到多少？你主外交，我主內政，如何？」

我也湊熱鬧：「你們倆如果能保證有雞吃，我就能保證有酒喝。」

「一言為定！」

於是董龍彪提著我屋裏的大水壺到伙房去打水（在太風溝喝的水都得到伙房的貯水池裏去打），回來時壺裏裝著一隻雞。金建中洗好了三個吃剩的鐵皮罐頭盒，問我要了把舊手術刀，把雞解剖成塊分裝進三個罐頭盒裏。我又提壺去伙房打水，這次真打了半壺水，順手抓回些鹽，味精和蔥薑。金建中把調料往三個罐頭盒中各放少許，然後裝罐入壺，水壺肚子裏恰好能容下三個罐頭盒，蓋上壺蓋，把水壺放在爐口上，這樣即便被別人看見也只是在燒開水。半小時後，太風溝的煤已使壺中清蒸雞香氣撲鼻。我的薄荷酒（用酒精加糖水再加上一點薄荷腦）也已調製成功。從壺口小心翼翼拎出罐頭；美餐開始。

那是我平生所吃過的味道最鮮美的一次雞。

另一種饑渴

如果人所需要的僅僅是肉與「韶樂」，那世界就簡單得多了，人世間也就不會有那麼多剪不斷理還亂的麻煩事。可是人身體中偏偏還有一種東西像自燃煤山一樣在慢慢地默默地燃燒著。在太風溝裏就燃燒得更為有力。

只穿著褲衩躺在被子上，熱得睡不著時，便你一個他一個地講些各人家鄉流傳或各人聽說過的關於男人與女人的民間創作，講的人津津樂道，聽的人津津有味。

我唯一的一本業務書《農村醫生手冊》成了全排人人愛「讀」的熱門書，不斷地被你來借他來借，久而久之書的橫截面上竟被翻出了一溜黑乎乎的痕印，沿著黑印把書翻開，有黑印的部分恰好是婦產科這一章，到後來，印有女性某生理器官圖解的那兩頁紙居然不翼而飛。

我對這兩張紙的失蹤並沒有認真對待，既然那位不知姓名的收藏家喜歡，撕了去也無妨。我只不過當個笑話講了講，沒想到任光義卻借此為由頭發動了一場討伐資產階級腐朽思想的政治運動，這是我沒有料到的。

鯀治水和禹治水

「同志們……這個這個，最近一段時間，啊，由於我們只顧埋頭挖煤，忘了抬頭看路，放鬆了世界觀的改造，這個，在全排範圍內，不良傾向大氾濫。我們有的同志，思想很成問題，對政治學習不感興趣，對學習毛主席著作不感興趣，而，一講起黃色故事下流話，那個興趣大得很，這是啥問題？值得大家深思咧……有的同志把衛生員的醫書借來借去，看的都是啥？大家心中有數。看還罷了，更為嚴重的是，有人還把書裏的兩張撕下藏起來了，啊，這是啥行為？醫書上印著是那革命的需要，你把它偷了去是啥需要？這說明，啊，資產階級腐朽思想對我們的腐蝕已經到了觸目驚心的程度了。是可忍，孰不可忍！這件事一定要查個水落石出，希望做這件見不得人的事的同志，自己把撕下來的東西交到我這裏來，做出深刻檢查，我可以替他保密。我們要狠批林彪的小節無害論，要加強思想革命化。散會以後，各班要認真討論。有誰知道是誰偷偷撕了衛生員的書，要勇於檢舉揭發，敢於向歪風邪氣作鬥爭，啊……」

任光義坐陣三班，主持討論。全班在煙圈裏鴉雀無聲。

沉默了一會兒，任光義耐不住了，啟發道：「大家要端正認識，在自己靈魂深處鬧革命。張萬剛，你借過衛生員的醫書看吧，你談談。」

張萬剛說：「我經常頭疼，頭疼的時候出工幹活就疼得更厲害，可又不發燒。衛生員說，你規定了不發燒就不能休息不能開病號飯，我想看看書上有沒有這種不發燒的頭疼病，沒有別的意思。」

任光義又點了一個名：「馬玉祥，你說說，你為啥要借衛生員的醫書看，有沒有啥思想原因？」

馬玉祥說：「我胃老疼，衛生員說是慢性胃炎，我怕是胃潰瘍，想看看醫書上咋說的。」

一連問了兩個，都碰了軟釘子，於是任光義看准了下一個目標。

「李三旦，你不識字，為啥也要借衛生員的醫書看？」

可憐的文盲李三旦沒詞了，「我……我……」他臉脹得通紅，「反正我沒撕那兩張紙。」

董龍彪按捺不住了：「副指導員，你這是討論還是審問！」

氣氛頓時緊張起來，青海老兵嚴長壽見情況不妙，連忙搶著發言。

「副指導員哪，喏（我）來談談。喏也借過衛生員的書看，喏不是為了看啥病哪，喏就是為了看那兩張畫。」

任光義大感興趣：「對，老同志要帶頭亮活思想嘛，嚴長壽，你都是結過婚的人了，為啥還把那兩張畫當個寶貝看？」

嚴長壽笑眯眯地說：「喏想看看書上畫的咪（女）人的那東西和喏老婆身上長得像不像哪。」

全班怔了有兩三秒鐘，忽然一下子抑制不住地大笑起來，開始還捂著嘴，看到班長笑出了眼淚，乾脆也不加掩飾了。

任光義當然笑不出來：「嚴長壽，你嚴肅點！」

嚴長壽自己居然能一點兒不笑：「喏很嚴肅嘛，這就是喏茲（我的）活思想嘛。說實話，三年沒跟老婆睡覺了，心裏想得慌。你們沒嚐過滋味的還罷了，嚐過滋味的著實煎熬得受不了哇！」他還很痛苦地搖了搖頭。

任光義氣壞了：「嚴長壽，你還在宣揚資產階級腐朽思想！」

嚴長壽依然一本正經：「喏們茲三代貧農哪，不知道資產階級腦瓜子裏裝的是啥思想。不過喏要檢討，喏革命意志不堅定哪，下回就是干球打得胯骨響，喏也咬緊牙關不說啥了。不過醫書上的兩張紙喏沒有撕呀，畫得一點也不像，喏要它幹球用哪！」

任光義坐不下去了，站起來嘴唇直抖：「董龍彪，你……你個班長把兵都帶成啥咧！」把門一摔出去了。董龍彪卻一點火氣也沒有，照樣穩坐在那兒一個接一個吐他的煙圈。

等到班長副班長彙報討論情況時，任光義對自己發起的討伐口頭腐化和追查誰是偷「畫」者的「運動」已完全喪失了信心，心情沉重地說：「是我只顧抓生產，忽視了政治思想工作才會出現這種正不壓邪的局面。」

董龍彪一臉不屑地道：「政治思想工作做好了就能讓小夥子不想女人？性欲是人的本性之一，是客觀存在，跟資產階級腐朽思想扯得上嗎？」

任光義火了：「你不要宣揚資產階級人性論！」

董龍彪更加不屑了：「你懂什麼叫資產階級人性論？不懂少扣帽子。無產階級就不想女人？阿Q是地地道道的無產階級，想跟吳媽睡覺還想得不行了呢！無產階級要是都沒性慾，誰去生養革命事業接班人？把世界的未來拱手讓給資產階級？」

「結婚生孩子是正當的，講黃色故事下流話是不良傾向，這種壞風氣跟你們當班長的不但不制止還助長有很大關係！」

「三大紀律八項注意第七項是什麼？是不調戲婦女，不是不許談女人！咱窮當兵的一年到頭在這山溝裏閒得無聊悶得心慌，你不想辦法搞搞文化娛樂活動豐富業餘生活，我們好不容易搞來幾本書你非給沒收了，好不容易找到張唱片又不讓聽，倒抓住誰撕了醫書上兩張紙大做文章，有啥意思嘛！誰偷去了就偷去了，不過是偷偷地看看過過乾癮，能幹出什麼壞事來嘛！想調戲婦女咱太風溝還沒有呢！你這副指導員當得也太沒水平了！」董龍彪只顧說得痛快，根本不去管任光義臉上掛得住掛不住。

「董龍彪，不要忘了你正在要求入黨，一言一行都要注意影響！」任光義終於使出殺手鐧。

董龍彪火了：「你別老拿這個來壓人，這個黨要是你任光義的，老子就他媽的不入了！」

氣氛劍拔弩張了，金建中出來打圓場。

「副指導員，董龍彪態度不太好，但話有一定的道理。你呢，出發點是好的，但是方法不對頭。我們幹什麼事都要有個方法問題對吧？很古的時候中華大地洪水氾濫，舜派鯀去治水，舜你知道嗎？就是六億神州盡舜堯的那個舜。是古代的皇帝。舜派一個名叫鯀的人去治水，這個鯀是個好人，一心想把水治好，就是方法不對。哪兒洪水來了，他就帶人到哪兒去堵，結果洪水不但堵不住，反而氾濫更加厲害。舜看他治水越治越糟，就把他的頭砍了。又派鯀的兒子禹去治水。禹你知道嗎？就是三過家門而不入的那個大禹。禹比他老子鯀聰明，知道洪水來了堵是堵不住的，就採取疏導的辦法，挖溝排水，把水都排到東海裏去。地上就幹了。結果不但沒被殺頭，後來還當了皇帝。三皇五帝你知道嗎？禹就是第五個皇帝。你一心加強思想革命化，動機是好的，應該肯定，但用堵的方法不對，就像那個鯀。」

金建中一番話把任光義說傻了。

「哪你說，我不堵該咋辦？」

「要向大禹同志學習嘛。」金建中一本正經地說，「叫連裏打報告把咱們挖煤掙來的錢拿去買點樂器，買乒乓球台，買好玩的東西，叫電影隊多給咱來放電影，叫師宣傳隊來咱們太風溝慰勞演出，叫……」

金建中瞧瞧任光中那張越來越迷糊的臉接著說：「其實口頭腐化又不真腐化，算不上什麼洪水，也沒啥好導的，就像人尿憋急了要小便一樣，尿了就完了麼，管它幹啥，只要不隨地大小便就行了。當兵的都是棒小夥子，動不動就起性了，你有啥辦法。」

討伐口頭腐化的彙報會不知不覺竟又開成了口頭腐化的會。

米脂的婆姨米脂的漢

漫長單調寒冷的冬天終於過去了。春天給太風溝帶來了意外的生機。下工後，穿著骯髒不堪的工作棉襖頭髮像亂草臉像亞非拉的士兵們列隊走回營房。一進院子。全都被太陽照花了眼。院子當中竟站著一個身材窈窕，面容較好的年輕女子。一件紫紅上衣在四周灰濛濛的山灰乎乎的營房黑不溜秋的大兵中間，像一粒落在泥巴地上的紅寶石。一張水色很足的鴨蛋臉白裏透出些許紅暈，閃動的秋水明眸定在這一群剛跨進院子的黑人們身上，她也怔了。

一朵花在看著一片看不出綠色的樹林。

一堆黑煤在看著一塊羊脂白玉。

很快的，雙方都不好意思了。她像一隻鹿逃進了招待房間；而自慚形穢的戰士們解散後則迅速地跑進浴室去洗澡，洗得特別認真仔細，力圖清楚地顯露出黑煤而不染的本色。並且在蓮蓬頭下一邊洗頭髮一邊想著她一扭身跑去的姿態。那一扭身是很動人的。

洗完澡，「亞非拉」們脫去黑皮，一個個容光煥發。樹林披上了綠葉，和鮮花在一個院子裏就不再那麼不諧調了。開飯前列隊唱歌，精神抖擻極了，把一首老唱老唱已唱的疲遝得像飯前禱告歌一樣的「說打就打說幹就幹」吼得山響：「不打倒反動派不是好漢，打他個樣兒叫他看一看！」金建中說大家唱的其實是：「咱這些當兵的都是好漢，美麗的小娘子請你看一看！」

吃飯時，消息傳開：美麗的小娘子名叫王志紅，芳齡二十二，是副指導員任光義的對象。頓時有人羨慕，有人歎息。

「任光義那個熊人福氣好的太，咋尋到這麼好個女子？」

「人家是幹部，副指導員，如今軍裝四個兜吃香得很。」

「幹部咋啦？窩囊廢穿四個兜照樣還是窩囊廢。你沒看他敬個軍禮食指中指半天找不到帽沿沿，軍事動作還不如個新兵蛋子，連單槓都翻不上去。要是大比武那會兒，上不了單槓還想提幹？提褲子吧。」

「他能當副指導員，我可以當團政委。」

「他能找到個漂亮對象，你也能？」

「唉，好漢無好妻，賴漢娶花枝，世上的事怪得很。」

「任光義的對象，也是米脂人羅，米脂的婆姨餒德的漢，的確名不虛傳。」

有人長歎一聲。「只可惜任光義不是餒德的漢，是球米脂的漢！」

雖然「米脂的漢」在太風溝已威信盡失，但米脂婆姨的到來，像給一鍋寡淡的湯里加了鹽，單調枯燥的生活立刻變得有滋有味起來。太風溝裏發生了一場悄悄的革命，人的精神面貌煥然一新，集合迅速了，隊列整齊了，立正神氣，稍息瀟灑，報起數來一個個中氣充沛、聲音洪亮。太風溝風大灰大，大家本來都捨不得把新軍裝拿出來穿，舊軍裝穿得衣領烏黑、領章暗淡也懶得一洗。自從院子裏多了一個女人，像有一道無形的命令，齊刷刷全都把壓得槓是槓縫是縫的新軍裝穿了出來，領章紅似火，護領白如雪。雖然穿的時間僅限於早上從起床到吃完早飯，傍晚從洗完澡到熄燈；白天大部分時間還得穿那沾滿煤灰的工作棉襖。自從上山挖煤以來，各班的內務衛生一天糟似一天，任光義多次批評，毫無效果，後來乾脆也不說了，反正是挖煤的兵，又沒人來檢查，髒就髒點，亂就亂點吧。但王志紅來了以後，大衣重又疊得方方正正，被子重又用木板夾得見棱見角，褥單不再捲不再皺，鋪上不再亂放東西，高低不齊的挎包重又掛成了一條線。飯前唱歌，響徹雲霄；休息打球，龍騰虎躍，都一個勁地在場上積極奔跑，高喊：傳給我傳給我，接球後用自己認為最漂亮最優美的動作來個過人三步籃，管他球進不進，姿勢瀟灑就行。當然，這得有王志紅在邊上觀戰。更有意思的是，原來任光義反覆強調：生產不忘備戰，但每天出大力流大汗之後，除了星期六擦拭武器，平常誰都懶得摸搶；有了王志紅，失寵的槍又重新受到了重視，早飯前晚飯後，三五成群地提著槍到院子裏練開了刺殺，動作一個比一個乾淨利索，殺聲一個比一個喊得響。任光義當上副指導員後領導得從沒這樣得心應手過。本來不太看得起他的排長和班長們對他都尊重了起來，愛跟他搗蛋的老兵們也不搗蛋了，而任光義本人的素質也有所提高，敬禮比較像那麼一回事了，處理一些事也不再那麼窩囊了；在隊前講話雖然仍然沒什麼水平沒什麼名堂，卻也偶而能來上一兩句不太高明的幽默，這都是因為幾十個「綠」中間有了一點「紅」。難怪董龍彪說現在太風溝的副指導員是王志紅。

不過也有人照例把任光義不當回事，這個人就是二球邢萬來。

因為刺殺練出了點味道，大家又把護具拖出來練開了對刺。有對抗性的刺來殺去，更能吸引王志紅這個觀眾。任光義的軍事技術在全連只能倒著數，但見王志紅看得挺來情緒，便也忍不住要用幹部身份來指導幾句：「防下，躍退，墊步刺，嗐，動作太慢了。」嚴長壽說：「副指導員，你和喏來個示範吧。」任光義居然當仁不讓。

嚴長壽看王志紅的面子，和他跳來跳去大戰幾十回合，故意以一比二敗下陣來。脫下護具裝得很認真地道：「別看副指導員動作不漂亮，對刺還有兩下子。」任光義氣喘吁吁卻是頗為得意地向王志紅一笑。如果見好就收，脫了護具也就沒事了，可他偏還意猶未盡地大講對刺要領，恰好邢萬來一手拎著一桶豬食走出伙房，見狀頓時來了情緒，大叫：「副指導員，我來和你對一陣！」放下豬食桶就過來穿上了護具。邢萬來比任光義高出大半個頭，寬出大半個肩膀，任光義明知不是對手，卻也只好硬著頭皮應戰。邢萬來木槍指著任光義，眼睛卻透過面罩注視王志紅，冷不防竟被任光義偷刺了一槍。重新開始後，邢萬來大概心不二用了，兩個回合後，便居高臨下大吼一聲，一槍把任光義捅得坐在了地下。任光義爬起來連說沒站穩沒站穩。第三槍開始，任光義已完全沒有招架之力，邢萬來卻偏偏不馬上把他刺中，貓玩老鼠似地一直把他逼得無處可退，才使勁一槍捅去，把個任光義活生生捅翻在牆角裏。邢萬來回頭看王志紅時，王志紅已經轉身回屋了。任光義摘下面罩時臉都青了，手捂著腹部道：「剛才我的胃不知怎麼突然痛起來，要不你占不了這麼大的便宜！」邢萬來回到院子中央，得意洋洋地嚷：「誰再來？」董龍彪披掛上陣，沒等邢萬來牛勁使出來，乾淨俐落地兩個突刺叫他敗了陣。於是邢萬來不再咋唬，拎著豬食桶餵豬去了。任光義的臉色多少好看了點，手還放在胃那兒揉著。王志紅再沒出來觀戰，但董龍彪披掛上陣時，我看見她那屋的窗簾掀了起來，邢萬來敗陣後窗簾放下了。

邢萬來大敗任光義的直接後果是當天半夜任光義一連搞了兩次緊急集合，害得大家一夜沒睡安穩。任光義在隊前鏗鏘有力地講了半天蘇修亡我之心不死，挖煤不能忘了打仗，並批評了炊事班某些人集合動作緩慢，才算是把白天咽下的窩囊氣給出了，多少在對象面前恢復了作為太風溝最高指揮官的形象。

小集團的新成員

王志紅的到來使寂寞的太風溝不那麼寂寞了。但王志紅本人卻是寂寞的。

任光義因為「治水」失敗正處於威信危機之中，事事需要以身作則。早上帶操，白天帶隊上山挖煤，晚上還有組織政治學習、晚點名之類的事要做，一天沒有多少時間陪王志紅。而且為了保持自己曾是「治水者」的形象，對王志紅完全是以禮相待，絲毫看不出有什麼情感方面的表示。並且非常注意影響，晚上熄燈後從沒進過王志紅的房間。

白天全排出工後，營房院子裏除了炊事班就剩下哨兵、我，還有王志紅。我在任光義威信大跌時爭取到了衛生員可以不出工、在家搞業務學習的權利。連隊有個不成文的傳統，幹部家屬來隊都要給戰士洗被子，王志紅雖然還不是家屬，白天沒事幹，自然也拆被子洗被子。幹得累了，就到衛生室來和我聊上幾句。

「衛生員，炊事班哪個皮黑黑，嘴唇厚厚，眼像個牛鈴，說話咋乎乎的人叫個啥？」

「你是說邢萬來，他怎麼了？」

「沒咋。那個人呢？就是那天拿木槍打敗邢萬來那個人。」

「哦，他叫董龍彪，是北京人，在你們陝北插過隊。」

「衛生員你是哪裡人？」

「我家在南京。」

「南京好的很吧？」

「那還用說，街兩邊都是法國梧桐樹，夏天太陽曬不到路面上，一下雨，柏油馬路光得能照見人影，哪像這破地方，山上連根毛都不長，刮起風來窗子關死了還擋不住沙子黑灰。」

「你們命咋那麼好，都生在大城市裏。」

「生大城市有什麼用，金建中還是上海人呢，還不是一樣蹲山溝。」

「你們苦幾年回家，在城裏安排下個工作，吃商品糧，咱就不同了。」

「你將來可以當隨軍家屬嘛。」

王志紅輕歎一聲：「將來，將來誰知道咋樣呢？」

「你天天洗被子，不悶得慌？」

「悶有啥辦法，家裏去年遭災，今年口糧不夠吃，你們副指導員寫信叫我來，我就來了。」

「這兒有個挺好玩的地方，副指導員帶你去玩過了沒有？」

「啥地方？」

「赤道。」

「赤道？」王志紅有些詫異地抬眼向我。

「你莫哄我，赤道在非洲，是地球肚子中間的一道槓，不在咱這裏。」

這下輪到我有些詫異了：「你學過地理？」

王志紅略微有些得意地一笑：「咋，我讀完高中了麼。」

「我說的不是真的赤道，是形容這兒的一座熱山，我和金建中把它叫赤道，董龍彪叫它大火炕。」

我帶著滿含神秘感的王志紅逛了一趟「赤道」。這一趟也許我不該帶王志紅去。星期天下午，我們在赤道大火炕聚餐，罐頭和酒放在靠近火口的地方熱著，在等待開餐的當兒，金建中正用牌給我和董龍彪算命，恰好被王志紅碰上了。

「呀，你們也在這裏耍呀？」

小集團活動被外人介入一般是不愉快的，但介入者是太風溝唯一的女性，那就另當別論了。

「星期天，副指導員怎麼也不陪你玩玩？」三人中我跟她最熟，只好先答腔。

「他有事去大烽礦了。」王志紅看著我們說：「我發現你們三個城市人老喜歡在一塊。」

董龍彪說：「副指導員不是把我們叫小集團嗎！」

王志紅笑笑：「啥小集團麼，人總是有的近有的遠，有的對脾性有的不對脾性，老鄉見老鄉就親得不行，不要說你們都是大城市的人了。」

這話倒是挺對我們的脾性。金建中笑道：「王副指導員就是比任副指導員有水平。」

董龍彪發出邀請：「你要樂意就在這兒坐坐。」

王志紅大大方方坐下來：「你們打牌？」

「沒，算命，算算能不能入黨。」

「能入嗎？」

「董龍彪這邊這條老接不通，運氣不佳，犯小人，看來夠嗆。」

「能給我算算嗎？」王志紅頗感興趣。

「算了吧，人還是不知道自己的命好，知道，反倒想這想那，不知道，過什麼樣的日子就是什麼樣的命。」

「我想知道呢！」

「我從來沒給女的算過，試試吧。」金建中煞有介事地把牌如此這般擺了一番，又故作高深地對牌沉思了一會兒，說：「如果說拿樹來比人的話，你這棵樹紋理很好，但是你站的地方風水不太好；不過你要和他一起過的那個人站的地方風水不錯，可是他的紋理就差些了。雖然他紋理差些，但對你的風水有所彌補，所以你這輩子的命應該說還可以。不過因為紋理好心氣也就會高，而心氣太高就會傷了風水。你要是能壓住自己的心氣，命裏雖無大富大貴，還是能吃穿不愁，平平安安。要是壓不住自己的心氣，就難說了。」

王志紅想了一會兒，「你能不能講清楚點，我這命到底算好算不好？」

金建中故弄玄虛地：「算命哪有說那麼清楚的，都是無所謂好，無所謂不好？」

董龍彪已經提來了烤熱的罐頭和青梅煮酒，往四個人圍坐著的石頭上一放：「你聽他胡說八道，自己的命哪能由別人說了算。」

王志紅見狀連忙站起來：「你們玩吧，我回了。」

董龍彪說：「你剛才不坐下來了也就罷了，這會兒走，不是抹我們的面子嗎？」

金建中說：「你要是怕和我們小集團搞在一塊兒，到副指導員面前不好交待，咱就不好意思留你了。」

王志紅說：「我真想參加你們『小集團』來，可惜我一是個女的，二是個農村的，三不是個當兵的。」

董龍彪說：「你不是說人要對脾性嘛，只要脾性對了，管他是不是男的城市的當兵的，男女平等，城鄉結合，軍民團結嘛。」

王志紅笑了：「你們不嫌棄，那我就參加你們小集團了。」

金建中邊開罐頭邊說：「別急，參加我們小集團得有點見面禮才行。」

「啥見面禮？」

「我們有幾本小說還沒看就叫副指導員沒收了，你能不能悄悄拿出來還給我們？」

董龍彪擺擺手：「算了，別叫她為難。」

王志紅卻十分爽快：「這有啥難麼，我也愛看小說，我還帶了本《創業史》呢，你們要看不？」

「太棒了！」我們彈鑵相慶。聚餐開始，我們三個當然是老規矩，對著瓶嘴喝，為了表示對女士的尊重，董龍彪掏空了雞蛋殼，給王志紅做了個酒杯，雞蛋不是從伙房偷的，是從大烽溝老鄉那兒買的。

酒過一巡，金建中說：「參加我們小集團，還要有點名堂才行。」

王志紅問：「啥名堂？」

「講故事，說笑話，唱歌，做遊戲，只要是好玩的就行。在太風溝裏不想辦法開開心，還不把人憋死了。」

王志紅：「我先看看你們都會啥名堂？」

金建中把嘴一抹：「好，我先講個斷句的故事。清朝有個翰林書法很好，寫了個扇面獻給慈禧太后，錄的是王昌齡的七絕一首：黃河遠上白雲間，一片孤城萬仞山，羌笛何須怨楊柳，春風不度玉門關。誰知道粗心大意把個白雲間的間字寫丟了。老佛爺一看大怒：大膽翰林，竟敢欺我不懂唐詩，傳來！翰林知道寫丟了字，嚇壞了，欺君之罪要掉腦袋的。不過這傢伙反應挺快，對老佛爺說：這已不是王昌齡的原詩，是用他的詩改填的詞。老佛爺說：既然是詞，你念給我聽聽，念對了免你死罪。古人寫字不是沒有標點符號嗎，那就全看怎麼斷句了。翰林念道：黃河遠上，白雲一片，孤城萬仞山。羌笛何須怨，楊柳春風，不度玉門關。怎麼樣？還真是一首詞。」

董龍彪說：「我也來講個斷句的故事。有個私塾先生在一個老財家教書，老財摳門摳得厲害，跟私塾先生立下了一條字據：沒有魚肉也可，沒有雞鴨也可，青菜蘿蔔不可少，不得錢。私塾先生啥也沒說，就答應了。到了年底，私塾先生告到官府，說老財有辱斯文。縣太爺把老財傳來，驚堂一拍：你為什麼虐待讀書人，不給人家吃葷的還不給工錢？老財說是兩相情願，有字據為憑。縣官老爺說：念給我聽聽。於是私塾先生就念了：沒有魚，肉也可；沒有雞，鴨也可；青菜蘿蔔不可，少不得錢。老財一聽傻眼了，只好認罰。」

我自然不甘落後：「我也有個斷句的笑話。有個媒婆給一家人做媒，那家人問女方怎麼樣？媒婆寫了九個字：腳不大，好頭髮，無麻子。那家人一看，不錯，就同意了。迎親那天，用轎子把新娘抬過來一看，又瘸又禿又麻。那家人氣壞了，找媒婆算賬，媒婆說：我不是給你們寫了嗎？」

王志紅撲哧一笑：「我知道了，那媒婆寫的是：腳不大好，頭髮無，麻子。」

董龍彪頓時對她刮目相看：「你反應挺快嘛！」

王志紅不好意思了：「啥嘛，這個笑話和上面講的那兩個有——」她臉紅了一下，大概覺得後半句話太有點文謅謅了——「異曲同工之妙麼。」

「哎，你怎麼不吃東西？」董龍彪把罐頭推到王志紅面前。

「我不想吃東西，我想聽你們說話呢？」

「我們說話有什麼好聽的。」

「好聽著呢，你們身上有藝術細胞！」

金建中不知有意還是無意歎了一聲：「有藝術細胞的兵招人嫌啊，有的幹部自己沒本事就希望手下的兵一個個都是大傻瓜，那帶起來多便當。」

「金建中，你喝你的酒吧。」董龍彪打斷了他的話。

但王志紅已經聽出了弦外之音。

「我看得出來，你們都不太看得起他。」

她一語道破，氣氛頓時變得尷尬了。

沉默了一會兒，金建中說：「你不要生氣，我們是覺得你有些虧了。」

董龍彪喝了一大口酒：「你幹嘛非嫁給他不可？就因為他是幹部？」

王志紅低著頭說：「我家裏收了他的四百塊錢，不嫁給，人家會說我家不仁不義。」

「就不能想個辦法，把婚退了嗎？」我說。

她歎了口氣：「世界上的事想想容易，辦起來難著呢！」

大家都不說話了。默默地喝酒。

不一會兒，青梅煮酒見底了。罐頭裏的東西卻剩下許多。自從有星期聚餐會以來。我們第一次有點不知肉味，卻不是因為韶樂。

溫暖舒適的大火炕，忽然變得燥熱起來。

「走吧。」董龍彪說；

我們向營房走去。身後，自燃煤山默默地吐著氤氳的熱氣。

不成體統的狂歡節

王志紅終於還是要和任光義結婚了。

在部隊裏辦喜事，是一種相當經濟的辦法。任光義把婚期定在五月一日，於是五一會餐也就兼做了他的結婚喜筵。喜筵自然要比一般會餐熱鬧些，所以這消息還是比較讓人興奮的。

五月一號上午殺豬。要殺的是一頭沒騸乾淨的公豬。去年來太風溝時，連裏把一窩半大小豬騸了讓一排帶上山來養，騸最後這頭時，從剛割開的口子裏擠出一個睪丸來。老衛生員用來騸豬的手術刀不小心割破了手，這頭豬便乘機逃之夭夭，得以留下一隻睪丸。長大以後，這頭去勢未淨的傢伙在圈裏惹事生非，鬧得滿圈不寧，炊事班早就想把它收拾掉了。

春節時殺了一頭豬，當時任光義吩咐邢萬來殺，因為他在家裏殺過豬。邢萬來不知為了什麼事正犯著二球病，脖了一擰：「豬是我喂大的，我有感情，要殺讓別人殺！」

任光義沒辦法，只好叫嚴長壽帶幾個人把豬殺了。殺了燙了以後，要吹鼓了氣才好刮毛，邢萬來有氣不肯吹；嚴長壽中氣不足吹不動。董龍彪當班長之前是司號員，說：「我來吹吧。不過有個條件，得把豬肝鹵了給我們班加個菜。」任光義只好同意。董龍彪皺著眉頭嘴對著捅開的豬蹄子吹氣的結果，是晚上我和金建中也都吃到了一塊鹵豬肝。

這次任光義照舊吩咐嚴長壽殺豬，邢萬來卻不樂意了，又脖子一擰：「這豬是我喂大的，蛋沒割乾淨，騷情得很，別人殺不了，要殺得我來殺！」

任光義一聽有理，就由他去殺。

殺豬是一件很隆重的事，大家都到院裏看熱鬧，王志紅也在看。邢萬來大顯身手！嘴裏振振有詞：「看你還敢窮騷情！」二百多斤的豬一下子就放倒了。別人幫著把豬押上了長條凳以後，他硬要一個人出風頭，不讓別人分享殺豬的榮譽。一掀腿騎在了正吼叫的公豬身上，左手揪住豬耳朵，右手要過殺豬刀來——刀桶進豬脖子，鮮血頓時噴濺出來。騎在豬上的邢萬來這時真是神氣極了，威風極了。忽然王志紅叫了一聲，大概是一滴豬血濺到了她的鞋面上，邢萬來抬頭看著王志紅，眼睛就收不回來。正怔神時，胯下的公豬猛一掙扎，從長條凳上滾下來，竟把威風凜凜的殺豬英雄邢萬來掀了個四腳朝天。而公豬四腳一沾地，就帶著噴流的鮮血滿院子狂奔起來。看熱鬧的四散讓開，王志紅嚇得連連驚叫，邢萬來急忙翻身躍起，惱羞成怒地追上去抓住豬尾巴，那豬竟回頭來咬他的手，他掄著豬直打轉，終於，豬血盡力竭，一頭栽倒在地，死了。邢萬來憤憤地踢著死豬：「叫你他媽的窮騷情！叫你他媽的窮騷情！」

豬是死了，但接豬血的盆子翻了，豬血灑了一院子，王志紅的新衣服新褲子也染上了不少紅花點。任光義老大不高興，但大喜的日子，又不便發作。

燙過了豬，割開豬蹄，用鐵釺子插進去順著皮下把豬全身都捅過了，要給豬吹氣時，任光義說：「董龍彪，還是你來吹吧。」董龍彪說：「還是老規矩，豬肝給我們班單獨做個菜。」誰知邢萬來的風頭還沒出夠：「我來吹，我要顆豬心就行咧。」說著搶過豬蹄咬著就吹起來，把董龍彪氣得夠嗆。

刮完了毛開完了膛，把豬一分為二。邢萬來的刀子劃到豬球那兒拐了個彎，沒把它割扔掉，說：「今晚先吃左半邊，把你留下讓你再騷情幾天。」右半片豬給提到伙房裏掛了起來。

左半片豬變成了晚上會餐的八大碗菜：紅燒肉、扣肉、過油肉、溜肉片、炒肉絲、炸肉圓……反正是豬身上打滾，變著法兒做就是了。我們許久沒有痛痛快快地吃一回肉了，雖然單調，倒也過癮。瘦肉多了，那用一寸多厚三寸多長的肥肉片做成的扣肉就無人問津了，只有邢萬來能一筷子夾起四片塞進嘴裏，一咬滿嘴流油。

部隊會餐本來不許喝酒，因為是任光義的婚宴，一批陝北老兵因為和任光義是老鄉，一定要喝酒慶賀一番，任光義也想把喜事辦得紅火些，就同意了。說喝酒可以，不許喝醉，但酒這個東西一喝進肚裏就身不由已。開始大家還頭腦清醒，一切都彬彬有禮，酒勁一上來，就控制不住了。

有位詩人說酒是：「水的形狀，火的性格。」酒的確是一把火，而人的情緒是乾柴，是煤。來到太風溝一年多的日子裏，單調、枯燥、寂寞、貧乏，被壓抑著的種種衝動和不安早就在人心中結成了一團團塊壘，就差一把火來點燃，痛痛快快地燒一傢伙了。於是你一杯我一杯地乾，半瓶酒下肚，本性大暴露，索性放縱一下，能喝的也喝，不能喝的也喝；有的沒醉說醉了，有的醉了說沒醉；桌上的肉越吃越少，話裏的葷腥味越來越多。不知哪個促狹的老兵出了個餿主意，行酒令：槓子打老虎，老虎吃公雞，公雞吃蟲，蟲蛀杜子，槓子再打老虎，輸的罰酒，還得講個故事助興，故事還必須和結婚有關。於是好些大通鋪上的口頭作品便發表到了酒席筵上。

「今天是副指導員大喜的日子，恭喜新郎新娘新婚快活。不過有的新朗倌知道結婚是咋回事，有的新郎就不知道，我來講講癡新郎的故事……」

大家哄堂大笑。

「……我來講個和尚打鼓……」

任光義臉上早就掛不住了：「今天是五一勞動節，不要講這樣的黃色故事好不好？」

講故事的老兵舌頭直打滑：「我……我們口頭開葷就成了黃色，不知道今晚上副指導員是啥……啥顏色。」

「今天是大喜的日子，只有新郎倌，沒有啥副……副指導員，酒席面前人……人平等。」

「副指導員，你不要這麼假……正經嘛，像打……打鼓的和尚，假正經沒意思，咱口頭……腐化歸口頭……腐化，挖煤一樣超額完成任務，打……打起仗來一樣衝……鋒陷陣，你信……不信！」

二球邢萬來不會講故事，卻不肯把風頭全讓給別人去出。他已經喝得差不多了，搖搖晃晃走回伙房，又搖搖晃晃走回來，雙手端了個盤子，盤子上放著那顆他吹豬得來的豬心，紅燒的，走到王志紅面前：「我衷心地敬祝新娘，呃」，一個飽嗝把新郎打丟了，「新婚快樂，獻上一顆心，表表，呃，我的一片心！」

一片起哄聲。王志紅和任光義哭笑不得。

鬧新房的時候，就更不成體統。一味尋開心的老兵們想出各種令人難堪的節目：要新郎新娘面對面地合坐一張小板凳，把幾粒小米放進新娘的後領子裏再抖擻幾下，要新郎手伸進去把小米捏出來，如此等等。反正任光義已失去了副指導員的權威，再加上又被灌得半醉，只好任老兵們折騰。王志紅也知道越扭扭捏捏越鬧起來沒個完，索性老兵們要怎麼就怎麼做，希望能早點過關。可是到了要「按電鈴」的時候，終於忍無可忍了。

邢萬來借著酒勁直著兩眼正要第一個上去「按」，王志紅退了一步，兩手護住胸前：「你敢！」

邢萬來說：「我咋不敢？」

王志紅放下雙手：「你敢我就抽你嘴巴子！」

任光義在一邊恨恨地盯著邢萬來。

雙方僵持了一會兒，大家鴉雀無聲。

邢萬來忽然蹲在地下，哇哇大吐起來。

老兵們一看已經沒趣了，連連說邢萬來醉了醉了，把他架走了。

於是鬧新房草草收場。大家熄燈就寢。

我們三個人沒參加鬧新房，端了幾盤剩菜，到我的小屋裏邊喝邊聊到很晚，有一種若有所失之感。三人小集團加一等於四，四人小集團減一卻似乎不等於三了。

那天晚上，自燃煤山是否燒得有點不太正常？

我不知道。

難言之隱

第二天早上，全排顯然還沒有從昨夜的狂歡中恢復過來，推遲兩小時起床，起來後仍是哈欠連天，無精打彩，只好追加休息半天。

嚴長壽倒是精神煥發，見任光義去廁所，也跟去蹲在他邊上，遞了支煙，擠著眼問：

「副指導員，昨晚感覺咋樣？」

「什麼咋樣？」

「兩個人費（睡）覺麼，夫（舒）坦壞了吧。」

任光義正色道：「你嚴肅點好不好？腦袋瓜裏不要盡裝這碼事。」

「哎呀呀，你不想這碼事結婚做啥麼。」嚴長壽嬉皮笑臉，「喏們茲都是結過婚的人了，你是新郎哪，喏是老郎哪，喏們茲交流一下經驗哪。」

任光義一下子火了：「你那腦袋瓜子有問題，要好好整頓整頓。」

嚴長壽仍然嬉皮笑臉。

這一天還算是平靜地過去了。

第二天起床不久，邢萬來餵完豬回到伙房，一看見掛在那兒還沒吃的半扇豬，當著來幫灶的王志紅又發開了二球勁，扯著嗓子嚷嚷起來：「豬球怎麼不見啦，啊，豬球怎麼不見啦！真他媽的騷情。」

王志紅聽不下去，走了。恰好任光義走來：「邢萬來，你亂喊喊啥亂喊喊，難聽不難聽？」

邢萬來脖子一擰：「上回少了兩張紙就要追查，現在少了個豬球，也要追查一下。」

任光議哭笑不得：「要是少條豬腿你大喊大叫還罷了，丟了個豬球，大驚小怪，你有病咋了？」

邢萬來信口說道：「怕是誰有病把豬球割去壯陽咧。」

任光義不知為何臉氣得紅了又白，白了又紅：「邢萬來，你這個兵毛病太多，要好好整頓整頓！」

我發現了一個奇怪的現象。那個狂歡之夜以後，任光義臉上的春風一天少似一天。王志紅的臉色也不如結婚前好看，少了紅暈，多了點憔悴。兩個人都似乎結婚結出了什麼心事。

更奇怪的是，任光義居然也來借我的《農村醫生手冊》。還書的時候，似乎有點失望，問「你就這麼一本醫書？有沒有更高級一點的，更全一點的？」

「沒了，你想查什麼病？」

「我的胃不大好，又不像胃炎，又不像胃潰瘍，想看看胃裏還能有啥病？」

跟我東扯西拉了半天後，他像忽然想起來似的問我：「你說為啥婦女病專門有個婦科，男人就沒有個男科呢？」

我說：「男人又不生孩子，大概沒有婦女那麼多毛病吧。」

他說：「大概就是。」

臨走時，我看他有些欲言又止，忽然想到：「副指導員，你剛結婚，是不是需要避孕用品，我這兒有這麼多，除了你沒人能用得上。」

他尷尬地笑笑：「對了，我就是想要這玩意呢，沒好意思開口。」

我說：「這有啥，又不是什麼丟人的事。」

這事，在當時並沒使我怎麼在意。

一天，王志紅拿來一包糖，是特意給我、董龍彪和金建中三個人的喜糖。」

「我想給你們買巧克力來，可是大烽礦的商店裏沒有。我知道你們城裏人愛吃巧克力，在我們村上插隊的北京知青給我吃過。」

我說：「你也愛吃巧克力？」

「好吃著呢，不知是啥做的？」

「主要原料是南方的一種植物，果實叫可可，海南島上才有。上次金建中家裏寄來一些巧克力，他給副指導員吃了一塊，副指導員硬說是高粱麵烤糊了做的，把他氣得夠嗆。」

王志紅一笑：「高粱麵哪有那麼香。」

我問王志紅：「你覺得我們這些當兵的怎麼樣？」

「好著呢。」她說。

「那天晚上他們喝醉了酒胡說八道，鬧房鬧成那樣，你也不生氣？」

「這有啥，在家的時候村裏人說起來比這厲害多了，鬧房鬧得還不像話呢。」

「王志紅，你說結婚……」一股好奇的衝動使我像蝸牛一樣小心翼翼地伸出觸角，隨時準備縮回來，「……到底有沒有意思？」

王志紅臉紅了，眼圈竟也有點紅了，停了一會兒，低著頭說：「沒啥意思，真不知道人幹啥要結婚。」

我自我解嘲地道：「那怎麼人人都對男女間的事那麼感興趣呢。」

「咋說呢。」她輕輕歎了口氣。

尷尬的沉默。我只好吃糖。糖雖是奶糖，但質量很次，像是熬糊了，甜裏有種苦味。

「衛生員，」王志紅有些猶猶豫豫地問，「你說人是不是吃啥補啥？」

「你問這幹嘛？」

王志紅一下子臉紅了，「沒啥，隨便問問。」

「大概是吧，不過也不一定。我有個同學得了慢性腎炎，他家裏給他每天早上蒸一個豬腰子吃，不放鹽，吃了大概有一年多。後來腎炎還真好了。」

「那得吃多少腰子啊！」

她為什麼突然問起這個？我著實有點奇怪，尋思了半天，突然想起前幾天邢萬來大喊大叫豬球叫人割去了，覺得似乎猜出了一點什麼，但不敢肯定。

果然，過了些天，王志紅來衛生室做棉球纏膠布時，又有點欲言又止的樣子：

「衛生員……你們學醫，學的東西多不多？」

「一共就學了三個月，刨去勞動和採集中草藥，學了不到兩個月，光學了點人體有幾個系統，大腦有多少對神經，身體有多少塊骨頭，可憐了。」

「我看你醫病醫得不錯麼。」

「還不是邊幹邊照書上看，書上沒有的我就沒辦法了。」

「噢，」她不說話了。

我的心怦怦地跳著，決心把那件他和她都難以啟齒的事捅開。因為我畢竟是搞醫的，比普通人多一種涉及禁區的權利。

「王志紅，我看你們結了婚好像不怎麼愉快。」

王志紅一個勁地用火柴棒捲棉球。

「是不是……」我鼓了一下勇氣，「副指導員有什麼不太好說的病？」

王志紅的手指停住不動了，半天才說：

「就是呢。」

「這種病我是治不了，不過可以下山到師醫院去看看嘛，也許能治好呢。」

「他不讓別人知道，怕丟人呢。」

「你沒勸他去治治？」

「我說了，他罵我騷情！」

「那我來勸他下山去治病。」

「你千萬莫說，他要知道是我說出來的，就恨死我了。」

「你們這樣下去也不是個事啊。」

王志紅歎口氣：「咋樣不能過呢，又不是個死人的病。過一陣子家裏要割麥了，我就要回去了。」

我也只好歎口氣。我已經為她嫁給任光義歎息過了，現在是雙重的歎息。

王志紅說：「結了婚，你們都離我遠了，我在這兒心裏悶得慌，你們要是還去赤道大火炕玩，把我叫上，行麼？」

「行，你還是我們小集團的成員嘛。」

「那件事你不要跟董龍彪他倆說。」

「我不說。」

不過，我沒能信守自己的諾言。

無論什麼秘密，要是不分給董龍彪和金建中一同來保守是不可能的。

我甚至還忍不住對任光義旁敲側擊地暗示了一番。

「副指導員，你的胃最近怎麼樣？」

「還可以，就是有時候莫名其妙地有些疼，也不知啥道理。」

「我看你結婚以後氣色好像不太好。我這個衛生員水平有限，我那本書上也沒有你的那種症狀，你可以下山到師醫院去檢查檢查嘛。」

「反正疼得不厲害，我看沒啥大毛病。」

「你不要諱疾忌醫嘛，胃病不一定就是胃的毛病，有時候陽氣不足也會引起胃疼。我們衛生員訓練時在賀蘭山那邊的阿左旗沙漠裏採過一種中藥，叫肉蓯蓉，是壯陽的，師醫院中藥房裏說不定還有，不知你吃了管不管用？」

大概我的暗示太明顯了，他用警惕的眼光看著我，我連忙把話題扯開。

第二天，任光義照舊帶隊上工去了，王志紅到衛生室來，說不小心跌了一跤，要點松節油抹抹。我看她胳膊和腿上青了紫了好幾塊，眼睛紅著，顯然哭過。

「王志紅，你怎麼啦？」

她眼淚刷的就下來了：「我叫你不要跟他說，你咋還是說了？」

「我沒說啊，怎麼，他打你了？」我大為不安，也許根本就不該管任光義的事，可此事又不是任光義一個人的事。

王志紅擦去眼淚：「他一口咬定是我告訴了你，他的病，昨天夜裏，就拿我出氣。」剛擦完眼淚又湧了出來。

「太不像話了！」我義憤填膺，「當男人沒能耐，打老婆倒挺有本事，你根本就不該跟他這種人結婚！」

「結了，咋辦？」

「離！」我說。

「哪兒那麼容易啊！」王志紅長長地哀歎著。

不知為什麼，我忽然對王志紅也有了一股無名火：「那你就……」差點脫口而出的是「守活寡吧」，但這話實在不該從我嘴裏說出來，說出來的是：「……忍著吧。」

於是，只好忍。

王志紅在忍。

任光義在忍。

邢萬來在忍。

我們也在忍，忍耐著太風溝的荒蕪，還忍耐著一部分嫉妒，因為說實話，董龍彪，金建中和我，都或多或少地喜歡上了太風溝裏唯一的女性，而她卻屬於一個我們最看不起的男人。

「忍」這個漢字造得真是絕妙：心字頭上一把刀。這把刀是插在心上的，使心的每一陣波動都從刀口向外流血？還是懸在心上的，像用一根頭髮絲吊在王座上方的達摩克利斯之劍，隨時都可能落下來，把心刺破！

對不知情的人來說，太風溝的生活還是老樣子，但對已洞穿隱秘的我，當然還有董龍彪、金建中，已經從王志紅越來越暗淡的表情裏；從邢萬來二球勁十足的舉止上；從任光義看王志紅、看我們（有一次王志紅和我們在一起玩恰好被他看到），特別是看邢萬來的那種眼神中，隱隱約約嗅到了一種越來越緊張的氣氛，像是劣質煤欲燃未燃時發生的味道，令人窒息！

恥辱柱

其實，每個人都像一座自己燃燒著的煤山。不同的是自燃煤山始終那麼平靜，那麼優雅，那麼不急不慢地燃著，既不熄滅也不冒明火。而人胸中的煤如果不開發出來給以良好的燃燒條件，鬱積得深了，久了，就會變成岩漿，或者冷凝，或者爆發。

歸根結蒂，人還是一種動物。動物有慾，人也有慾。動物不懂得壓抑自己的慾，一切聽其自然，如水流淌，雖然不雅，卻也釀不成大禍；可人知道如何壓抑自己的慾，而壓抑就是囤積，囤積後的潰圍，就成為洪水猛獸了。

我們的澡堂和伙房在一排，占了營房院子的一面。裏面一隔為二，外間是更衣室，里間是淋浴室。淋浴室的房頂和營房的其他房頂不一樣。其他的房頂都是學寧夏老鄉的蓋房辦法，在椽子上鋪一層葦簾或草簾，再在上面糊了半尺多厚的泥做屋頂。寧夏少雨，即使來上一場大雨，泥頂還沒濕透，雨就停了。但淋浴間整日水汽蒸騰，泥頂顯然不行，於是就在窄木條架子上釘了三層油氈，還有兩塊玻璃天窗，用以採光。雖然簡陋，但每天都能洗個熱水澡，卻是太風溝裏唯一值得欣慰的事。邢萬來除了餵豬，還負責燒澡堂的鍋爐。

每天大規模洗澡的時間是下午下工以後，其他時間誰樂意也可以進去洗個澡。王志紅來到太風溝，自然也享受這份待遇，只要浴室裏沒人，她盡可以頂上門洗個痛快。這在她的陝北老家是無法享受的。

年輕女子進入浴室，在太風溝自然會引起年輕男子們的某些聯想。想像的空間歸想像者個人所有，想像的樂趣別人奈何不得。可有人偏偏不滿足於想像，於是樂極生悲，惹出「冒頂」之災來。

就寢之前，王志紅進浴室洗澡；各班在讀遲到了一個星期的報紙；我在衛生室裏讀王志紅帶來的那本《創業史》；任光義不知道在自己的房間裏幹什麼，也許在為那種算不上什麼的病苦惱。突然浴室裏傳來王志紅的一聲驚叫，緊接著聽見吱吱嘎嘎、乒乒乓乓、轟轟隆隆一陣巨響，全營房的人都從各個房間裏衝了出來，跑到浴室門口，不知裏面發生了什麼。沒有人敢去推那扇門。大家面面相覷不知所措，任光義拍著門大喊：「王志紅，裏面咋啦？」

只有響動，沒有回答。過了片刻，浴室門打開了，王志紅穿著顯然是匆忙中套上的內衣內褲，頭髮上和身上還有肥皂泡沫，裹著外衣衝了出來，低著頭一言不發地跑回了房間。

浴室的門不再是障礙了，眾人一擁而入，看見的是這樣一個場面：

浴室頂上的窄木條架子折斷了，天窗碎了，油毛氈破了，半個屋頂塌了下來，有兩根蓮蓬頭管子給砸彎了，房頂塌處的地上趴著一個彪形大漢，正抱著腿在那兒哼哼。在王志紅洗澡時從天而降的「飛將軍」，正是二球邢萬來。

一切都一目了然。

任光義從來沒這麼威風過，雖然氣得臉色鐵青，卻是精神抖擻地下命令：

「一機班長，今天晚上你們班給我把邢萬來關到空房間裏看一夜，明天再作處理！」

邢萬來從來沒這麼窩囊過，儘管在眾目睽睽下趴在地上閉著眼裝死，還是被架到空房間裏去關禁閉了。被拖起來時既不反抗也不吭聲。

「你們看過莫泊桑的《莫蘭那隻公豬》沒有？邢萬來這二球真他媽是一頭公豬！」董龍彪說。

冒頂事件把太風溝的正常秩序全搞亂了。董龍彪和金建中熄燈以後睡不著，鑽到我的小屋裏來聊天。

「今晚上全蔫了，像被放了血似的。邢萬來膝蓋跌破了皮，剛才我去給他包紮，罵他也太沒出息了，他光喘粗氣，一言不發。」

「洋相出大了，太風溝要有好戲看了，」金建中說，「任光義把邢萬來恨透了，就愁沒辦法治他呢，這下可好，自投羅網。」

「鯀又要治水了。」我說。

「那還用說，抓住這個典型，不狠狠治一下才怪呢！你們看，」董龍彪指指窗外，營房裏燈全熄了，只有任光義的房間還亮著，「這會兒肯定正在制定治水計畫呢，明天又要聽動員大報告了。」

這天夜裏，任光義房間的燈一直亮到很晚。

第二天，幾乎熬了一夜的任光義竟然容光煥發，全無困意。早操列隊時，任光義宣佈：

「今天不出工，下午開全排大會，揭發批判邢萬來，整頓非無產階級思想。上午各班準備發言材料，每班至少要有兩人發言，每人至少發言十分鐘，不能輕描淡寫，要上綱上線，深挖思想根源，要充分認識加強思想革命化的偉大意義重要性！」

鯀也會吃一塹長一智，也會吸取教訓、總結經驗，作充分的戰略部署。早飯後，任光義一個班一個班地落實重點發言，審查揭發材料和批判稿，而且吩咐炊事班中午加一個回鍋肉犒軍，大有不獲全勝誓不收兵的架式。

如此治水，看來邢萬來在劫難逃。

一切準備就緒，批判大會開始。全排列隊而坐，邢萬來像條喪家犬似地孤零零單坐在隊列之外的小板凳上，大腦袋垂在褲襠裏。

任光義的批判動員足以報上次治水失敗的一箭之仇：

「同志們，昨天晚上發生的事，啊，大家都親眼看見了。一個革命軍人，堂堂中國人民解放軍的戰士，戴著鮮紅的領章帽徽，竟然爬房頂偷看階級姐妹洗澡，啊，這是啥行為？把澡堂房頂都爬塌了。這個房頂塌得好，它給我們敲響了警鐘，同志，要好好繃一繃思想的弦了！」

「俗話說，無產階級思想鬆一鬆，資產階級思想就攻一攻。邢萬來同志犯的這個錯誤，有很深刻的思想原因，身為太風溝駐軍的首長，啊，我思想政治工作抓得不夠，對不良傾向的鬥爭不夠堅決，不夠有力。我早就對我們太風溝講黃色故事下流話這種歪風邪氣看不慣，幾個月前我就要來一次整頓，啊，結果是正不壓邪，阻力重重，而且阻力還來自我們的班幹部。有人說我是大驚小怪，有人說我是小題目大作，有人說這種行為不是資產階級思想作怪，而是啥人的本性。啥本性？啊，資產階級有資產階級的本性，咱無產階級有無產階級的本性！有人說偷兩張紙不犯三大紀律八項注意，說想調戲個婦女太風溝還沒有，說我這個副指導員當的沒水平，啊，結果怎麼樣？太風溝沒有婦女，他就去撕衛生員的醫書，這個人就是邢萬來！那兩張紙，今天上午已經在邢萬來的包袱裏查到了！現在太風溝有了婦女，他就去調戲婦女了！如果再不狠狠打擊這種歪風邪氣，我們的部隊就要變質，我們的思想就要變修，同志，我要對你大喝一聲，啊，是懸崖勒馬的時候了！」

任光義終於找到了一個可以揚眉吐氣的機會，而且確實揚眉吐氣。

邢萬來卻被釘在了恥辱柱上。

下來是各班的揭發批判發言。二球邢萬來平常沒少得罪人，任光義上午又佈置了任務，更何況他這次偷看的是在太風溝人人心中都佔有一席位置的王志紅，觸怒了公憤，於是牆倒眾人推，劣跡一一揭發出來。

首先公佈了上午抄檢邢萬來私人物品的結果，抄出的「罪證」——

解剖圖，就是《農村醫生手冊》上少了的那兩張，此案終於水落石出。

批判大會開了整整一個下午。邢萬來始終垂著頭坐在小板凳上，眼睛直勾勾地盯著地下，一聲不響，一動不動。最後當任光義問他對自己的錯誤有什麼認識時，邢萬來竟表現出阿Q「二十年後又是一條好漢」的氣概，把粗脖子一擰：

「要殺要剮，隨你便！」

這一天是任光義非常得意的一天。從散會後他臉上抑不住的亢奮神色看，這一天似乎比他結婚的那一天更幸福。

晚飯後大烽礦打來電話，說礦上今夜有露天電影，歡迎部隊去看。任光義吹哨子緊急集合，待全排打好了背包全副武裝列隊完畢，他用大有進步的動作向值班班長還了禮，才欣然宣佈，晚上去大烽礦看電影。並本著懲前毖後，治病救人的態度，允許邢萬來也去看。

誰知任光義也是樂極生悲，剛剛獲得的威信還沒有維持過夜，就因為看電影時發生了一件誰也沒料到的事而土崩瓦解，並使他陷入了一個更嚴重的危機。

「彈射座椅」

任光義太得意了。以為這一下就把邢萬來徹底治服了，並且同時也把董龍彪、金建中這些對他不屑的人敲得夠嗆。

大家太麻痹了。以為邢萬來徹底蔫了，再也沒啥蹦躂頭。誰也沒想到二球邢萬來會做出多麼二球的事來。

大概只有董龍彪注意到了邢萬來反常的神態，注意到了他的那愚頑的眼裏射出的與往日不同的光。

電影是《奇襲》。雖然已看過好幾遍，大家還是坐在背包上看得津津有味，影片快結束時，隨著一聲爆炸，青川江大橋垮了，志願軍奇襲成功。任光義萬沒料到，自己也遭到了奇襲。

邢萬來不知何時擠到了他和王志紅中間，手裏竟握著一顆擰開了保險蓋的手榴彈，拉火環套在邢萬來的另一隻手上。任光義聲音頓時就變了調：

「邢萬來，你要幹啥？」

「你不讓我活，我也不叫你活咧！」

邢萬來一點沒有猶豫就拉掉了拉火環，手榴彈在他手裏輕聲嘶叫著。

三秒鐘，只要三秒鐘，這對冤家就將同歸於盡。而王志紅也將香消玉殞。旁邊坐的人也會跟著遭殃。

任光義傻了。

王志紅蒙了。

周圍的人全怔了。

沒有一個人響，也沒有一個人動，大家的腦瓜中此時都不知道在想什麼。大概都在無可奈何地等待一聲爆炸。爆炸了，這折磨人的三秒種也就結束了。被炸死的人不會再為此而恐懼，而沒炸死的人也就此脫離了危險。

這起嚴重的政治事故將震撼全師乃至軍區，成為獨立二師歷史上恥辱的一頁。

此時此刻，如果有一位王傑或者門合式的英雄出現，在千鈞一髮之際，用自己的身體捂住那即將發生的爆炸，用自己的生命保衛階級兄弟和姐妹的生命安全，這恥辱的一頁就將變成光榮的一頁。

而一切，也都在這三秒種裏發生了。

一個挽危局於一旦的人衝到邢萬來身邊，雙手合力一個擒拿中的捲腕動作，就把手榴彈從邢萬來手裏奪了過來。

這個人是董龍彪。

手榴彈還在嘶嘶作響。往外扔？四面都是看電影的人。不扔？那就只有趴在地上用胸口壓住它。

一個凡人就要死了。

一個英雄就要誕生。

咚！手榴彈爆炸了。但事情發生了戲劇性的變化。凡人沒有死，英雄也沒有誕生，危機的結束竟被塗上一層顯然不是英雄壯舉所應有的滑稽色彩。

人們看到隨著爆炸聲，董龍彪被完整地拋到空中約有兩米高，翻了個斤頭，又完整無缺地落了下。原來爆炸前一剎那，董龍彪擠開了旁邊一個戰士，把手榴彈塞到了背包底下，自己一屁股端坐在背包上，爆炸的氣浪把他抬舉到半空，抱膝翻騰一周半掉在地上時除了手和臉蹭破點皮，爬起來拍拍屁股，竟安然無恙。爆炸處的地面上只有一個淺淺的小坑，全部彈片都嵌進了打得結結實實的背包裹。

爆炸事件誰也沒有料想到的發生了，又以一種誰也料想不到的方式結束了。

空場上看電影的人群卻像發生了爆炸，一片驚惶的響聲如雷：

「咋啦？咋啦？啥炸啦？死人了沒？」

有的人向裏擠，想看個究竟；有的人向外擠，怕再發生爆炸，一下子全亂套了。

金建中急中生智，擠到放映機旁的麥克風前大叫：

「沒事，沒事，剛才是手榴彈不小心——走火，沒有人員傷亡，請大家不要擠，不要亂！」

在爆炸的中心，任光義、邢萬來呆呆地站著像兩根木頭。

任光義臉色煞白，說不出話來，雖然毫毛未損，但魂已被炸飛了。

邢萬來雙眼勾直，嘴裏念念有詞：

「咋了，我沒死？我咋了，沒死？」

王志紅也站著一動不動，目不轉睛地看著董龍彪。

董龍彪抱著他的大救星看了一會兒，放下炸開了的背包，走過來一腿掃在邢萬來後膝蓋上，把邢萬來掃得跪在了地上，怒氣衝衝地罵道：

「你個二球也知道怕死？你活的不耐煩了別人還沒活夠呢！你要有種，再給你顆手榴彈你一個人到一邊死去，帶上副指導員墊背也行，誰再攔你誰是王八蛋！」

邢萬來的二球勁消失得無影無蹤，跪在地上並不站起來，嘴裏喃喃道：

「剛才死了就算了，沒死我也不想死咧。」

董龍彪又轉向任光義：「你還怔著幹嘛？還不把隊伍帶回去！」

「對對，把隊伍帶回去。」任光義如夢初醒，手不知是有意識還是下意識地又捂在了胃上，「我胃又疼了，你來帶隊吧。」

的確，在經歷了剛才這一幕之後，只有董龍彪才有足夠的資格和足夠的權威下達命令。而任光義的地位則完全從太風溝的最高指揮官下降到了一個只有挨訓的份的新兵。

「注意了！」

董龍彪一聲口令，聲音不高，卻極威嚴，全排為之一振。

「背背包！」

頃刻間，全排背包上肩。像全訓連隊那麼精幹利索，一點也不拖泥帶水。

「目標，營房。成二列縱隊，齊步一走！」

隊伍行進了。腳下是不平整的山路，步伐卻齊刷刷絲毫不亂，而且大家故意把腳踏得啪啪直響。

而任光義和邢萬來無精打彩地跟在隊列後面，活像一對難兄難弟。

王志紅一個人走在最後面。事件從突起到平復，沒聽見她發出一點聲音。但我想，這個夜晚，她一定有非常非常多的感想。

回到營房。董龍彪宣佈：解散後儘快熄燈睡覺。於是全排無人喧嘩，各班迅速就寢，至於馬上能否睡著，自然另當別論。但有一點可以肯定，大通鋪上的話題今夜是男人而不是女人。

董龍彪到衛生室來，我給他跌破的地方塗紅藥水；金建中隨後跟進來，嘴裏連連叫道：

「老九了不起！老九了不起！簡直蓋了帽了！要不然今天晚上起碼三具死屍。那兩個熊死了也就算了，王志紅要是也死了，那就是玉石俱焚了。」

董龍彪傷得很輕，手心上破了一小塊，顴骨和鼻尖上各破了一小塊皮。塗完藥，我順手用紅汞棉球在他額頭上並排畫了三個五角星：

「今天晚上的戲比電影精彩多了，你絕對是英雄，可惜碰破了鼻子，有損英雄形象，英雄是頭可斷血可流，鼻子是無論如何不能碰破的。」

董龍彪自己也抑不住得意，「什麼英雄不英雄，老子不過坐了一回彈射座椅。」

「什麼？」

「彈射座椅，就是飛行員屁股底下坐的那玩藝兒。你們知道飛行員跳傘是怎麼跳的嗎？座椅下面有顆小炮彈，需要跳傘時，一摁電鈕，座艙蓋打開，小炮彈把飛行員連人帶座椅從飛機裏彈射出來，就像我今晚上坐的差不多。可惜我吃不到飛行員的伙食，一天三塊五啊。」

「唉，可惜沒有酒，」我大覺遺憾，「要不今天咱們三個人痛痛快快喝個通宵，誰也管不著。」

「還要把王志紅叫來，給梁山好漢把盞。叫任光義當跑堂的小廝，給我們端酒端肉，叫邢萬來這個黑旋風下潯陽江去抓魚，給咱們做醒酒湯。」金建中興高彩烈，一味的信口胡說下去。

我說：「錯了錯了，抓魚的是浪裏白條張順，李逵給張順淹了半死，哪裡會抓魚，只會用手抓醒酒湯裏的魚。再說邢萬來怎麼能和李逵相提並論。」

董龍彪也極為興奮，往我的床上一躺，嘴裏朗朗念道：

「水許（滸）裏有一個李達（逵），手拿著兩把大爹（斧），從梁山伯的祝英臺上跳將下來，嘴裏哇剌（刺）哇剌地大叫：要大塊契（吃）肉，把酒直管用大碗師（篩）來！」

我們大笑不已。

任光義推門進來，見我們正在大笑，竟有點進退維谷，做出不該闖進來的樣子。不過他畢竟不是跑堂的小廝，我們也畢竟不是梁山好漢。董龍彪雖然對他不屑，還是從床上坐了起來。

「董龍彪，沒傷著哪兒吧？」任光義問。

「要傷著了還能這麼笑，哭都來不及！」

「真沒想到邢萬來會……」任光義想了一下，用了個報紙上常見的詞，「鋌而走險。」

「還不是讓你那樣治水治的，狗急了還會跳牆呢，人臉就那麼一張皮，你把他全撕了他什麼事做不出來。他偷看女人洗澡壓塌了房頂，應該批評，哪怕給處分，要是看我老婆洗澡我也不高興。可總要與人為善吧，是多大的事就說多大的事，不能把人往死裏整！」

金建中在一旁敲著邊鼓：

「用鯀的辦法治水還是不行的，我看邢萬來恐怕是有病，最好叫他到醫院去檢查一下，治一治。」

任光義的臉又開始紅白相間了。

「副指導員，」我說，「董龍彪今晚的行為，夠不夠得上是王傑門合式的英雄？」

「英雄是英雄，不過把手榴彈塞在屁股底下，和王傑門合相比……」

金建中火了：「非要把手榴彈揣在肚子下面被炸死了才是英雄？沒炸死就不是英雄？你不要瞪著眼睛到處去找英雄，告訴你，英雄就在我們身邊！」

「對對對，我剛才考慮了，要向上級給董龍彪請功！」

「算了吧，你要不卡我們幾個的組織問題就不錯了。」董龍彪說，「要請功就得請過，手榴彈好好的自己會爆炸？如實反映情況，那邢萬來非得押送回家不可。這傢伙是不好，可要到那一步也太慘了。而且你這副指導員恐怕也當不成了。功不功的我無所謂，沒炸死就不錯了。」

「那怎麼辦呢？」任光義顯然沒想到這一層。

「你自己看著辦吧。」

「我回去再好好考慮考慮。你辛苦了，好好休息，這幾天就不要出工了，我叫伙房給你做病號飯，加強營養，早日把傷養好！」

任光義走了，最後的關心話叫董龍彪哭笑不得。

「你幹嘛不讓你請功，弄個英雄噹噹這年頭什麼都有了！」金建中大為不平。

我說：「管他任光義怎麼樣呢？這種人罷了他的官最好，本來就不是當官的料。」

「送佛送到西天，救人救到底吧。再說，我又不是光為了任光義和邢萬來，王志紅人不錯，和咱們處的挺好，為她總得講點義氣吧。任光義到底是她丈夫，倒楣倒大了她臉上也不好看。」

金建中歎道：「董龍彪啊，你這人才是刀子嘴豆腐心呢！」

董龍彪說：「我不過是這麼想，這事還不一定包得住呢，只要排裏有人向上反映，他們兩個傢伙少不了還得倒楣。」

我用鑷子夾出兩個酒精棉球，「我把你腦門上的紅星擦了吧。」

這天夜裏，任光義房間的燈又一直亮到很晚。

情網難逃

王志紅終於要走了。我們在赤道大火炕為她餞行。

仍然是罐頭和青梅煮酒，不過因為是告別宴會，為顯得隆重些，都乘以二，罐頭四個，酒兩瓶。還買了四隻小酒杯。

雖然快進六月了，太風溝的風還是挺涼，不過坐在大火炕上仍然暖和舒適。酒是熱的，菜是溫的，四個人圍坐在一起，感情氣氛是暖的。只是溫暖中有一點微寒的離愁別緒。

「王志紅，你明天就要走了，」金建中舉起酒杯，「這杯酒，祝你一路順風！」他嘴裏嗞的一響，把酒吸乾了。

我也舉起酒杯，「祝你平安到家！」

「祝你到家後，家裏有個好收成！」董龍彪一仰脖子也乾了杯。

王志紅也把酒杯端起來，碧綠的酒在杯口晃動著。

「我不會喝酒，不過今天的酒我一定要喝，咱陝北窮，去年又遭了災，我來部隊本是想找口飯吃，找個生活依靠，沒承想在太風溝認識了你們，你們不嫌棄我，把我當朋友看，我沒啥好表示的，就把你們敬我的酒，全都喝了。」

她舉起杯一飲而盡，雖然不是白酒，還是被嗆著了。她抓過酒瓶倒滿第二杯又乾了。倒第三杯時，董龍彪攔住她：

「別喝太急了，吃點東西再喝，喝太猛了容易醉。」

王紅執意倒滿第三杯，看著董龍彪：

「要不是你救了我的命，我早沒了，也回不了家了。喝醉了又有啥？」

一連三杯，全喝乾了。

金建中拍手叫道：「好，豪爽，巾幗英雄！不過咱們還得細酒長流，多享受一會兒，都搶酒喝，喝完了也就沒意思了。」

我說：「還是來行酒令吧。」

金建中說：「行酒令有兩種，一種罰酒令，一種賞酒令。大家都不願意喝的時候，行罰酒令； 大家都想喝時，行賞酒令，誰贏了才有權喝一杯酒。」

「那就來賞酒令。」

「咱們來念唐詩，怎麼？每人念出的詩裏都要有酒字，或者要有喝酒的意思，才能喝酒，念不出來沒酒喝。」

「行。」

「那我先來了，『葡萄美酒夜光杯，欲飲琵琶馬上催』。這是古人送別時作的詩，」金建中飲酒一杯。

我隨後念道：「『兩人對飲山花開，一杯一杯復一杯』。」也飲酒一杯。喝完了仍意猶未盡，接著念道，「『今日醉臥君且去，明朝有意抱琴來』。希望王志紅下次再來，我們給你接風。可惜大火坑上沒有山花可開。」

輪到王志紅了，她念的是：「『勸君更盡一杯酒，西出陽關無故人。』」念第二句時，眼睛竟有些濕了。

董龍彪說：「你不會喝酒，就不要乾杯了，抿一口意思意思就行。」

王志紅仍然端起杯一飲而盡。咽酒時，有兩滴淚流出了眼眶，不知是不是叫酒嗆的，她順手擦去了。

董龍彪想了一下，看著王志紅念道：「『抽刀斷水水更流，舉杯澆愁愁更愁』。」他也倒滿一杯，喝了。說：「酒是好東西，不過解悶可以，澆愁就不行了。要解愁關鍵是要想得開，我覺著倒楣，覺著窩囊，還有比我更倒楣更窩囊的。啥都想開了，活著，有飯吃，不生大病，就不錯了。人就是要會窮中作樂，苦中作樂，知足常樂，要不還怎麼活。」

「算了吧，」金建中說，「人才不是這樣呢，欲無止境。活著，還想當官；有飯吃，還想有酒喝；不生病，還想找老婆；老婆有醜的有漂亮的，都想找個漂亮的。都像你說的那樣，世界倒是太平了，可也就沒勁兒了。不過苦中作樂倒是對的，咱們這是地地道道苦中作樂。我又開始了啊，『人生得意須盡歡，莫使金樽空對月』。」他給自己倒上一杯酒，「人生不得意也要盡歡，沒有金尊照樣乾，」一仰脖，把酒乾了。

我正要接著來，王志紅問：

「從古到今，男的為啥都這麼愛喝酒？」

「酒色財氣，酒色財氣，酒是第一個字嘛，」金建中又開始信口開河了，「自從盤古開天地，猴子下地變成人，世界上多少快活，多少煩惱，多少福，多少禍，多少陰晴圓缺悲歡離合的故事，全都走不出這四個字。古希臘人認為自然界是由四大元素組成的：水、火、土、風。我看人類社會也是由四大元素組成的：酒、色、財、氣。」

王志紅聽入了神，「你講的挺有意思，接著講。」

「行。古時候，有個文人認為人世間的一切災禍，都是由這四個字惹出來的，就在一個山上的一個亭子上的一根柱子上，題了一首詩。」

這是我們三個人過去說過的話題了，我倒了一杯酒說：

「該我喝酒了，這首詩我來念吧：『酒是穿腸毒藥，色是刮骨鋼刀，氣是下山猛虎，財是惹禍根苗』。」

我喝了一杯酒。金建中接著說，「後來又有個文人，看到了山上亭子上柱子上的這首詩，覺得寫的不對，就在另一根柱子上也題了一首詩，叫：『無酒不成筵席，無色世上人稀，無財誰肯早起，無氣總受人欺』。這兩首詩各有道理，但又都有點片面性，後來……」

董龍彪抓過酒瓶說：

「又有個文人題了一首詩：『飲酒不醉是英豪』，」他把倒出的酒喝了，一抹嘴，「『見色不迷最為高，不義之財君莫取，忍氣饒人禍自消。』」

金建中話癮還沒過完，仍滔滔不絕：

「就說你到太風溝來以後看見發生的這些事，哪一件跟這幾個字沒有關係？酒，人無聊，就想喝酒，喝多了就會生事，胡說八道胡來一氣，你們結婚那天的喜酒喝得副指導員老大不高興，對吧；色，邢萬來要不是色迷心竅就不會爬塌房頂，這是他的醜，不是你的醜，你不要不好意思；財，咱們現在一個月津貼沒幾塊錢，談不上這個字，不過師裏要不是為了財，就不會派我們到這鬼地方來挖煤；氣，副指導員要是沒有氣，就不會那樣整邢萬來；邢萬來要是沒有氣，就不會拉手榴彈，對不對？」

他得意洋洋如同發表了一篇哲學論文，舉起酒來正要喝，王志紅一句話使他舉到嘴邊的杯子停住了。

「那你說董龍彪那天晚上冒自己的生命危險救別人的命，是跟這四個字裏哪一個有關呢？」

「這，」金建中傻眼，「讓我好好想想，」他努力想了一會兒，「嗯，慚愧，好像是沒什麼關係。」

「那就是說，還有比酒色財氣更重要的東西，要不世界上全都是亂七八糟的事，不就亂成一團糟了？」

金建中拍手叫道：「對對對，想不到王志紅還有點哲學思想，佩服，佩服，我這個四大元素的理論的確不夠完善。」

「那比酒色財氣更重要的東西是啥呢？」王志紅問。

金建中被問卡殼了，「你說是啥呢？」

「我感覺到了，可又說不清到底是啥。」

「是真、善、美，友誼，還有……」

董龍彪倒酒喝酒，剩下一個「還有……」不說了。

「還有啥？」

董龍彪沉吟了一會兒說：

「愛情吧。」

「對了，我一下子沒想起來，就是真、善、美。」金建中說，「沒有真，人和人之間就不會吐真情，講實話，大家就都成了假正經，偽君子，那人活著多他媽的累；沒有善，董龍彪就不會捨己救人，當然還要有勇敢，善和勇在一塊才是英雄；當然還要有機智，要不他就成了死英雄而不是活的英雄了，可現在人不死人家就不認為你是英雄，真他媽不公平。哦，還有美，沒有美，我們就不會喜歡文學和藝術，就會只知其肉香而不知其韶樂美。還有友誼，沒有友誼，我們四個人就不會坐在一塊兒談心聊天喝酒；還有愛情，沒有愛情嘛……」

金建中忽然發覺當著王志紅不該闡述有關愛情的問題，但已經說出口了，只好說下去：

「沒有愛情嘛，那男人和女人之間光剩下個色字，也就沒多麼大意思了。」

王志紅把我們三個的酒杯倒滿了，把自己的也倒滿了，很認真很莊重的端起酒來：

「為了真、善、美，還有友誼，我誠心誠意地敬你們一杯！」

她的神情使我們很有些感動，也很認真很莊重地端起杯子，四個人互相碰了一下，把酒乾了。

我們從下午一直喝到黃昏。四個人都有了醉意，搖搖晃晃往回走。

太陽帶著它的光從四周渾圓的山巒上落了下去。迷朦的光線中，自燃煤山的火光漸漸變紅變亮了。

走出赤道，走下大火炕，王志紅忽然說：

「呀，我的一個小銀鎖掉在大火炕了，你幫我一塊兒去找找行不？」

董龍彪猶豫了一會兒，答應了。

我說：「我們也去一塊兒找找吧。」

金建中拉了我一把，「我們倆先走，要不人家看見又說我們搞小集團了。」

我一下子意識到了點什麼，就和金建中先回去了。

我們走後，赤道大火炕上又發生了一些事，當然那是後來董龍彪告訴我們的。

王志紅和董龍彪又回到了我們下午喝酒的地方，董龍彪低頭在幫王志紅找小銀鎖。王志紅默默站了一會兒，搬開一塊石頭，對董龍彪說：

「別找了，在這兒呢。」

小銀鎖是她自己壓在石頭下面的。

董龍彪直起腰來，「找到了咱就回去吧，天不早了。」

「求你單獨和我在一起待一會兒！」

董龍彪後來說，他立刻就知道他和王志紅都陷入了一種危險，就像握著那顆嗤嗤作響的手榴彈，可他既不能把它扔出去，也沒有背包可以把它壓在底下，只有聽任它爆炸。

「我真後悔沒聽你的話。」

「什麼話？」

「不該和任光義結婚。」

「我知道，他有病，不過有病可以治嘛。」

王志紅又羞又氣，眼淚刷就出來了：

「你就這樣看我？你把我當成啥人了？你以為女人圖的就是這個？」

話裏充滿幽怨，董龍彪的心顫慄了。

「對不起，我說走嘴了，我不該這麼說。」

「治好了他也不是個男人！」

董龍彪一聲不響。

「真悶人啊，真悶死人了！」王志紅重重長長地出了一口氣，「我心裏憋得難受，真想有個人，可以抱著他痛痛快快哭一場！」

董龍彪還是沉默。

王志紅抬起眼看著董龍彪，董龍彪也看著她。

王志紅再也忍不住了，撲到他身上，緊緊抱住他大哭起來，像要把所有的傷心、哀怨、憂鬱、委屈、全都從這大哭裏傾倒出來。

董龍彪像根木頭，站在那裏，任她抱，任她哭，一動不動。

王志紅的哭聲變成了低低的抽泣，她的淚濕了董龍彪一大片衣服。她的頭頂著董龍彪的下巴，臉在他胸前使勁蹭著。

董龍彪像根石樁，立在那裏，任她頂，任她蹭，一動不動。

王志紅哭累了，緊緊箍著他的雙臂也沒勁了，整個身子疲軟了，卻是滾熱的，順著董龍彪的身體向下滑。

董龍彪像一塊鐵，被圍著他的那團熾火燒熱了，燒紅了，但還沒有軟，沒有化，任王志紅抱著他的雙手一直滑到了腿上，整個人跪坐在他身前。有一股熱流在他身內流動著，奔湧著，他覺得自己就要堅持不住了，但終於還是，一動沒動。

王志紅也抱著他一動不動。

旁邊的自燃煤山在靜靜地燃燒，把紅光投向已經黑下來的夜空。

他們這樣靜靜地呆了許久，董龍彪說：

「該回了。」

王志紅哭過後顯得平靜多了，順從地站起來，再沒說一句話，把那個小銀鎖放進了董龍彪胸前的口袋裏。

董龍彪想把小銀鎖掏出來還給她，但沒敢這麼做，他怕太傷這個不幸女人的心。

他們默默無語地走回來，火口的紅光把兩個淡淡的影子投在大火炕上。

聽董龍彪說完了這些以後，金建中連連讚歎：

「好漢！『見色不迷最為高』，真是武松武二爺！」

我卻在為王志紅惋惜：

「唉，王志紅這麼個人真可惜了，如果不是生在陝北，而是生在北京……」下面的話我不好說下去了。

董龍彪做了個深呼吸：

「我真後悔，當時沒抱她一下。我還從來沒和女人這樣過。」

金建中道：「千萬不能抱，一抱就完了。你總算沒掉進這張情網，你想過沒有，你要真掉進去了將來怎麼出來？」

王志紅終於走了。她帶來的一點生氣似乎也全帶走了。太風溝又變得像從前一樣單調、枯燥、乏味。任光義照樣當他的副指導員；邢萬來照樣餵他的豬，燒他的鍋爐（澡堂的房頂自然早就修好了），再也沒犯過二球勁。聽說要給他個處分，但並沒有見宣佈。聽說要給董龍彪請功，也沒見動靜。不過任光義倒是很快就讓董龍彪填了入黨志願書，並且把他從班裏調出來，當了我們這個排的上士，大概算是對他的報答。像我一樣，董龍彪也單獨擁有了一個小房間，每隔兩三天跟拉煤的車下山採購肉、菜和糧食。買好東西再跟拉煤的車上山來。

除了這些小小的變化外，生活基本恢復到了王志紅沒來以前的狀況。雖然無聊，倒也平靜。但這種平靜沒有持續多少時間。看來在人們心底暗暗湧動著的那種東西，那種力量，註定了要在太風溝惹出一些不平常的事來。

七月，王志紅和夏天又一起來了。

我們三個在赤道大火炕為她接了風。戰士們也大為高興。因為營房又有了生氣，有一個尼姑的廟總比全是和尚有活力。

但任光義並不為此感到高興。一是大概因為他的病；二是因為找了這個婆姨差點使他遭了殺身大禍；三是因為王志紅來並沒有事先跟他打招呼。他正好要去團裏參加一個政治幹部短訓班，把老婆一個人留在太風溝顯然不放心。好在僅僅一個星期。

對王志紅的再次到來最高興也最不安的，是董龍彪。他預感到這次將要發生什麼事，他預感到的事果然發生了。

半夜，他夢見下雨，聽見淅淅瀝瀝的雨聲。雨滴很溫暖地落在他的臉上，醒來伸手一摸，臉是濕的，夢中的雨聲原來是一個人輕輕的啜泣。這個人就坐在他的鋪板邊上。

太風溝營房的門都沒有插銷。外面一把掛鎖，裏面是一根頂門的木棍。冬天怕風吹開門，睡覺前把門頂上，夏天一般都不頂門，董龍彪房間的門自然也沒有頂。但現在他的門被頂上了。

他知道這個人是誰。

「王志紅，你怎麼來了？」他輕輕問。

「我想你！」輕輕的回答。

「快回去，有話白天說。」

「我想你想得不行了！」

「這樣多不好。」

「我老遠從陝北來，不是為了任光義，是為了你！」

「萬一讓人看見……」

「大不了是個死！要沒有你，我早死過一回了！」她抓住他的手，把身體俯向他。

他努力推開她，「我不要你報答！」

「我不是報答你！回家後，見不到你了，比死還難受，我實在受不了，啥也不管，就來了！」

「可你是結過婚的人！」

「我知道我是任光義的老婆，不配你，也沒指望和你做長久夫妻，礙你的前程，我就想把自己給你，只要你喜歡過我，就行了。」

董龍彪已抵抗不住了，但還在竭力抵抗。

「快別這樣，別這樣，別這樣……」

王志紅又哭了，淚珠滴在他身上，像炒得滾燙的豆子。

「我就這麼賤，你不願意要我，我又不是圖你啥，我就是……想你想的不行了，哪怕你把我當……」她使了好大的勁說出：「破鞋呢？」

董龍彪被震撼了，「你胡說些什麼？」

王志紅哽咽著：

「我知道，我不是個好女人，你在心裏罵我，罵我是個騷情貨！我認了，可是我不信有一點都不騷情的男人和女人，我就想不通，一個女子想把自己給喜歡的男人到底有多大的罪？」

「你別說了，你是個好女人，我知道，就是命不好。」

「過去我不認識你，反正稀裏糊塗地咋都能活，認識了你以後，才知道心裏頭要有一個人活著才有意思。心裏沒有人的日子我一天也過不下去了。為了心裏的人，我啥都敢做，你身邊要是有顆手榴彈要炸，我也敢上來搶，哪怕炸死我，也不叫炸死你！能為你死是我的福氣，我就是這樣了，多大的罪名我也敢背！你要是害怕，我這就走，明天就回家去，再也不來了！」

董龍彪在喘息中沉默著，急促奔流著的血液使他渾身發燙。

怎麼辦？

「你到底還是陷入情網啦！」金建中大驚失色。

在我的衛生室裏，董龍彪神色莊重地把昨夜發生的事向金建中和我做了簡略的情況通報。

我當時震驚的程度就像一年前聽說林副統帥出事了差不多。

「你們說，我該怎麼辦？」

董龍彪歎了口氣，「我已經不是見色不迷的好漢了。」他自嘲地笑笑，「男子漢大丈夫敢做敢當，只是我心裏空悠悠的沒個底，不像上次搶邢萬來的手榴彈，一點不怕，連後怕都沒有，就覺著挺好玩，挺得意，也不覺得是件什麼了不起的事兒。可這次像做了一件最了不起的事，又是一件最不該做的事，想聽你們幾句話，讓心定一下。」

金建中歎了口氣，「自古以來，多少英雄都是過不了美人關哪。你如果光圖那個，那倒好辦了，難辦的是你已經認真了，已經生生死死了。可你和她這種事認了真不會有任何結果，只能把你們越搞越慘。水能載舟，也能覆舟；欲能生人，也能死人，人家把男女之情看成洪水猛獸不是一點道理都沒有。你信得過我們，問我們怎麼辦？我只有一句話：到此為止！」

「怎麼到此為止？」

「趁現在沒別人知道，就當沒這麼回事，對你，對她，都好。你對她要冷下來，把燒起來的火澆滅，反正不能再熱，王志紅是個好人，也是個明白人，她不會纏住你不放的。不能太認真了，這種事怕就怕『認真』二字！」

「那我到底該怎麼辦？」董龍彪使勁扔了香煙，像獅子一樣低低地吼著，「如果我光顧了自己的一輩子，王志紅這一輩子怎麼辦？」

怎麼辦？誰也不知道該怎麼辦？

在愛情上，女人往往比男人更不顧一切，更勇敢，一切聽其發展，而不去問怎麼辦。

半夜，王志紅又悄悄進了董龍彪的房間。

也就在這時，任光義回來了。

任光義去團裏參加一個星期的短訓班，但第四天就藉故回了太風溝。他傍晚就到了，卻餓著肚子在外面一直等到半夜才回營房。他的病使他有一種不安全感。

他走進自己的房間，王志紅不在房間裏。

他怕的就是這個。但在怕的背後，他隱隱約約的似乎也正等著這個。他可以有地方好好出一出一直窩在心裏的那股氣了。他拿起手電筒出來查鋪，目標只有兩個，除了他以外，只有我和董龍彪單獨住一間房。他先到了我的房間，房門沒頂，當時我正在熟睡。什麼也不知道。

他又到了董龍彪的房間。射入的光柱證實了他的猜測；裏面的人也立刻明白了自己的處境。

又一顆手榴彈爆炸了，但一切都是無聲的。

太風溝裏的人都在夢鄉裏，醒著的只有四個人：他，董龍彪，王志紅，哨兵。哨兵在營房門外，不知道院子裏發生的事。

任光義以為自己穩操勝券。他像一個法官一樣坐在自己屋裏，等待他的犯人前來投案，來聽他的判決，乞求他的寬恕。

過了一會兒，王志紅進來了。他以為王志紅一定不敢正視他的眼睛，結果他的眼睛不得不避開王志紅的目光。

「給我跪下！」他威嚴地低聲喝道。

王志紅站著沒動。臉是紅的，表情卻是不屑的。抬起手把一縷頭髮從眼前撩到耳後。

「不要臉的婊子！」任光義罵道。

他看見淚花在王志紅眼圈裏轉著，心想，她就要跪下求饒了。

王志紅把淚忍了回去，低聲說：

「你說，怎麼辦吧？」

「你們想怎麼辦？」他本來想把這句話很嚴厲地扔給那兩個人的，沒想到地讓王志紅硬梆梆地先扔給了自己。

「你們想怎麼辦？」他下意識地反問。話是同樣的話，但已完全喪失了威力。

「離婚！」王志紅低著頭說。

「什麼？」任光義臉變白了。他這才意識到這一仗他很可能打不贏。可自己完全是處在有利的地位上，怎麼會治不住這個女人呢？

「離婚！」王志紅抬起頭又說了一遍，斬釘截鐵。

他想說：「離婚就離婚！離婚我也饒不了你！我要叫你們倒大霉！把你們徹底搞臭！叫你們……」可他說出的卻是：

「為啥要離？」

形勢完全顛倒了，他成了乞求者。

「你不是個男人！」

他臉上火辣辣地發燒。他這才感覺到，原來不是一個男人比偷人、比搞破鞋還要恥辱。

「我去治病！」他艱難地吐出這四個字。他要改變這種恥辱。

王志紅卻感到了極大的羞辱，「你以為我是因為你的病才要和你離婚？你以為我是因為你沒能耐才跟別人好？你以為你治好了病就是個男人了？你要真是個男人你有病我也認了！可你不是！」

任光義又被激怒了，「你們亂搞反倒有理了是不是？」

「是我去勾引他的，是我自己到他房間裏去的，是我硬想把自己給他的，我隨你處置，隨你發落，大不了是一個死，跟你這種人過，還不如死了痛快！」

「你再說！」任光義抄起頂門的棍子，照準王志紅掄過去，王志紅一聲沒響，手捂著頭蹲下了，片刻，血從發絲和指縫裏流了出來。

「你再打！」王志紅的目光咄咄逼人地盯住他，「你就是把我打死了也算不上個男子漢！」

門推開了，董龍彪站在門口。

「這種事你不找男的算帳拿女的出氣算什麼本事？」

「當然要找你算賬！」

「那好，你說吧，來文的還是來武的？來武的我先讓你打三棍子，然後我再還手。來文的我先把衛生員叫起來，給她把傷包紮了，我們兩個男人再談。」

任光義拿著棍子怔在那裏動彈不得，他永遠也左右不了在他身邊發生的事。

「你不動手，就說明你是要來文的，一會兒我在我房間等你！」

董龍彪扶起王志紅到衛生室，把我叫起來給她包紮傷口，傷口有三公分長，肉都翻出來了，需要縫針。

我知道怕發生的事終於發生了。拉上窗簾，盡可能輕地給王志紅縫合傷口。夜仍是靜靜的，除我之外沒有驚醒任何人。

董龍彪在他的房間裏和任光義進行談判，沒有開燈，兩個煙頭的紅光在黑暗中使勁地強了又弱，弱了又強。

「這事，你說，該怎麼辦？」一個聲音在問。

「你想怎麼辦？」另一個聲音在反問。

「你們這是什麼行為？」一個聲音在質問。

「我不想解釋什麼。」另一個聲音根本不接受質問。

「剛才我要把全排叫起來，看你的臉往哪裡放。我是想給你們一個悔過的機會。」

「如果不是為了你自己的臉，你早就吹哨子緊急集合了！」

「你太……放肆了！」任光義恨得咬牙切齒。

「你到底想怎麼辦？」

好一會兒，任光義終於把氣咽了下去，開口道：

「董龍彪，你救過我一回，這次又坑我一回，我們把話說清楚，誰也不再欠誰的，行不行？」

「你說吧。」

「今天夜裏，就當你們沒在一個屋裏，我也沒看見。」

「條件呢？」

「你不能再跟她……講話，不能再讓別人知道，過幾天我就叫她回去，你們再也不能見面！」

「我也有一個條件：從今天起不許再以任何方式虐待她。她提出離婚，你必須同意，你不能坑她一輩子！」

好半天，任光義從牙縫裏吐出一個字：

「行！」

一個在夜裏悄悄發生的危機，又在夜裏悄悄地結束了。

但，它真的結束了嗎？

緊急集合

任光義一連三天沒有帶隊出工，在家裏當了三天看守。王志紅走到哪裡他的眼睛跟到哪裡。三天裏，王志紅和董龍彪沒有機會講一句話。他們三個人胸中的塊壘都已被火點燃了，卻又在拼命隱忍著，不讓它燃燒。別人也許不在意，我卻看得出來，他們瞳孔深處的目光和皮膚下面的表情都因為竭力的隱忍而變色變形了。

真壓抑啊！我也被這種壓抑的氛圍緊緊纏裹著。

第四天，董龍彪跟拉煤的車下山買菜去了。

第五天上午，趁董龍彪還沒回來，任光義看準了機會一定要王志紅跟拉煤的車下山回陝北。這次我們無法為她餞行了。

臨走前，王志紅到我的房間裏來給傷口拆線，悄悄問我：

「董龍彪啥時能回來？」

「也許今天下午，也許明天上午。」

「走前我無論如何得見他一面！」

「你今天就走了，怎麼辦？」

「車經過大烽礦我就下來，夜裏我在赤道大火炕等他！」

「他要是今天回不來呢？」

「明天夜裏我還在那裏等，後天夜裏我還在那裏等，等到他我再走！」

「那你吃飯怎麼辦？睡覺怎麼辦？」

「只要能再見他一面，我咋都行！」

「我知道了，你放心！」

「你跟金建中打個招呼，就說我走了。你們都是好人，這一走，怕再也見不到你們了。」

王志紅流淚了。我的鼻子也忽然不通了。

下午董龍彪回來了。

聽說王志紅已經走了，董龍彪兩眼立刻就紅得像要冒出火來。卸車時，一使勁竟把個面口袋撕破了。我連忙找了個機會把王志紅留下的話告訴他，他眼裏的火才不冒了，回到房間裏倒頭大睡，等待夜晚來臨。我知道他心裏肯定在翻江倒海，開了兩片苯巴比妥給他吃，好讓他的情緒鎮定一些。

夜幕終於降臨。但董龍彪還得焦急地等待，晚點名，讀報，然後才熄燈，就寢。看見任光義房間的燈熄了，我走過去輕輕敲了敲董龍彪的門。金建中已和別人換了熄燈後的第一班崗，好讓董龍彪出去時不被人注意。

董龍彪去了。我在想王志紅孤身一人捱到天黑，又一個人孤零零地在赤道大火炕苦苦等待的情景。她餓嗎？她渴嗎？她害怕嗎？即使是夏天的夜裏，太風溝的風還是很涼很厲害的，尤其在野外，嗚嗚地響著像野獸在叫。好在赤道大火炕是溫暖的，而且也不算太黑暗，有火口的紅光映照著。

金建中下崗後，又到我的小屋裏來唏噓感歎了一番。

「唉，不是冤家不碰頭，老話把情人叫冤家，真是有道理。他倆怎麼會碰到一起的？命運真他媽會安排！」

「這會兒，董龍彪已經到了吧？他倆將來能成嗎？」

「姻緣這個東西，自古以來誰也說不清！」

「董龍彪說，任光義答應和王志紅離婚。」

「你當離個婚那麼容易？又不是在美國。任光義心眼那麼小，報復心可大著呢，他能輕易放了王志紅？沒門！董龍彪真不該捲進去。捨己救人，倒把自己捨壞了，做好事的人往往沒有好結果。不過話說回來，他比我高尚，我大概是有點玩世不恭了。」

「問題是他和王志紅真有了感情。」

「問題是王志紅是個女的！如果是個男的，再有感情，當個好朋友，什麼事也沒有。可她是個女的，這就牽連到酒色財氣的色字上去了。一沾上這個字事情就不好辦了。」

「唉，你注意沒有，董龍彪和王志紅這幾天整個瘦了一圈，臉色那麼難看，我看任光義也夠受的。」

聊了一會兒，金建中回班睡覺去了。我也躺下睡了。我們都沒有想到，任光義也會做出驚人之舉。

半夜，急促的哨子聲把全排從夢中喚喚醒。

緊急集合！

任光義在每個班門口挨著喊過來：

「有緊急情況，不打背包，只帶武器！」

不像是一般的緊急集合。片刻之後，全排在院子裏集合完畢。

任光義站在隊前：「根據上級緊急通報，今夜有特務在我太風溝地區活動，命我排立即出發。任務，包圍自燃煤山，搜捕！」

隊伍跑步出發。戰士們被突如其來的敵情刺激著，緊張而興奮。

明白內情的只有金建中和我，知道董龍彪和王志紅危在旦夕，卻又只能跟著隊伍往赤道大火炕跑，無法給他們任何幫助。

已經看到自燃煤山的火口射向夜空的紅光了。突然，一聲槍響劃破靜夜。

「誰開的槍？」任光義大聲喝問。

「報告，是我走火。」金建中回答。

「金建中，你！」任光義氣得說不出話來，接著喊道：「加速前進，包圍，不要讓人跑了！」

以火口的紅光為中心，搜捕的包圍圈在迅速縮小。

火口下面的大火炕上沒有人。有人踢響了一個罐頭盒，是我們聚餐時留下的。

和火口平行的赤道上也沒有人。

當包圍圈再縮小，大家看到在山頂上被火口的紅光隱約照到的地方，有兩個並肩站在一起的人影，既不動也不跑，馬上有幾根手電筒光射過去。當這兩個人被照亮時，大家全怔了，沒有一個人上前，也沒有一個人知道碰上這種情況該怎麼辦？

前來抓人的人和被抓的人都站著一動不動，像一群被紅光映照著的雕像。腳下的自燃煤山在默默燃燒。透過膠鞋底，腳心已經感覺到了燙。

任光義已經變得歇斯底里：

「你們看，這對不要臉的狗男女搞腐化，上回叫我抓住放了，這回又跑到這裏來搞，又叫我抓住了。我饒了一回不饒二回，要丟人，咱們一塊兒丟，看看誰丟的人更大！」

董龍彪一言不發一步一步向任光義走來。

任光義嘴裏還在叫罵：

「王志紅你個婊子！你不是說跟我過還不如死了痛快麼，我今天就叫你好好痛快痛快，看你個騷情貨還有沒有臉再做人！」

他把手電光死死照在王志紅臉上。

王志紅臉色慘白，忽然厲聲說出：

「任光義，你以為我不敢死麼？我死給你看！」說完轉身向著射出紅光的山頂的邊緣跑去，邊緣下面就是熊熊燃燒著的火口，誰也來不及上去攔住她。

「王志紅，你站住！」

董龍彪轉過身來聲嘶力竭的呼喊。

王志紅從陰影中跑到了從下面漫上來的紅光裏。跑到山頂邊緣，也許是因為熱氣的炙烤，也許是因為沒有力氣了，也許，是因為她並不想死，腳步變慢了，但還是在倔強地向那危險的邊緣邁去。

「王志紅，你回來！」

董龍彪不顧一切向她衝去。王志紅已經踩到山頂邊緣了，她站住了，轉身朝向董龍彪，但腳下一滑，身體撲倒在傾斜的山頂邊緣上，隨著早就被火烤得酥鬆了的風化岩層塌落了下去，只從紅光中捲起的塵埃中傳上來一聲長長的慘叫。

在場每一個人的心都被這慘叫撕裂了。

「王志紅！」董龍彪趴在王志紅滑下去的地方也是一聲長長的慘叫。彷彿從喉嚨裏迸出來的不是聲音，而是一片鮮紅的血。

一切都已無可挽救。

自燃煤山還是那麼無動於衷地燃燒著，絲毫不知道它大張著的火口裏剛剛吞吃了一個生命。一個年輕、漂亮、聰明並且癡情的女人的生命。

任光義完全嚇傻了，臉上毫無表情地呆立在那裏，嘴裏念叨著：「這怎麼會，這怎麼會。」

一個比他高大粗壯得多的黑影走到他身邊，狠狠一拳把他打倒在地上。這個黑影是邢萬來。

董龍彪被從山頂上架了下來。醒來後一句話不說，伸手就從一個戰士腰間拔下一顆手榴彈，一邊離開人群走去，一邊在擰蓋子。

我和金建中急忙撲上去，一句話也說不出，只是緊緊抱住他。

我們這個排就這樣垮了。

事故傳出後，另一個排到太風溝來接替了我們的任務。我們被調回連裏整訓。

任光義的副指導員被撤了，受留黨察看的處分。還有一個處分是邢萬來給他的，那一拳把他的下頜骨打骨折了。到年底，任光義轉業回家。

邢萬來因為曾經爬場房頂，企圖製造政治事故和打壞了任光義的下頜骨，被提前復員，遣送回鄉。

董龍彪的黨員自然再也不會批下來，背了記大過的處分，年底復員。

金建中又幹了一年，我則又幹了兩年才復員。

開始幾年我們三個互有書信聯繫。知道董龍彪結婚了，但處的不好，後來又離婚了。

金建中後來也結婚了，有一次出差路過來看我，問他婚後如何，回答是：「湊合著過吧。」似乎也不太幸福。

再後來，信漸漸稀少，以至於沒有信了。雖然感情不會忘卻，關係畢竟是疏遠了。

但隨著時間的越離越遠，我對那座夜裏發光雨中吐霧的自燃煤山和那片溫暖的赤道大火坑卻越加懷念起來。太風溝現在恐怕已經交給地方，成為一個頗有特點的小型露天礦了。自燃煤山的景致一定有人樂於觀賞，赤道大火坑大概也成為青年礦工們彈吉它唱歌的地方。他們知道那火口裏曾經焚毀過一個人的青春和生命嗎？

如果有機會，真想和董龍彪、金建中一同舊地重遊，買兩個罐頭一瓶青梅煮酒，坐在那塊溫熱的土地上，談談肉、韶樂和女人。

1986年8-10月寫於青島八大關

莫格爾少校

一個故事可以有很多種開頭，只有一種結尾；也可以只有一種開頭，卻有很多種結尾。當然你也可以說，有很多種開頭，也有很多種結尾。生活無始，生活也無終。而想把某一段生活落實到文字上，你就不可能躲開起始和終結的問題。

我這次想寫的，是一塊在記憶中埋藏了很久的經歷，像一壇原先淡而無味的薄酒，卻因為時間的因素使它濃厚和醇香起來。也因為相距遙遠，它的邊緣已經有些模糊不清了，但它的內核卻相當結實堅硬，時間的胃酸也很難把它消化掉。它粗糙的表面是一塊璞石，我敢斷定它的內裏藏著一塊玉。但是如何剝離開那些粗糙的石質，把它溫潤透明硬朗而有光澤的本質呈現出來呢？我的筆開始像玉工的鑿子一樣，試探著從各個角度向裏面切入，其實，從任何一個角度，任何一個細節，任何一個回憶，都可以進入故事的核心。

開頭一：銀根

妻在銀行工作，有一個詞進入耳朵的頻率很高，這就是「銀根」，諸如銀根緊縮，控制銀根等等等等。但有一個字面上完全相同的詞卻已被我遺忘很久了，忽然想起來時它已成了非常遙遠處的一個幾乎看不清了的小點。在我和那個銀根相熟的時候，還不知道現在耳熟能詳的這個銀根為何物。那個銀根是一個地名，我的這段經歷就發生在那裏。

於是我翻開地圖開始尋找它，它應該就在中國這只雄雞背上正中最凹陷處靠近邊境線的地方。時間的變化在地圖上也顯示了出來，那時候銀根屬阿拉善左旗，阿左旗原是內蒙古自治區的一個旗，當時劃歸寧夏回族自治區管豁。這樣在原來寧夏的頭頂賀蘭山北部又多出了一大片直抵國境線的戈壁灘。這塊戈壁上一個稍稍有點出名的地方是吉蘭泰鹽湖，或許遠古的這片大陸腹地是一片大海，海水蒸發了，濃縮了，凝成這鹽湖；而裸露出的海底便成了荒蕪的戈壁。當年我從阿左旗北行，正是取道吉蘭泰鹽場，再向前經過巴音諾爾公，然後到達銀根的。那時候從賀蘭山往北這一大片比原來的寧夏回族自治區的面積還要大的戈壁都是我們獨立師的防區。但是在現在的地圖上，阿左旗重又劃歸內蒙古自治區了，我只好把地圖翻到內蒙古那一頁，仔細找了一遍，竟然沒有銀根這個地名。難道地圖也像人的記憶一樣會把一個相隔久遠的地方給忘掉嗎？我不甘心，又仔仔細細地搜索了一遍，在我覺得應該是銀根的那個位置上，卻是三個完全不同的字：昆都侖。我斷定這個昆都侖就是銀根，因為它的左邊是公古賴，右邊是巴音戈壁。休眠的記憶細胞開始蘇醒，公古賴的左邊是阿拉善右旗的巴丹吉林沙漠，巴音戈壁的右邊是杭錦後旗，那裏有古代烽煙迭起的狼山。歷史曾經劃給寧夏一塊擁有國境線的土地，而我這個寧夏獨立師的士兵也因此擁有了一段與國境線有關的經歷。現在，阿左旗早已脫離寧夏，獨立師的建制也已在百萬大裁軍的舉動中撤銷，我所擁有的，只是對那一段歲月的記憶了，記憶如煙，你不抓住它，便很可能飄散掉。

我不甘心銀根這個地名就此消失，又找了幾個不同版本的地圖，果然在昆都侖這個地名旁邊找到了一個括弧，在括弧裏面是兩個很小的字：銀根。銀根，這是一把落在厚厚的灰塵裏的鑰匙，找到它，就可以開啟返回過去的厚門了。

駐紮在銀根的，是獨立師四團（邊防團）的團部，這是大銀根。從大銀根向北直上，緊抵邊境線只有五公里的地方，是小銀根，這是一連連部駐紮地。我是獨立師一團二連的兵，卻因為在解放軍文藝上發表了幾首小詩，被師裏宣傳科當人才看中，專門派到邊防團來體驗生活，有一段時間就住在小銀根的一連。那時候我作為一個兵是相當特殊的，可以和一般士兵一樣站崗巡邏，也可以以採訪為名和部隊首長不分上下地片閒傳。（注：陝西話，聊天的意思）平常在戰鬥班裏攪馬勺，碰上會餐或者有來客要小小地宴請一下，必被請到連首長的桌上去風光一下。那次體驗生活的結果是攪盡腦汁搜索枯腸寫了一篇幾千字的散文，今天如果能夠找出來再看一眼，定是不堪回首的幼稚感和大可回首的親切感兼而有之，可惜翻箱倒櫃也找不到當年視若珍寶的作品了。現在想來，怎麼那麼些有趣味有意味的事當時都寫不進文章裏去；而在二十年以後，隔了厚厚的歲月鏡片去回顧，那段當時覺得寫不到文章裏去的經歷才有趣了起來，讓我產生了寫作的衝動。

開頭二：一個卵子的團長和四隻眼睛的政委

我是坐著一種蘇制吉普嘎斯六九向邊防線走去的，同車的是邊防團的朱團長和苟政季。現在已經見不到那種老掉牙的車了，但當時它的性能似乎並不比新裝備部隊的北京吉普差，而且我一想到它，就會想到和我同車的那一高一矮一壯一瘦一紅一黑一重一輕的那兩個軍官，正是從他們身上，我知道了什麼是粗獷和細膩。關於這一對團長政委，有一段在師裏廣為流傳的佳話，那時候他們還沒有來到一個團裏當主官，一個在二團當參謀，一個在師裏當幹事。有一天他們在電話裏相遇了：「喂，你誰呀？」「我老豬啊，你誰啊？」「我老狗啊。你是哪個老豬？」「參謀老朱。你是哪個老狗？」「幹事老苟。」老豬火了：「別他媽開玩笑，我是老朱！」老狗樂了：「誰跟你開玩笑，我是老苟！」後來他們調到一個團裏成了搭擋，兩人在工作上密切配合，在生活中卻不斷抬槓。老苟把老朱的宿舍叫豬圈，老朱把老苟的寢室叫狗窩。每每抬到不可開交，老朱便說：「不抬了，不抬了，豬咬狗，兩嘴毛！」老苟必定要糾正：「我嘴裏是豬鬃，你嘴裏才是狗毛！」

朱團長有個外號，叫「一攬子」團長，開始我以為這是個大事小事一把抓，拿起一把刀來眉毛鬍子頭髮都剃的人，後來才從老兵那裏知道這個「一攬子」的「攬」其實是用方言把「卵子」的「卵」給念走了，男人都有兩個卵子，他卻只剩了一個。丟了一個卵子，這在別的男人是一種恥辱，而在他身上卻是一個光榮，那個卵子是打仗打掉的。當年在青海剿匪的時候，敵人打槍打得極准，壓得他們抬不起頭來。想起來要用迫擊炮來壓住敵人的火力，才發現炮架子被驚跑的騾子帶走了，朱團長（那時候還是朱排長）一急之下，抱過迫擊炮來往兩腿間一夾，抓起炮彈就往炮管裏塞，炮彈一個接一個從他褲襠裏飛出去落在敵人的陣地上開了花，戰場的勢態立刻就發生了逆轉。正當他興奮地站在那兒大叫：「叫你們狗日的嚐嚐老子雞巴鋼炮的厲害」的時候，他那並非鋼炮的雞巴卻嚐到了子彈的厲害，一顆不知道是屬於流彈還是經過精確瞄準的子彈從他得意洋洋的褲襠裏穿過，打掉了他的一個卵子，至於是左邊的還是右邊的就搞不清了。他當時就昏了過去，有人說是疼昏的，那玩藝兒使勁捏一把都鑽心地疼，何況楞叫子彈給打飛了呢！有人說是氣昏的，那開槍的傢伙哪兒不好瞄非要瞄上這傢伙呢！要是被流彈無意命中的那流彈怎麼就不長眼跑到這裏來了；或者是像長了眼似的專往這裏鑽呢！而他後來則否認那顆卵子是被子彈打掉的，更願意說是情急之下那顆卵子也變成了一顆炮彈飛了出去，這當然帶有開玩笑的性質。每當他持這一說法時，荀政委都會由衷地讚歎：「不得了，不得了，每一個精蟲都是一個彈片，勝過美國人的子母彈！」於是朱團長便大笑：「你他媽的老狗又笑話我，你兩個卵子有什麼了不起，一個卵子兩個卵子都是個球，我看當兵的有一個卵子也就夠用了，老婆又不在身邊，你另外的那一個純屬多餘！」於是荀政委便說：「真是馬王爺說三隻眼睛好，朱團長說一個卵子好。幸虧你不是皇帝，要不然天下的男人都剩一個卵子了！」於是朱團長說：「割別人卵子的事我老朱可不幹，不過要是可以拆卸的話，我可以考慮讓來當兵的都拆下來一個打到包袱裏去，等到復原了再發給回家。那樣能少些思想問題，你當政委的也輕鬆些。」荀政委說：「你當別人都像你呀，一個卵子血性還那麼旺，幸虧處理掉了一個，要不然非犯錯誤不可！」朱團長便得意地道：「有什麼辦法，我一個卵子生了兩個兒子，你兩個卵子只生了一個女兒！」槓抬到這個份上，荀政委只好說：「是沒辦法，老蛋上馬，一個頂倆。上有劉帥一隻眼，下有朱團長一個卵，都是獨種！」不知道是讚還是罵。

嗄斯六九在荒涼的戈壁上顛簸，到邊防去的路單調遙遠而漫長。要抵抗旅途的疲勞感，天南海北的閒聊胡侃和針鋒相對的抬槓是最有效的興奮劑。但那時候團長在我的眼裏已是很大的官，和他們如此緊密地擠坐在一個小車裏並且聽他們生冷不忌地說著一些和在隊列前作訓示時完全不同類型的話，語言裏那種既親切又陌生既莊嚴又褻瀆的氣息使我有一種興奮的窒息感。當抬槓結束朱團長用游擊隊歌的調子快活地唱起了自編的詞來配合吉普車的跳動節奏：「我們都是神槍手，每一顆子彈打中個敵人頭；我們都是神炮手，炮筒裏飛出個爆炸的球……」我驚訝地想，這有點下流的歌要不是出自一個被敵人打掉一個卵子的戰鬥英雄之口，豈不就是在歪曲革命歌曲嗎？可是再一想，這首歌的作者賀綠汀被打成了黑幫之後在報紙上還沒見到解放復出的消息，那麼那首歌還算不算革命歌曲呢？

苟政委顯然看出了我這個小兵的惶惑和拘謹，把手搭到我的胳膊上說：「是不是聽首長講大道理聽慣了，一下子和當團長的人坐得這麼近，聽他們胡說八道，有點不習慣？」不等我表示肯定或否定，他拍拍我的肩膀：「將來你也會當團長的，你肯定既會講大道理，也會胡說八道。你放鬆一點，坐得舒服一點，我們又不是在開班務會，別把吉普車當小板凳坐。其實對戰士來說最厲害的官應該是班長，官越大越不用怕。」他用那雙在近視鏡片後面顯得小了的大眼睛望著我，目光因為在度數很深的玻璃片裏繞了彎而使人感到親切。如今我也算是當了團長的人了，當然只是團級的幹部而不是一團之長，因而在隊前用大道理訓話的那一套長官的派頭依然沒學會，而胡說八道的本領卻比他們那時候有過之而無不及。

荀政委也有個外號叫四眼政委，這倒沒有什麼典故，只是因為他鼻樑上架的那副度數很深的眼鏡。他的鼻樑細長，那副眼鏡可以架在鼻樑上的任何位置，而眼鏡的位置則能很明確地表示他對某人某事的態度。團裏的幹部們都習慣了他從玻璃鏡片後面透出來的親切的目光，而一旦目光不是透過鏡片而是直接射到某個人的臉上，那個人就要小心了。當他聽彙報工作不滿意時，眼鏡便會從鼻樑上滑下來，鏡片上方的眼睛眯縫著像在打瞌睡，但眼睛下方的鏡片卻像睜開的眼睛一樣在盯著你。等他滿意了，眼鏡又會慢慢回到原來的位置，眼睛又會在有點朦朧的鏡片的後面很和靄地望著你。他一般不發火，真要發火時，便會把眼鏡推到額頭上。儘管朱團長會粗聲大氣地罵人，甚至用一大桶粗話把你澆個狗血噴頭，但下面幹部們更怕的還是荀政委，因為他一旦把眼鏡推到額頭上，不但鏡片下面的一雙大眼在瞪著你（那雙眼睛要比平常在鏡片的遮蔽下大出許多），而且眼睛上面的那副鏡片也像一雙怒眼在瞪著你。有一個挨過訓的副連長對我形容過：兩個眼睛瞪著你就夠厲害的了，乖乖，四個眼睛一齊瞪著你誰吃得消！特別是上面的那雙眼，那火氣就像是從額頭上冒出來的！這大概就是四眼政委這個外號得名的由來，不過我並沒有看見過他發那麼大的火。在我去體驗生活的那段時間裏，我很想看一次使那個副連長驚心動魄的景象；眼鏡落到眼睛下面的情景是有的，但我卻始終沒見過他把四個眼睛全瞪起來的樣子，我覺得他那張瘦臉上根本瞪不起四隻大眼來。某些比較特殊的舉動在某些人身上也許只發生過一次，而這僅有的一次就會使一個外號跟隨他很長時間甚至一生。荀政委這個外號的得名或許並不屬於這種情況，因為不管是瞪著還是眯著，畢竟他是四隻眼。

不知是有意還是無意，吉普車上的話題常常不由自主地便向朱團長光榮缺失的那個部位滑去。苟政委對我說：「不知你到我們邊防團來一趟最後會寫點什麼？你看我們朱團長當年褲襠裏打炮的英雄事蹟是不是可以寫一寫，一直沒人寫過，大概是嫌細節不雅。其實有什麼？一樣是流血負傷，為什麼打掉胳膊打掉腿可以寫打掉個卵子就不能寫？要是楊子榮郭建光嚴偉才的卵子不巧也被狗日的敵人打掉了呢？那不是連樣板戲也寫不成了嗎？缺胳膊少腿的英雄有的是，打掉卵子的英雄才真正是鳳毛麟角呢！」

那時候我對革命樣板戲還佩服得五體投地，苟政委忽然提出這樣的問題，我一時不知道如何作答，想了一下才說：「打掉主要英雄人物的卵子恐怕不大合適，要是打掉雷剛或者李勇奇的卵子嘛……」

朱團長在前座上朝後一擺手道：「你別聽苟政委胡扯，想都不要想，江青同志肯定不會同意的……」這句話的喜劇效果我敢肯定是朱團長脫口而出後才被大家意識到，朱團長和苟政委一下子笑得前撲後仰。我覺得把如此嚴肅的話題當成笑料是不合適的，要是在班裏開這樣玩笑肯定會被班長狠狠訓一頓；如果報告給指導員，那麼入黨的事很可能就沒希望了，很可能還要受批判。在這個場合裏雖然團長政委都在笑，我想不應該笑，於是我使勁繃著，但是朱團長和苟政委的大笑是那麼有感染力，我努力繃著的防線很快就在他們笑聲的衝擊下崩潰了，也跟著開懷大笑起來，笑得蹦出了眼淚，這一笑，一下子就把許多原本認作神聖不可侵犯的東西看輕了。在團長政委的吉普車裏真好，一笑才知道許多看似嚴肅的東西原來經不起一通猛笑。吉普車突然剎住了，原來司機也撲倒在方向上笑得喘不動氣，連連說：「我開不了車了，我開不了車了，再這麼開車要翻的！」

等到終於笑夠了，嘎斯六九又開起來的時候，苟政委說：「老朱，我說你這個卵子掉的還是挺虧的，雖然沒影響你生兒子，可是對你別的方面還是有影響的。比如說你用腿夾著打炮的事給你評個一等功不為過吧，可一評就要評到你的卵子上去，材料報上去怕讓人笑話，就給了你個二等功了事。再比如說參謀長的人選他們為什麼先考慮三團長不考慮你呢？你哪方面都不比他差嘛，就是比他差個卵子。」

朱團長說：「去去去，你跟我開玩笑，人家小鄭還以為你在幫我發牢騷呢？我當不上參謀長的原因可不在卵子上，在嘴上，我的嘴會罵人呀。其實我當個團長也夠了，當時因為少了個卵子要叫我轉業呢，我死活不幹！我說：少了個卵子就走不成正步了嗎？結果留下來幹上了團長。全國全軍獨卵團長恐怕也只有我朱某一個人吧！烈士們拋頭顱灑熱血，我只不過腿襠裏少一個蛋，又不影響軍容風紀。要是兩個卵子都被打掉了的話，哎——」他忽然想到了一件有趣的事，回過頭來對我說：「小鄭，我給你提供一個素材，不過這個素材只能聽不能寫，你就先聽著——」

苟政委說：「又要講你那個團長的故事了？」

朱團長笑道：「人家小鄭肯定沒聽過，再說你剛才說了人家將來也是要當團長的人，叫他聽聽有好處，不要覺得當個團長就有什麼了不起。」

朱團長繪聲繪色地講了起來。

「有一個當兵的也是個團長，當然一開始不是團長，團長是後來才當上的。他抗過了日打過了老蔣跨過了鴨綠江又跨回來之後，終於可以光榮地回家探親了，十幾年沒回家了，他當年走的時候是個農民，現在回來了是個團長，老鄉們高興的要命，家裏人高興的要命，老婆更是高興的要命。大家高高興興地鬧騰了一天，到晚上客人們都走了，夫妻倆好不容易才坐到床上。團長就說了：你看，我一出去就是這麼些年，先是打日本，後是打老蔣，再後來又去打美國鬼子，從班長排長連長營長一直當到了團長，團長啊，過去見個大兵就喊老總，誰想過這輩子能當團長啊！可是呢，有個道理你應該懂，要革命就會有犧牲，我人沒打死能回來看到你我就很高興了，你就不要為別的雞毛蒜皮的小事不開心了。老婆感到奇怪，就說你有什麼事啊，你就說吧。團長歎口氣說：哎呀，不好說呢。老婆說你有什麼事就說吧，你還信不過我？團長還是歎口氣說：哎，這事還真的不太好說呢。老婆急了：你看你這個人，一點都不疼快，有什麼事你就說吧，我們雖然十幾年沒見面，可也是老夫老妻了，有什麼大不了的事不好說？團長說那我就說了？老婆說你就說吧。團長說我說了你可不許哭。老婆說又沒死人我哭個啥呢？團長說那我可就真的說了！老婆說你就說吧。團長說也沒有什麼大不了的事，就是我褲襠裏的那玩藝兒，叫敵人的子彈給打掉了。老婆說你說什麼？團長說，就是……那個……玩藝兒……給打掉了。老婆一下子就哭了起來，哭的那個傷心啊，團長怎麼勸都勸不住。團長說你別哭啦，你就說句話吧，老婆不聽，一個勁地哭；團長說你就別哭啦，沒有什麼了不起的事嘛，又沒有死人，老婆不聽，還是一個勁地哭。」朱團長看看苟政委，「團長沒辦法啦，心想要是政委在身邊就好啦，就可以給家屬做做思想工作啦，可是政委不在，只好自己來做。團長說，你看啊，我過去就是個農民嘛，參加了革命以後，當過了班長排長連長營長現在當到團長了，團長啊，管一千多號人呢，和縣長都平起平坐呢！老婆不聽哄，還是哭。團長又說，你看啊，過去我們受地主老財壓迫，現在我們當家作主，推翻了三座大山，我打過小日本打過老蔣打過美國野心狼，都打贏了，現如今你男人都當上團長了，團長啊，過去連想都不敢想啊！老婆不聽，還是哭。最後團長沒撤了，只好往炕上一站，把褲子往下一脫，說：你哭什麼哭，我逗你玩呢，你看，副油箱不是還好好地在飛機底下掛著呢嘛！老婆一看，頓時破啼為笑，抱住團長使勁摟他的屁股。」說到這兒，朱團長自己已經笑得不行了，笑了一陣才接著說：「團長歎口氣說：唉，鬧了半天，我這個團長還頂不上個球啊！」

我笑得被自己的唾沫嗆住了，一個勁地直咳嗽。實在沒想到當團長的竟會講這種笑話，這畢竟不是某個老兵，而是團長啊！我只能笑，而不能對他的笑話做出評價。

苟政委知道我有點發窘，扶了扶鏡片對前面說：「老朱啊，我們是坐著車輪子往前開還是坐著卵子往前開啊？人家小鄭是到我們團來體驗生活的，你注意點影響好不好，不要盡給人家的腦子裏裝卵子。」

朱團長說：「好好，今天不講卵子了，卵子的話題到此為止！下面講別的。」

開頭三：關於蒙古和國境線

面對世界地圖，你會感到人類世界的一大奇觀就是在原本完整的大陸塊上劃了那麼橫七豎八的國境線。只有一些島國的國境線是渾然由天劃定的，如澳大利亞、新西蘭、馬達加斯加和冰島等，其他都是人為劃定的。國境線的劃定顯示了不同的民族和文化之間在地理上抗衡的力量。在地圖上看國境線只有兩種情況：一種是很規範的直線，如加拿大和美國及美國的阿拉斯加之間；還有就是非洲的上部，非洲很有點像一顆大鑽石，而茅利塔尼亞、馬里、阿爾及利亞、尼日爾、利比亞、埃及、乍得、蘇丹之間的那些直線很有些像鑽石上被切割出來的棱線。還有一種便是很不規則的曲線，這種曲線的膨脹可以使前蘇聯胖大得在面積上幾乎超過了整個非洲；這種曲線的被壓縮也可以使智利纖瘦得只成為太平洋邊的一溜窄窄的海灘。我想凡是直線國界的劃定，要不就是雙方都特別乾脆痛快地一刀切下去，那邊歸你，這邊歸我；要不就是有強有力的仲裁者在代為決定：一刀下去，這邊歸你，那邊歸它，已經分定，再別囉嗦！總而言之，在這種情況下，大地就是人們盤中的蛋糕。而曲線國界的劃定，要不就是依山傍水，要不就是雙方錙銖必較寸土必爭的結果。我對國界線的興趣，是從那輛向邊防線開去的嘎斯六九上開始的。

我想該我來選擇一下話題了，最好是嚴肅一點的，並且和我此行的目的有關。於是問：「苟政委，我們邊防團所防守的邊境線一共有多長？」

「二百五十二公里。」

「國境線很森嚴壁壘嗎？」

苟政委笑笑，「人們想像中的國境線當然是壁壘森嚴的，但其實根本沒有什麼壁壘，也就談不上森嚴，壁壘森嚴只是一種氣氛。要是沒有這種氣氛，也就是空蕩蕩的戈壁灘，和我們現在看到的戈壁灘沒什麼兩樣，只不過每隔十幾公里有一個界碑而已。所謂界碑，更準確地說應該是界樁，是一些刻有標號的水泥樁，和碑的形象也有一定的差距。這一段的中蒙邊界不像以山為界或者以河為界的邊界那麼標誌鮮明，不但雙方的駱駝常常在國境線上跑來跑去，就是汽車一不留神也會開到別人的土地上去。他們要是沒發現也就罷了，要是發現了就會在邊境會晤的時候提個抗議。」

朱團長說：「抗議歸抗議，吃歸吃，哪一回會晤不叫他們裝一肚子好東西回去，中華煙茅臺酒還往回帶。可到他們那兒去會晤可就慘了，那個伏特加難喝啊，那個莫合煙難抽啊，都是老毛子的東西。蒙古可是真窮啊，他媽的一個養羊的國家，連羊肉都不能叫我們吃飽，也不知道他們的羊養到哪裡去了。他們的那個莫格爾少校，臉瘦得像個乾羊頭，可胃像個豬肚子，吃得比我老朱還多。上回在我們這邊吃手把羊肉，我吃了一條腿，他吃了半扇羊，他媽的硬是沒比過他！」

聽他們言談中的邊境線，和我想像中的那種劍拔弩張嚴峻肅殺的邊境線相去甚遠。我的關於邊防線的印象大都是從邊防詩中得來的，那種邊境線不但像驚險影片中的鏡頭而且山勢險峻、河流湍急、風光迷人。那時候正是冷戰最激烈的時候，東西方在進行冷戰，而中蘇則在漫長的邊境線上虎視耽耽持戈相向，隨準備擋開對方先向自己刺來的重重一擊。而這兩位邊防團的首長卻用如此輕鬆的語調在談論邊防線，這超出了我當時的想像力。

我說：「聽你們說起來，怎麼一點緊張的氣氛也沒有？」

朱團長說：「怎麼不緊張，夠緊張的了。過去平安無事的時候兩國的巡邏兵可以並排延著國境線一二一向前走，只要胳膊不甩到那邊去就行，互相還可以扔根煙抽抽。現在統統不允許了，兩邊的蒙古人親戚也不能來回走動了。虧好我們對面的只是蒙古兵不是老毛子，要不然就更緊張了。現在蒙古軍隊裏有老毛子的軍事顧問。蒙古人聽老毛子的，老毛子要是跟我們全面開戰了很難說蒙古人不跟著一塊兒打。在公雞頭上我們把老毛子收拾得可以；他媽的在公雞尾巴上老毛子也把我們的人收拾得夠嗆。現在公雞背上還沒什麼動靜，要是動起來還不知道誰收拾誰呢？」

他說的公雞頭上指的是東北的珍寶島事件，他說的公雞尾巴指得是新疆的鐵列克提事件，那是兩次眾所周知的中蘇邊境流血武裝衝突。而公雞背自然指的就是我們邊防團所在的位置了，中國的地圖是一隻公雞。

苟政委說，中國原來是一片秋海棠葉子，新疆的喀什和慕士塔格山是秋海棠葉片的頂，葉柄那兒凹進去的地方就是天津和渤海灣，從西南到華南和從西北到東北那兩條有些起伏的大弧線是秋海棠葉子兩邊的邊緣，而使中國變成公雞般模樣的就是獨立出去的蒙古。它被緊緊地夾在中國和蘇聯這兩個大國之間，要保持中立是相當困難的，只能倒向更強大的那一邊。

從地圖上看，蘇聯確實是一個十分龐大可畏的國家，它的幅員實在是太遼闊了，橫跨了十二個時區，幾乎占了地球經度的一半，巨大的身軀趴在整個亞洲半個歐洲和半個太平洋之上，背上馱著北冰洋，把它叫做北極熊是再形象不過了。

「你們說蒙古夾在中國和蘇聯中間它像個什麼？」朱團長問，不等回答，他就說出了自己準備的答案：「他媽的真像個餃子。」過了一會兒，他補充道：「不是你們南方人包的那種花稍餃子，是我們陝西人用兩手虎口捏出來的餃子。」過了一會兒，他又補充道：「羊肉餃子。」

我們剛才中午在吉蘭泰的一個連隊吃午飯，他們招待團首長的就是羊肉餃子。

嘎斯六九在向正北方向開，天越來越灰，氣溫越來越冷，風越來越大了。風就是從蒙古吹過來的，那裏每年有一半時間為大陸高氣壓籠罩，是世界上最強大的蒙古高氣壓中心，也是亞洲季風氣候區冬季寒潮的發源地之一。

「關於蒙古和蒙古人，你知道些什麼？」苟政委問我。

我所知不多，只知道他們的首都是烏蘭巴托，領導人是喬巴山，蒙古人的生活主要是騎馬和牧羊，他們歷史上出過成吉思汗，再就是林彪摔死在蒙古的溫都爾汗。

苟政委遞過來一本地圖冊，「你可以先從地圖上瞭解一下，然後再到邊境線上去瞭解。你有沒有仔細研究過世界地圖？看地圖是一件很有意思的事。現在人人都知道胸懷全球放眼世界，可是真正仔細看過世界地圖的人有多少？看出心得體會來的又有多少？」

我打開地圖看了起來，嘎斯六九在戈壁上跳動，我的屁股在車坐上跳動，一個國家的大致情況在我膝蓋上跳動——蒙古位於亞洲中部，面積1566500平方公里，是世界上最大的內陸國。也是世界人口密度最小的國家之一。境內大部分地區為山地和高原，南部是占國土面積三分之一的戈壁（和我們屁股下面的是同一塊戈壁）。典型的大陸性高寒氣候，夏季短而熱，冬季長而嚴寒且有暴風雪。它東南西與中國為鄰，北鄰蘇聯。

「看出點什麼和別的國家不太一樣的地方來了嗎？」苟政委問。

我想了一下：「它只與兩個國家為鄰，一個是盟友，一個是盟敵。」

玻璃鏡片後面的目光表示讚賞地閃了兩下：「小夥子還行，看來能寫點東西。盟敵這個說法雖然在外交上沒有明確過，但實際上倒也差不多就是那麼回事，他們聽蘇聯人的，靠蘇聯人而存在。」

「還有，」我說，「剛才朱團長說蒙古的形狀像一隻捏在兩隻大手裏的餃子，確實像。我也看出了它像一樣東西，像一張弓，特別是和我們接壤的這一部分，那弧形正好象一張弓的背。和蘇聯接壤的那一邊就不像了，不過根據盟友和盟敵的關係，你可以想像那是一條弦。那條弦是由蘇聯人握在手裏的，在他們認為需要的時候很可能就會用這張弓放出箭來，而且蒙古人本身就是一個善於射箭的民族。」我又加以發揮了一下：「而我們邊防團在這個位置上就是祖國的盾牌。」

「盾牌？嗯嗯，這個說法不錯！」朱團長高聲表示贊同，「不過我們擋的是蘇修的箭而不是蒙古人的箭，蘇修亡我之心不死，在邊境陳兵百萬。至於蒙古人嘛，他們自己是不敢向我們射箭的，頂多被人家當個弓使使，弓拉在那兒，想鬆也不敢鬆，想射也不敢射，我看他們也夠難受。要是成吉思汗時代，誰敢把蒙古人當餃子看，那時候的蒙古人是擀麵杖，亞洲歐洲滿世界都是被他們擀得服服貼貼的麵皮子，說包餃子就包餃子，說包包子就包包子，說下面條就下面條，誰拿他們也沒辦法。連中國的皇帝也讓蒙古人當去了。現在好多中國人說不定就是蒙古的種，我他媽的說不定就是。有人說看人要看腳上的小趾甲蓋，小趾甲蓋分成兩半的才是正宗的漢人，小趾甲蓋是完整的光光滑滑的那就是胡人，胡人不就是蒙古人？我的腳趾甲蓋好像就沒分兩半，像南北朝鮮南北越南那樣。現在的蒙古人……」他歎口氣，搖搖頭，「等下次邊防會晤我讓你見識見識莫格爾少校你就知道是什麼樣子了，往一塊一坐我才像高頭大馬的蒙古人，他倒像是從越南老撾柬埔寨的叢林裏鑽出來的，臉上乾巴巴的起皮，還沒有人家印度支那同志的那股水蒸氣。」

荀政委慢條斯理地說：「從人種學上來說，不管是東南亞也好，西伯利亞也好，甚至北美洲的印地安人，只要是黃種人，都算是蒙古人種。不過人種上的蒙古和我們對面的這個蒙古國已經沒有多大關係了。就真正的蒙古人來說，一部分住在外蒙古，一部分住在我們國內的內蒙古，他們有像莫格爾少校那樣乾黑精瘦的小個子，也有像你這樣粗大壯碩的大塊頭。也許你真是個蒙古人的後裔，而莫格爾少校也許混雜有漢族人甚至馬來人的血統，這可都是說不定的事。」

開頭四：談詩

嘎斯六九在迎頭風中停下，我們下車撒尿。

風在無遮無擋的戈壁灘上顯得格外猛烈。跳下車門，朱團長拉了我一把說：「側身站，要不就被風吹跑了。你看那些石頭！」

果然有些沒有根基的石頭在風特別硬時滾動一下，在下一陣硬風中又滾一下，像蜷縮成一團的野兔。

我們在吉普車的後面撒尿，有車擋著風仍然睜不開眼張不開嘴。撒出來的尿根本落不到地上，不知被風吹到哪裡去了。一回過頭來，風打在臉上，司機說是像鋼針扎，朱團長說是有一隻凍僵的手在扇你的大嘴巴，那手不疼你臉死疼。

上車以後苟政委說：「小鄭，剛才撒尿那會兒，你有沒有想起哪一個詩人的詩來？」

我說想到了這樣幾句新詩，是我一個很崇拜的詩人寫的，他寫塞外的風：「像群蛇貼緊地面，一面滑動，一面嘶叫。」

苟政委說：「有點意思，不過對這麼大的風來說，意思還不太夠。我覺得夠意思的是唐朝岑參的幾句詩：一川碎石大如斗，隨風滿地石亂走！」

朱團長說：「這種詩我也能作：戈壁灘上大風吼，開著嘎斯小六九。」

苟政委笑罵道：「你就別扯蛋了，再扯剩下的那個也扯沒有了！你聽著：半夜行軍戈相撥，風頭如刀面如割。多好的詩！我想岑參一定也是幹過邊防的人，一定也是頂著大風向邊關走的路上想出這些詩句來的。」他把眼鏡對著我：「小鄭，能不能念幾首你寫的詩給我們聽聽？路還長著呢，省得朱團長老要扯他的蛋。」

我只好念我剛剛發表的《夜老虎組詩》：「夜幕，鎖著河，鎖著山，鎖不住我們尖刀班；出鞘無聲，靜悄悄，接近敵人的前沿。」「翻山，不滾沙石，趟河，滴水不濺……」

朱團長嚷了起來：「趟河能滴水不濺？這太誇張了吧？」

荀政委說：「你別打斷好不好，不誇張還寫什麼詩？小鄭，你不要受他影響，詩不錯，接著往下念。」

我念不下去了，說：「我的詩就不念了。我們師裏還有一個人詩寫得不錯，不過都是舊體詩，我的詩運氣好發表了他的沒發表，還有點不服氣呢！」

朱團長說：「毛主席寫的都是舊體詩，不是都發表了嗎？」

我說：「他就是按照毛主席寫過的那些詩詞的詞牌填的詞。」我念了一首他填的《滿江紅》，那首詞我現在已完全記不清了，只記得最後兩句是：「為消滅一切帝修反，滴滴答！」那時候的許多詩詞都充滿了像這樣所向無敵的英雄氣概。

荀政委問：「這滴滴答是什麼意思？」

我說：「他是搞報務的，滴滴答就是發報的聲音。」

我看見荀政委啞然失笑。

朱團長說：「再念點聽聽。」

我又念了他一首寫賀蘭山的十六字令：「山，枕戈待旦戈壁灘，傲然立，天絕帝修反！」這種詩現在看來自然是幼稚之極，但當時我對它還真誠地欣賞過。因為我們師的二團就駐守在賀蘭山，而且軍區機關的戰時指揮所就在賀蘭山中的地下工事裏。

荀政委推了一下眼鏡：「天絕帝修反，不太準確吧。帝是指的美國，在地球的那一邊；修指的是蘇聯，倒是在我們的北面。反呢？各種各樣的反革命，那就天南海北都有了，一個賀蘭山怎麼能絕得了呢？」

朱團長說：「就算它能絕得了吧，賀蘭山在這一帶也算是個天然的屏障，那麼賀蘭山這邊的我們呢？我們邊防團可只是守著一片大戈壁，一點自然屏障也沒有。一旦中蘇間爆發了戰爭——」他回過頭來問我：「你知道我們邊防團將成為什麼嗎？」他把身子坐坐正自已回答道：「將成為石杵下面的蒜頭！他們一、二、三團依靠賀蘭山可以抵擋上一陣子，我們一下子就會被人家搗爛！前一陣子剛看過人家蘇軍武器的資料片，老毛子的武器真是厲害到家了！不打人民戰爭，要硬靠在國境線上抵擋我看夠嗆。不過明知道打起來會被搗爛，我們還是要當一頭很辣很沖的蒜，到時候大不了我另一個蛋也當炮彈砸進去！對不起對不起，我又扯蛋了！」

苟政委說：「蘇聯人的武器厲害，蘇聯人的詩也很厲害！」

我說：「是很厲害，他們有普希金、萊蒙托夫、涅克拉索夫，還有馬雅可夫斯基。」我沒敢說還有葉賽寧，雖然我很喜歡，但他的詩在中國是當作頹廢派和小資情調來批判的。

「你知道葉甫圖申科嗎？」苟政委問。我搖搖頭，那時候我還不知道這個人是幹嘛的。

「也是個蘇聯詩人，我在一個供批判用的內部資料上知道有這麼一個人。他好像寫過關於珍寶島事件的詩，當然是罵我們的。還寫過反史達林的詩，大概是這樣的意思：要在史達林的墓穴口設上雙崗，防止他的幽靈再跑出來遊蕩！

朱團長罵了一句：「真他媽的夠反動！」

那時候在中國史達林和馬恩列毛同樣神聖。

「也真他媽的有才華！」苟政委說。

一九七四年在那輛向北方開去的蘇式嘎斯六九上，從苟政委嘴裏吐出的這個蘇聯詩人的名字給我留下了深刻的印象，是因為真他媽的反動和真他媽的有才華這兩句話居然可以放在一個人身上。當時我想，如果能夠看到葉甫圖申科的那首關於珍寶島事件的反華詩的話，我一定也會針鋒相對地寫一首與以還擊！一九八一年我讀到了葉甫圖申科的詩，不是在內部的批判資料上，而是在正式出版的《蘇聯當代詩選》上。即便在那時，編者還在作者簡介中寫道：「必須指出，葉甫圖申科在反史達林和反華上，是蘇聯詩人中很突出的一個。」但是在讀他的詩時，真他媽有才華的感覺依然如故，真他媽的反動的感覺卻時過境遷了。他有一首詩叫《我想》——

我想
誕生在
所有的國家，
好讓地球，像西瓜那樣，
親自為我揭開，它的奧秘；
我想成為所有海洋裏的所有的魚，
和全世界大街小巷裏的所有的狗。
我不願向任何上帝頂禮膜拜……
而想深深地深深地潛入貝加爾湖底，
然而泅出水面時，已呼哧呼哧地，
浮游在密西西比……
我想在我可愛又可憎的宇宙裏，
做一株孤零零的牛蒡——也願做嬌生慣養的紫羅蘭，
我想做上帝創造的一切生靈，

我願躺在全世界所有外科醫生的手術臺上，
做一個駝背、瞎子，忍受一切疾病、缺臂斷腿的痛苦，
做一個戰爭中的殘廢者，到處去拾骯髒的煙頭——
只要我身體裏不爬進卑鄙的、優越感的細菌。
我也想得到幸福，但絕不依靠犧牲不幸者的幸福；
我也想得到自由，但絕不依靠犧牲不自由者的自由。
我想愛
世上的一切女人，但也願意成為一個女人，哪怕只有一次……
如果男人肚子裏，心臟下，也有胎兒在顫動，
那他們大概就不會，這麼冷酷無情。
……我想懂得一切語言……我想一下子從事所有的職業……
我只做我自己還不夠，讓我成為所有的人吧！
……我緊緊地偎依著比利牛斯山，風塵僕僕地穿過撒哈拉沙漠，
我要把人們偉大的友誼牢記在心，
……可是當我做為轟動西伯利亞的維庸而死去時——
請別把我埋葬在智利，也別埋葬在義大利的土地上——
而葬在我們的俄羅斯，葬在綠草如茵的，靜悄悄的山崗上，
我正是在那兒平生第一次
感到自己就是所有的人。

這首詩交給讀者的葉甫圖中科的形象，是一個人文主義者，一個和平主義者。按照這首詩中的理想，戰爭是不必要的，國境

線也是可有可無的東西。如果說一九六九年同一個葉甫圖申科寫過關於珍寶島事件的狹隘的反華詩的話，那麼在一九七二年他寫這首《我想》時，狹隘的民族主義應該已在這首詩想成為所有的人的博愛精神中得到化解，後一個葉甫圖申科顯然更有價值。一個民族主義的葉甫圖申科在國際主義的葉甫圖申科胸中解凍了。而隨著冷戰的結束，世界也確實大大地解凍了。中蘇之間不再劍拔弩張；蘇美之間也不再是兩個凍得梆梆硬的硬塊。一個因化凍而變得富有彈性，一個卻因為化凍而瓦解了，因而蘇聯詩人葉甫圖申科也就變成了俄國詩人葉甫圖申科。葉甫圖申科，那個在前蘇聯以在朗誦會上大聲疾呼著稱的葉甫圖申科，那個走過世界上五十多個國家也來過中國並和我有一面之交的葉甫圖申科，那個一向以他的詩關注國際問題的葉甫圖申科，現在在幹什麼呢？他還在用他的詩對馬爾維納斯島、對海灣戰爭、對波黑、對索馬里、對海地的局勢發表看法嗎？正和大多數中國人一樣忙於掙錢的俄國人對他的詩還有過去那麼大的興趣到劇場或體育館裏去聽他朗誦嗎？這世界變化之快有時候讓最敏感的詩人也發不出準確的感慨，甚至不再給他引人注目的地位，即便發了感慨又怎樣？

去年有兩個名氣遠不如葉甫圖申科的美國詩人來訪，在見到他們之前我對他們一無所知，但他們也像葉甫圖申科一樣，在對一國又一國的訪問中積累著自己的影響和聲譽。古代詩人的游吟變成了現代詩人的出訪，現在的詩人要是沒有錢，連遊吟也是做不到的，只能在斗室裏困守。有錢的詩人更容易有名，不知道這該算一條藝術規律呢還是一條經濟規律？在和他們的交談中我問：「你們知道葉甫圖申科嗎？」不知道是翻譯不知道這個人還是他們不知道這個人，他們對我的這個提問搖了搖頭。他們很可能不知道葉甫圖申科，因為他們的詩和葉甫圖申科的詩完全是兩種類型，他們自立門戶的「語言詩派」是和傳統詩歌完全不搭界的標新立異的產物，過去那些出名的詩人對他們都不具有參考價值，再加上蘇聯的解體也使得前蘇聯詩人們在國際上的地位行情看跌。

「語言詩派」是以解構的批評作為主幹來進行創作的，在晦澀的程度上讓中國的所謂「朦朧詩」望塵莫及，所以他們要求你先讀懂他們的理論再去讀他們的詩歌。我對這種有點強行銷售意味的詩歌興趣不大，但出於接待者的禮貌，還是大致翻了一下他們事先送上的詩集。來訪的兩位詩人中有一位叫漢克・雷澤爾，他有一首名叫《作文》的詩起首是這樣寫的：

> 這是什麼　砂鍋　什錦　雜燴　煮　湯　甜點
> 聖者說　我很驚訝你們已等我
> 這麼多年　而他們將回答　如果沒有……

我心裏罵道：這叫什麼鳥詩！也許他自己十分欣賞，他的同派詩人也十分欣賞，但我只能認為不堪卒讀。正要翻過，手指下的兩行卻使我停下了手——

> ……火爐可以烤麵包　火爐可以焚化
> 人體　吉普賽人　斯拉夫人　猶太人　癡呆者　殘疾人

跳過一段無關緊要的段落，下一節更使我心靈一震——

一把刀是用來切麵包的我說　所有人類的生命都很神聖
但是我們人太多了就無法神聖　用來切麵包的我說
若我們沒有被創造出來或許更好些　但是
既然我們已經被創造　讓我們檢查自己的舉止　一把刀
是用來切麵包的我說　嚐嚐那湯　勺子在這兒
慢一點　你會覺得好些　一把刀是用來切麵包的我說
我一下子覺得有什麼東西抓住了我，打動了我。

這種詩的寫法和葉甫圖申科的那首詩大相徑庭，但打動我的卻是同一種東西。正常的人用來烤麵包的爐子，瘋狂者卻用來焚化人體。而刀子，從這一最原始的切割器上繁殖出來的武器家族已龐大和繁多得足以成為和人類生存相對立的另一個世界，刀早就被人類用來互相切割，被用來在人種、民族、宗教和國家間劃出一道又一道筆直或彎曲、暫時或長久的界限，而他卻只對著面前的餐刀喃喃自語：一把刀是用來切麵包的我說。

再往下讀，跳過一些無關緊要的段落——
世界圖景隨著石油市場的癱瘓而改變
富裕而不是自由又成了他們的目標
打開國門　哦瘦骨嶙峋的退伍兵們跑了出來
所有的戰爭都結束了　領袖的時代過去了

神甫當了兩個禮拜的隨軍牧師回來後
正興高彩烈地對人群講他的感受

他對自己在潛水艇和驅逐艦上的經歷驚歎不已
一把刀是用來切麵包的我說。

那麼我的經歷呢？我那段和國境線有關的經歷，在很長時間裏就像從來沒有經歷過一樣，為什麼在二十年後才突然對它有了深切的感受呢？

在第二天在會見漢克・雷澤爾時我用英語向他念了最打動我的那一段詩，用原本的語言念一首詩和用譯文來念那感覺是大不相同的——

a knife is for cutting bread i said all human life is holy
but there are too many of us for that to be so for cutting bread
i said
perhaps it would have been better had we not been created
bat
since we have been let us search our deeds a knife
is for utting bread i said try the soup here's a spoon
take it slowly you'll feel better a knife is for cutting bread
I siad

我的英語只能說到這個份上，繼續深入地談詩只能通過翻譯了，但我想他大致瞭解了我所想表達的意思：你說的那把刀確實是用來切麵包的我說。

我在初中時英語老師就給我們教過英語，當兵後還一鱗半爪地學過幾句俄語和蒙古語，可惜那時候所教我們外語的目的都不是為了進行這種對話。

開頭五：從哪裡開始學外語

從什麼樣的詞來接觸一種外國語言，這或許並不十分重要，但也並非是無關緊要的，有時候，這直接導向了你學習這種外語的目的。

手搖唱機。膠木唱片。七十八轉。輕輕地抬起唱針，向左移，再慢慢地放到唱片最邊緣的細槽裏，一個甕聲甕氣的聲音響了起來：

資達欺——阿盧（捲舌音）什耶——捏匇必要！

這是俄語。緊接著，一個高亢響亮的聲音用漢語把同樣的意思說了出來：繳槍不殺！

還有蒙語：

梅——維裏嗄嘟什內克——潑連內姆！
——繳槍不殺！

此外還有：

出來——維列查依！　　跟我走——查姆諾依！

到底這兩句是俄語還是蒙語？到底是出來是維列查依還是跟我走是維列查依如今我已搞不清了。但當時這幾句戰場喊話卻是邊防戰士必需會的兩門外語。雖然不知道字母怎麼寫，語法如何用，但你必需依樣畫葫蘆地把它念會。於是膠木唱片一遍又一遍地放，戰士們坐在小板凳上一遍又一遍地跟著念。放著放著忽然發條沒勁了，那聲音便像放了氣的輪胎，於是趕快抓住搖把使勁搖，低沉疲軟了的聲音又變得高亢剛硬起來。

我想起了當兵前在中學裏學英語的情形，跳過字母，跳過音標，跳過你好嗎？早上好，晚安這些最簡單的生活用語，直接進入了政治。老師在黑板上「毛主席萬歲」和「打倒劉少奇」這兩行漢字的下面分別寫上了兩行英語，然後就讓我們一遍又一遍地跟他念：

狼立夫千門毛！

擋位子劉少奇！

這就是我們學外語的開始。不是為了理解地球上操另一種語言的人們，而是為了對抗。在邊境線上，和鄰居對抗；在國內生活中，和被打入了另冊的同胞們對抗。

一九八五年有一個蘇聯作家代表團訪華，來到了我所居住的城市南京。代表團一行四人：團長米哈爾科夫，蘇聯國歌的詞作者；漢學家艾德林；小說家西蒙諾夫；還有一位就是我早慕其名的詩人葉甫圖申科。對江蘇的作家協會來說，那是中蘇關係解凍後雙方作家的初次接觸。作家不是政治家，但作家無法不受政治的影響，當曾經是在意識形態上激烈對抗過的兩國作家們坐到同一個會議室裏來的時候，一開始的氣氛是有些澀滯和拘謹的，做過介紹以後，一時雙方都沒有找到合適的話題，只是漢學家艾德林和南京大學搞蘇俄文學的余紹裔教授能夠作一些活躍氣氛的努力，別的人大多只能乾坐著。一刻鐘以後我決定打破這種不太流動的氛圍，站起來向著蘇聯同行們大吼一聲——

「資達欺阿盧什耶捏勿必要！」

不知道是我的發音不太準確翻譯聽不懂（我覺得我的發音沒有問題，當年跟著唱片念了那麼多遍，要是發音不准也是當年唱片的問題），還是翻譯覺得我如此發言太出格，竟怔在那兒不知如何是好。我這句戰地喊話的主要目標是葉甫圖申科，我看見他的藍眼睛裏閃出了興奮的光，顯然我的喊話已命中目標，於是我不顧翻譯的遲疑，把我已經壓在梭子裏的語言子彈統統掃了出去。我說：「我很羨慕余紹裔老師和艾德林先生，他們可以用對方的語言來和對方交談。我不行，我只會幾句俄語，其中一句就是：資達欺阿盧什耶捏勿必要——繳槍不殺！這是我十幾年前在中蒙邊境當兵時學會的。我想在邊境線另一邊的蘇聯和蒙古士兵們，也學過用漢語來喊出資達欺阿盧什耶捏勿必要的同樣意思。這就是我們的年輕人互相學習對方語言的開始。那時候我們這兩大民族兩大國家包括被我們夾在中間的蒙古就是用這種語言來進行對話的。我希望——」我停頓了一下，看著葉甫圖申科，「今後我們不再用這樣的語言方式來對話！」

等我把這段話說完，翻譯才恍然大悟，忙把我的話翻了過去。葉甫圖申科繞過桌子來和我握手，很激動的拿出一首詩來請我幫他朗誦，漢語譯文已經准好了，就是準備拿來給中國同行作交流用的。這是一首關於國境線的詩，很遺憾具體的句子我已記不起來了，在寫這篇東西時想找出當年那份詩稿來抄錄幾句，可惜也找不到了。詩的大意是：曾經把人們劃分成這一塊那一塊的國境線終有一天將不存在。我相起中國詩人李瑛也有一首類似的詩：「將來有一天，終有一天，所有的國境線都將拆毀；為了這一天，正是為了這一天，此刻我才沿著它低低的飛。」看來抹去國境線，實現人類大同，曾是兩國詩人的共同理想。

但是今天，我卻不敢輕言這種理想了。我不知道一旦在世界地圖上把那麼多彎彎直直的國境線都擦去的話，人類的生存將是一種什麼狀態？看看眼下正在波黑那一小塊彈丸之地上廝殺不休的塞族、穆族和克族，就知道只要國境線不要像一根鋸條一樣把在它兩邊居住的人們鋸得血肉淋漓就是萬幸了。

於是，在幾乎乾淨徹底地把它忘掉了十幾年後，我想起了那一條曾經穿越了我生命的某一階段的國境線。那條國境線是和這樣兩句外語連在一起的——

資達欺阿盧什耶捏匆必要！

梅維裏嗄嘟什內克潑連內姆！

開頭六：戈壁上的蜥蜴

在時間的淘洗之下，很多人物和景物都已經相當模糊了，那在銀根的駐地，那最貼近國境線的哨所，都連輪廓也想不起來了，只記得茫茫戈壁上的一片土灰和渾黃。有時候我甚至懷疑在我的生命中是否真有過那樣的經歷，特別是在一夢醒來時，覺得過去幾十年的生命痕跡也不過就是淡淡的一夢。但是有一個當年在戈壁灘上玩過的遊戲卻還記得相當清楚，可教我玩這種遊戲的那個甘肅兵的名字我卻怎麼也想不起來了。

難得碰上天氣特別晴好的休息天時，士兵們洗了軍衣和床單被單不是吊在繩子上曬，因為戈壁上很少有能夠拴繩子的樹，而是到野外去找一塊大石頭或者一叢紅柳，把石頭或者紅柳上面撣乾淨或者抖乾淨，就把衣服被單攤在上面曬。如果是攤在大石頭上，就在上面再壓上小石頭；如果是攤在紅柳上，就把被單角繫在紅柳枝條上。就這樣也不敢大意，怕被風吹跑了，得有人在邊上看著。這個遊戲就是在等待衣服和被單變幹的過程中甘肅兵教我玩的。

他抓來一條蜥蜴，戈壁上到處都是這種蜥蜴，戈壁上缺草少肉，也不知它們靠食什麼為生，現在我倒是經常從電視螢幕上的動物世界裏看到它們同類的身影。蜥蜴很敏捷，甘肅兵的動作更敏捷，他抓住一條，把它肚皮朝上背朝下放在地上，叫我用手壓住。蜥蜴的小肚皮涼而滑，如果你覺得噁心，就會很噁心；你要是不覺得噁心，就會覺得手感挺舒服，還會覺得連這種小動物也有的一顆小得不可思議的心臟在你的指腹下劇烈地跳著。甘肅兵騰出手去找來兩根小樹棍，一橫一豎地用草莖紮成一個十字架，在地面上也劃出一個十字形的溝，對著太陽把這個小十字架插在十字溝的中心，讓陽光下十字架的豎影正好落在淺溝上。他說，好了，便把那條被捕獲的蜥蜴拿過來，依然肚皮朝上背朝下地放進那道淺溝裏，這樣十字架的陰影便壓在了小晰蜴的肚子上。他鬆開手，小蜥蜴紋絲不動地躺在那裏，只是小眼睛驚惶地瞪著，只是胸和腹在急促地起伏著。

「它怎麼不跑呢？」我感到奇怪。

「它被影子鎮住了，跑不了！」

「怎麼會有這樣的事？影子又沒有重量，它為什麼不跑？」我不相信。

「不信你到那邊去擋住陽光試試。」

我走過去，我的身影抵消了陽光下小十字架的影子，小蜥蜴翻身躍起，一溜煙地逃竄了。我感到有趣，和他又抓了好幾條蜥蜴來試驗，結果屢試不爽。當那道影子落在它們的肚皮上的時候，就像是有無限重量把它們死死地壓在了地面上，它們只能戰慄，無法逃走。而一旦影子被抵消，它們便迅速翻身拔腿而逃。不知這其中有什麼奧秘。最後一條蜥蜴，大概是我們忘了釋放它，我第二天經過那裏時，非常震驚地發現它死在那裏了，在那道淺淺的溝裏，脊背朝下，肚皮朝上，保持著在十字架陰影下的那個一動也不敢動的驚恐的動作。是因為肚皮上的皮膚不抗曬而被太陽曬死的嗎？可是隨著太陽的轉動那陰影一會兒就移過去了呀。那麼它是被巨大的恐懼嚇死的，我只能這麼認定。這是一隻膽小的蜥蜴。

它經不起人的捉弄。

當我現在想起這件事時同時思考的是這種奇特的現象是否還蘊含有某種深意。

人製造一個小小的背景就可以捉弄小動物；那麼人是否也會在人類社會所製造出的大背景下被捉弄？並在某種大氛圍消退之前也像十字架下的小蜥蜴那樣擺脫不掉那一道沉重的影子呢？

起碼大自然要捉弄和脅迫人是太容易了。

在向邊防開來的嘎斯六九上我就聽到過有兩個巡邏兵騎在駱駝上被沙暴吹到了國境線那邊，好在蒙古國人少，沒被任何人發現，經過艱難的跋涉又走回來了。要是被對方發現的話，起碼在邊防會晤時提一條抗議是少不了的。

嘎斯六九和獨卵團長四眼政委都停在了大銀根的團部。我換乘了一輛躍進卡車繼續向邊防線前進，這輛卡車是給邊防一連送供給品的，車廂裏裝著米、面、菜、肉、罐頭和食糖，我和司機、班長和上士坐在駕駛樓裏。中國軍隊的軍銜取消已經很久了，唯獨取消不了的卻是「上士」這個軍銜名稱，在所有的部隊，當官的和當兵的都把給養員叫做上士。而這個上士願意把駕駛室叫做駕駛樓。

車在茫茫戈壁上向前開，出團部不久，就前後左右除了地平線和天際什麼也看不到，天是灰藍的，地是灰黃的，石頭是灰白的，不時跑過的幾頭野驢是灰黑的，連東一棵西一棵稀稀拉拉地長著的紅柳、梭梭柴、駱駝刺之類的植物的顏色也是灰暗的。在戈壁上行車，路和非路的界限十分含混，如果那一條地面上石頭少些，那就是路。但是戈壁雖然本平坦，但也還有著丘陵般的起伏，而且路是要拐彎的，所以不熟悉這塊地方的人要認出哪裡是路並不是一件容易的事，就連常來常往的人有時候也會搞錯，因為這裏一片混沌，缺乏明顯的標誌。從團部開出大半天了，車始終在這毫無變化的背景上移動，我感覺移動和不移動都差不多。

「還遠嗎？」我問。

「不遠不遠，就要到了。」上士說。

又開出一陣，我問：「就要到了嗎？」

「遠著呢，還得再開一陣。」司機說。

遠和近完全失去了標準。我忽然發現前方不遠外有一大片湖水在戈壁上蕩漾著，在陽光下閃爍著誘人的光，頓時大為興奮：「怎麼，這裏竟然還有一片湖麼！」

上士笑道：「什麼湖？鬼畫胡！再往前開你就知道了。」

在我們向那片神秘之湖接近時，那湖水又神秘地消失了，彷彿戈壁是一張存不住水的篩網，一湖碧水在瞬間便流失得滴水不剩。我明白了，那是蜃景，是空氣和光玩的鬼把戲。但我從書中所得知的關於蜃景的描寫都是極其飄浮華麗的，沒想到真的見到它卻樸實的像真的一樣，肉眼看去，很難辯出是真是假。

開過了那片並不存在的湖水，遠遠出現了一排房屋，很典型的部隊營房，甚至能看得出營房邊上的單槓架子。上士說：「到了，那就是我們連了，條件差點，恐怕不能和你們山那邊的連隊比。」

司機卻有點疑惑地說：「我怎麼覺得今天這路有點不對呢？」

上士說：「戈壁灘上能開過車的就是路，條條大路通北京，能開到家門口的路就是對的。」

司機說：「我還是覺得不對，在剛才那地方我們應該拐彎的，怎麼沒拐彎就到了呢？」

上士說：「別囉嗦了，快開吧，開到了還要找人卸車呢！車上的肉恐怕趕不上這頓晚飯了。」

往前開了一陣，營房還在，只是變得有些模糊了，我以為這是光線變暗了的原因。再往前開了一陣，一下子駕駛樓裏的三個人全傻眼了，眼睜睜就看著營房忽然不見了，戈壁灘能漏水，難道還能漏下營房不成？又是蜃景。

上士破口大罵了起來：「媽的鬼畫胡，畫到我們營房頭上來了！」

司機一下子緊張起來：「糟糕，我們恐怕開出國界了！」

上士訓他道：「你怎也不注意一點，瞎開八開的！」

司機說：「你叫我別囉嗦，快開的，說能開到家門口的路就是對的，這下好，開是開到家門口了，可家卻不見了！」

上士說：「別囉嗦了，要是真的開出了國境，就趕緊調頭，這事可不是好玩的！」

正在調頭的當兒，他們在我們的視野裏出現了，七八個人，騎著駱駝，穿著光板子羊皮大衣，灰乎乎的，我以為是蒙古的牧民，但從上士和司機的神態裏感覺到這就是蒙古的巡邏兵。他們顯然發現了我們，很快地就來到了我們面前，呈戰鬥隊型散開擋住了我們的去路。司機說：「準備打嗎？」他欠起了身，想去掀屁股下的坐墊，他有一枝衝鋒槍就放在車坐下面。上士摁了一把他的大腿：「別亂動，我們是迷了路，又不是來挑釁的。」我們坐在車裏，靜觀事態的發展。

互相觀察了一陣子後，領隊的蒙古兵小心翼翼地跳下駝背走到車前，咕嚕咕嚕地說了一通蒙語，那意思想必是你們侵犯了我們的領土之類。

上士打開車門站在踏腳板上，用中蒙參半的語言向他解釋：「我們不是有意的，我們是迷了路，我們上了鬼畫胡的當！」他一會兒指指天上，一會兒指指地下，一會兒用手勢繞著圈，指指他手裏端的槍，擺擺手；又指指車上裝的東西，指指自己的嘴，點點頭，總算讓對方大致理解了他的意思。

領隊的蒙古兵退回去和其他蒙古兵商量了一下，回來對上士說，上士告訴我們他說的意思：我們認為你們不是來和我們打仗的，但是你們還是侵犯了我國領土，這是事實，因此，需要留下你們入侵的證據。

他說完一揮手，三四個蒙古兵仍留在原地不動，兩三個蒙古兵爬上了卡車車廂來翻檢所裝的物品。

上士說：「祖國考驗我們的時候到了，絕不能讓他們搶走我們的東西！」

於是我們三人也翻身爬上車廂，不再去想可能發生什麼後果，蒙古兵抱起面袋，我就奪下面袋；蒙古兵扛起豬腿，我們就搶下豬腿。如果是現在，我想我會在他們的羊皮大衣裏塞滿罐頭，如果他們的白板子羊皮大衣有口袋的話，畢竟是我們越出了國界。但那時候，雖然已經站在別人的國土上，仍然有一股子針鋒相對寸土必爭的英雄氣概。在爭奪中我注意到：蒙古兵的領章要比我們的簡陋，我們的是絨的，他們的是布的。他們甚至連帽徽也是用布剪下的五角星縫上去的。我們穿的是大頭鞋，他們穿的是氈靴，氈靴可能比大頭鞋更暖和，但是也更笨，而且真的格鬥起來踢在人身上也沒有大頭鞋厲害。他們裝備的簡陋增加了我們對他們力量的藐視。一場車上爭奪「戰」的結果是，三個蒙古兵每人抱了一顆大白菜跳下車去作為我們越境的證據，我們在上士的眼色下沒有理卻有利有節地結束了對抗。他們留下了證據，便放我們返回了。現在想來那一個班的蒙古巡邏兵真是厚道之極的蒙古人，他們完全可以把我們連人帶車全都扣壓下來，只要從車坐下面搜出那支衝鋒槍來，硬說我們挑釁我們也沒辦法。可是他們只是扣壓了三棵大白菜。從另一個方面說來，那就是蒙古人其實並不想和中國人對抗，只不過是夾在中蘇的爭端中難以中立而已。

迷離的暮色中，我們開車返回我們的國土，他們騎駱駝返回他們的駐地。在背影中，我覺得扛在他們肩上的那種比我們的裝備陳舊得多的老式步槍就是毛瑟槍，不是原本意思上的毛瑟槍，而是一種在寒風中瑟瑟發抖的槍。

我忽然想到：「我們怎麼就糊裏糊塗地越了界，界碑在哪裡呢？」

上士道：「十幾公里一個樁，和石頭沙地差不多顏色，不仔細找誰能看出來。」

開頭七：叛逃者

就在我到邊防團來體驗生活的期間裏，在邊防團的防區裏連續發生了兩起叛逃事件，氣得朱團長那唯一的卵子也差點掉下來；氣得苟政委想必那四隻眼裏都直冒怒火。叛逃的兩個人一個是邊防二連的戰士，一個是從師裏下來工作的宣傳科幹事。

戰士的叛逃是因為入黨不成，提幹不就，和班長吵了一架，被排長訓了一頓，又聽說連裏還要給他處分，腦袋一熱就攜槍逃了過去。誰知道過去以後連個蒙古國的人影也見不到，又渴又餓地走了兩天，實在受不了了，又狼狽不堪地爬了回來，被巡邏隊發現時已經半死不活了。而他這兩天的失蹤可把連隊折騰苦了，營長教導員坐鎮連裏，全連上下日以繼夜地四處尋找，一致斷定他已睡在蒙古人的營房裏做大頭夢時，卻在國境線邊上看到了這個氣息奄奄的傢伙。還好，總算沒把槍扔在別人的國土上，雖然槍托已在戈壁灘上磨掉了一小半。看在過去戰友的分上，給他吃了，給他喝了，又讓他睡了一覺，然後，送往軍事法庭發落。在往團部送的路上可沒讓他舒服，把他捆在一個空氣油筒上放在卡車後面，一路哐哐響著後面開去。送走了以後二連的人還罵不絕口，媽的，怎麼英雄連隊會出這麼一個敗類！自然，連長和指導員的提升將大受影響。

全團正為這事總結經驗教訓時，沒想到又跑了一個，這回跑的不是團裏的人，而是師裏下來的宣傳科蕭幹事。這個蕭幹事我認識，是個高幹子弟，筆頭子厲害，關係也硬，在師裏很受重用，誰也想不到他會趁下邊防的機會跑掉。有一次在師裏我到宣傳科去辦事，碰見他正在辦公室裏擺弄答錄機，那時候盒帶式的答錄機在國內還沒有出現，我還是第一次見到答錄機，很笨重的鐵盒子上有兩個捲著磁帶的大盤子在慢慢轉動著，滿屋子充盈著一種雄渾激昂的音樂，我也是頭一次聽見這樣的音樂，後來我才知道那是貝多芬的《第五交響樂》。

「坐下來聽聽，感受一下正真的音樂！」他對我說。

「這就是報上批判的無標題音樂嗎？」我試探地問。

「這是老貝的英雄，比咱們樣板戲裏的英雄怎麼樣？」

「確實和樣板戲的感覺不一樣。」音樂很打動我，但是我卻覺得有些忐忑不安，因為這樣的音樂顯然是被排斥在革命的正統文藝之外的，我就有過一次因為偷聽文革前的舊唱片而被告發的經歷。

「這讓聽嗎？」

他有些不屑地看看我，「你想當英雄嗎？」

我不知該如何回答。他說：「這年頭是個兵就想當英雄，可當英雄是需要膽子的，沒有點敢冒天下大不韙的精神，能當個鳥英雄！」他故意把音量擰大，隔壁的科長肯定能聽見，可並沒有過來干涉。我一直坐在那兒把曲子聽完，同時在琢磨這個有點膽大妄為的人。臨走時他拍拍我的肩膀說：「要想有出息，自己心裏想幹的事就只管去幹，別管讓不讓！」

沒想到這個人把他的膽大妄為用到了叛逃這件事上。開始沒有人認為他會叛逃，他的父親在北京當官，他在師裏雖不能說前程似錦但也各方面都還不錯，他幹嘛要叛逃呢？所以當他在二營營部借了一個當司機的北京老鄉的北京吉普說要開到大戈壁上去過過車癮直到晚上還沒歸營時，大家都以為要不就是迷路了要不就是車拋錨了。派人出去找了一晚上未果，第二天又找了一天也不見蹤影，這才覺得事情不妙，但仍不能肯定他是跑到國境線那邊去了。即便是不留神越過了國界，也不會是叛逃，而是被對方扣留。

直到半個月以後，當他的聲音出現在蒙古電臺的對華廣播中時，他的叛逃才成為鐵定的事實。看來他在對方的電臺播音中找到了自己的位置，連篇累牘地發表對國內政治形勢的分析和攻擊。雖然師裏的幹部們對國內政治上的某些不正常的人物和不正常現象也已大有微詞，但從別國的對華廣播中聽到他在那裏侃侃而談，即便談的有道理，談得正合我意，談得切中時弊，心裏也不是個滋味。而且他在播音的間歇裏，還播放貝多芬的《英雄交響樂》，好像他真的成了英雄。

自然，按規定這種廣播是不許收聽的，但因為這個播音者是從我們師裏跑出去的，所以都忍不住想聽聽這傢伙到底在說些什麼。

這是一個很嚴重的政治事件。朱團長和苟政委受到指示，在邊境會晤時向蒙古方面提出嚴正抗議，並向蒙方索要此人。

人，蒙古方面自然是不會交還的，並且也向我方提出抗議：不久前中方就曾有人有車越過邊境侵犯了蒙方領土，有三棵已經凍得半透明了的大白菜為證。

會晤回來朱團長便大罵莫格爾少校，東西吃了，酒喝了，煙拿了，不但不給人，還向我們提抗議。決定下次會晤絕不再上茅臺酒和中華煙，不再有好酒給他們喝，給他們抽阿爾巴尼亞煙也就不錯了！

苟政委說你罵莫格爾少校有什麼用，他能給你人嗎？人家好不容易得了個寶貝，其實不是蒙古人得了個寶貝，而是蘇聯人得了個寶貝，放在蒙古使用罷了。

朱團長說：「我看見那個莫格爾就不順眼，不就是個放羊的瘦老頭嘛，肩上神氣活現地扛上兩個硬牌子就成了少校！」

苟政委說：「你不要不服氣，也不要看不起他，人家在邊防幹了二十多年了，還是蒙古中央的候補委員呢，在人家國內的政治地位比你我都要高得多！」

朱團長說：「他地位高有什麼用，反正只要我不上茅臺酒了，他就再也喝不上茅臺酒！我們要不拿煙了，他們連阿爾巴尼亞也抽不上！媽的，怎麼蕭幹事那小子偏偏要跑到那邊去呢？也指望將來當蒙古人的中央候補委員嗎？」

正題：莫格爾少校的越境事件

現在，在我東一榔頭西一棒子地寫下了在那段邊境的經歷中我還能記起來的一些事情之後，終於要進入使我的這篇文字可以稱之為小說的那個中心事件了。

一九七四年十二月初的一天，蒙古人民共和國某邊防站站長莫格爾少校就要卸任，調往烏蘭巴托任職並出席即將在首都召開的蒙古勞動黨的中央全會。他已經在邊防線上幹了二十多年了，這次的調任他職既是對他的提升也是對他的照顧。老邊防了，他的在蒙古人中少見的黑與瘦恐怕與他在邊防崗位上的辛苦操勞不無關係。這次調動對他和他的家人來說都是一件喜事，就要離開戈壁灘上的惡劣環境，去首都過另一種較為舒適的生活了。但是他對這條邊防線顯然是有著很深厚的感情的，因為他的半生時光都耗費在了這裏。出於這種感情，他決定在臨走前把這條邊防線再好好地看一遍。他開了一輛蘇制嘎斯六九（也是嘎斯六九），不要人陪同，大概是想單獨地進行一次情感體驗。在他管豁區內的這一百多公里邊境線，有大半天時間也就可以跑下來了。當然，到每一個點上還要和部下們告告別，這樣有一天時間也夠了。傍晚時分，在他就要結束這對邊境線最後一次視察時，不知道是老眼昏花看錯了路，還是受到了上次誘惑過我們的蜃景的拐騙，他發現他無意中竟越過了國境線來到了中國的這一側，界樁就在他身後不遠處，中方編號是第39號，蒙方編號是第24號。他一下子緊張了起來，在他長達二十幾年的邊防生涯中還從未出過這種差錯。他踏上中國領土的次數不少，但都是作為邊防官員堂堂正正地進入的，中國方面的招待每次都給他留下深刻印象。他有一條原則，在蒙古吃不到的好東西儘管吃，中國人讓拿的話帶回一些也無妨，但是原則問題決不讓步。其實過去兩國邊防人員的關係還是很鬆馳的，牧民們來來往往都不算個事，只是到了六十年代後期才逐漸緊張起來，但也還遠沒有到中蘇邊界上的那種緊張程度。但是作為一個邊防站站長越過邊界，這無論如何是一件有點嚴重的事，而恰巧在這關鍵時刻發動機熄火，怎麼也發動不起來了，他不由得急出了一聲冷汗。如果放棄車輛，馬上回到邊境線屬於自己的那一邊去，顯然是一個安全的做法；但他捨不得這輛車，也不想把車留在中國境內給中國人留下提出抗議的口實。他掀開車蓋來修車，擺弄了一番化油器濾清器，正想坐回方向盤前去試一下，卻發現一隊中國巡邏兵已經來到了他的面前。他放棄了開動汽車的努力，因為這樣做很可能遭到對方誤解而引起槍擊，他只能等中國人走到跟前來向他們說明原因，他是會一些漢語的。

中國軍隊的士兵和軍官都沒有軍銜標誌，他知道軍官和士兵的區別是穿四個口袋的軍服，而士兵只有兩個。至於軍官的大小，就得靠自己的觀察能力了。他估計那向他走來的中國軍官是個排長或者副連長，而他是少校，按理說中國軍官應該先向他敬禮的，但是中國人沒有，中國人顯然不管這一套。中國軍官很嚴肅地向他指出：他入侵了中國的領土！

他連忙解釋：他迷了路，他走錯了方向，他完全是誤入貴國領土，這是一起沒有任何政治背景的偶然事件，希望能夠得到貴方的諒解。

中國軍官指著他腰間佩帶的手槍說：你是攜帶武器駕駛車輛闖入我國領土的。

他解下手槍說：我不可能用一枝手槍來向貴方進行攻擊。另外正當我發現了誤入貴國領土準備退回時，不巧我的車壞了。

中國軍官坐上了他的駕駛座，發動了一下車，發動機騰騰地轉了起來，說：你的車並沒有壞。

他說：我剛剛修好，可以允許我把車開回去嗎？

中國軍官說：恐怕不行，在沒有搞清楚你闖入我國領土的真實意圖時，我們不能擅自放你回去！

他歎了一口氣，知道他已經栽在了最後一天的任期上。他的政治前程，他的軍人的榮譽，他的黨代會的代表資格，他今後可能過上的較為舒適的都市生活，全都在一次迷路事故中迷失了，而絆倒他的正是他看認認真真地守護了二十多年的國境線。反抗是沒有意義的，只能增加麻煩，他只能聽任那個年輕的鬍子還沒有長硬的中國軍官指揮幾個士兵坐上了他的吉普車，把他押往中國邊防軍的營地。

這下朱團長和苟政委有事幹了，在中蒙雙方的邊境會晤中被他們正式接待過許多次的莫格爾少校忽然之間變成了被帶到自己大本營裏來的俘虜，該如何接待這位非正式的客人可是一個問題。他們立即報告上級，同時騰出團裏的小招待所讓莫格爾少校住了進去，並專門派了一個班嚴加警衛。

上級的指示很快就到了：不管越境是出於何種原因，扣壓並給以禮遇，獲取必要的軍事情報，並作為向蒙方交換叛逃者蕭某的條件。

兩位邊防團的主官對莫格爾少校的非正式來訪進行了禮節性的看望，但談話是艱難而沉重的。

莫爾格少校首先對自己在沒有受到邀請的情況下進入中國領土表示歉意，同時聲明自己對中國領土的進入是因為迷路而非有意入侵。

朱團長說越境事件的性質需要經過調查方可確認，希望少校在中方的調查過程中與以合作。但不管是出於什麼原因，既然來了，作為老對手和老朋友，他會受到應有的禮遇。他指著現在只由莫格爾少校一人居住的小招待所說，已經為他準了最好的房間，並告訴他他在這裏居住時每天的伙食標準是二元五角，這是中國國家級運動員的標準，而中國邊防士兵包括軍官的伙食標準是每天七角二分。

莫格爾少校對中國方面的接待規格表示感謝。他再次聲明他是無意中誤入中方領土，希望能讓他儘快地回到蒙古去。他沒有說他還要趕到烏蘭巴托去參加蒙古黨的中央全會，對這次會議他只能永遠地缺席了。

苟政委說，既來之，則安之。當然這話翻譯成蒙文以後其中的古典文學味道已經沒有了。他認為莫格爾少校的越境事件和前一段時間中國軍官蕭某的越境事件在外交上屬於同一性質的事件，需要中蒙雙方進行外交上的磋商來解決。

莫格爾少校有些激動，他說上一次邊境會晤你們曾提出索要蕭某的問題，但那不是屬於他這個邊防站長許可權以內的事情。

朱團長冷靜地說，所以是否讓你回去也不是我們邊防團長官許可權以內的事情，我們都代表各自的國家。

莫格爾少校不再說話。禮節性的看望到此結束。

此後很多天莫格爾少校都不再說話，原本就黑而瘦的臉因為沉默而愈加黑瘦。每一次對他進行軍事情報方面的審問他都沉默著一言不發，而對這樣特殊的俘虜是必需優待的，並且蒙古方面其實也沒有什麼不得了的軍事秘密需要瞭解，所以也只好由他一言不發。讓人感到唯一欣慰的是他的食欲不受影響，每一餐送上的飯菜都統統吃光，讓飲事班驚訝的是這麼個瘦小個子怎麼會有那麼大的飯量。

但是莫格爾少校的健康問題是一個使朱團長和苟政委耽憂的問題，雖然他很能吃，卻整天坐在房間裏一動不動。萬一他心情不好消化不良生一場大病死了，對上級對蒙古都不好交待。負責他健康的軍醫說，抑鬱的心情和靜止不動的生活顯然會危害他的身體，希望能讓他經常活動活動。怎麼活動呢？既不能讓他騎駱駝也不能讓他騎馬，而且也不能讓一個蒙古軍官在中國軍隊的營房裏倒處散步，於是苟政委忽發奇想，在他住的小招裏放上一張乒乓球台，讓看守他的戰士們像輪流站崗一樣每天輪流和他打乒乓球。

開始莫格爾不為所動，戰士們只能自己打著玩。但是乒乓球不停地蹦了幾天以後閒極無聊的莫格爾少校終於忍不住了，表示也願意和中國士兵玩玩。開始誰也沒把莫格爾少校在球臺邊當一回事，因為他動作難看，步伐遲緩，一看就是一付不會打球的樣子，之所以要陪他打球那是政委交給的任務。但是幾天打下來，戰士們吃驚了，所有看押他的戰士都上過場了，居然沒有人能贏他。戰士們自己和自己打時，抽殺、推擋、提拉，再加上不時地削一板，一個個打得生龍活虎。但是和莫格爾少校對打時，儘管你看不上他的那個姿式，那個動作，卻每個人都憋了一身的勁還沒使出來就稀裏糊塗莫名其妙地敗下陣來。

這時候我已經從邊防一連回到了團部，目睹了莫格爾少校打乒乓球的情景。

他是直拍握法，卻偏要選一個長把的橫式球拍，左手拇指和食指扣成一個環圈住球把，手臂佝僂著縮在胸前，怎麼看怎彆扭。而且他只會一種打法，就是搓球。不管對方過來的是高球低球上旋球側旋球，他一概不抽不擋也不吃轉，一概以不變的下旋球搓回去，搓得球緊貼著網子落下去，讓你無法起板。他神情木訥，動作笨拙，每搓一下脖子也跟著伸縮一次，永遠溫而不火，卻讓你無法攻殺。等你終於忍受不了他這種慢吞吞粘糊糊濕漉漉的打法奮而起板扣殺時，你的球不是下網就是出界。當然也有打中的時候，打中了他就沒辦法了，他絕對不會推擋也打不出漂亮的回頭球，但是你打飛的球遠遠比你打中的球多。他也並不是沒有失誤，但他失誤的球遠遠比你失誤的球少。他動作怪僻地揮著一把鈍刀子，卻令進攻一方的利劍怎麼也刺不中他的要害。如果你是輸給一個像張燮林那樣的削球高手倒也心悅誠服，但你輸給的卻是一個除了搓球什麼別的打法都不會而且搓起球來還動作極其難看的蒙古人。

被連續失敗激惱了的戰士們商量一定要想個辦法擊敗這個根本不會打球卻也不會輸球的莫格爾少校，我參加了他們的戰術研討會，研討的結果是：克敵制勝的法寶只有一個，就是弧圈球。但是弧圈球誰也不會打，最後這個研製新式秘密武器的光榮任務交給了我。那時候所向無敵的中國乒乓健兒們已經在世乒賽上嚐到南斯拉夫人和瑞典人弧圈球的厲害了。我以前只是在一本乒乓球的書上見到過弧圈球的打法，那是要讓球拍在高速上拉的動作中極薄地擦擊球邊，使球以高速上旋的弧圈形線路落到對方的球臺上，球落台以後不是以正常的線路彈跳，而是神經質般地猛地向前一沖，使對方在措手不及中失掉一分。以弧圈球的機敏來對付莫格爾少校的遲頓的銼刀實在是一個很好的想法。於是我在另一張球臺上猛練了三天弧圈球，開始每每拉空，等拉中的概率到了百分之五十時，便按捺不住地去對莫格爾少校小試牛刀了。

莫格爾少校在他的小招待所裏已經習慣了球臺上的勝利，開始並沒有把這個新上陣選手放在眼裏，依舊把球一板一板粘糊糊地搓過來。我開始拉弧圈了，第一板，空的；第二板，還是空的。第三板，球在球拍的猛力擦擊下劃了一個高高的弧圈落在他的球臺上，他並不打算扣擊，依然想以不變應萬變地把球搓過來，但是這次他的搓球動作卻慢了半拍，等他搓出去時，球已經撞到了他的懷裏。他有些疑惑地看著那個本應搓到卻沒有搓上的球，覺得今天這球的運動有些不同往常卻又搞不清不同在什麼地方。他那恍惚的神態讓觀戰的戰士們樂壞了，這個咬不爛的牛皮糖終於碰上了剋星。初試成功極大地激發了我的競技狀態，而球的不規則運動則動搖了莫格爾少校穩定的心理，接球時不斷出現的慢半拍現象使他的馬其諾防線開始潰散，這時他的搓球才顯出明顯的弱點，因為搓球是一種並不具備進攻威力的打法，他原來只是在等對方不耐煩時自己失誤；而我卻因為他沒有進攻的威力盡可以放心大膽地拉弧圈而不用耽心被一板打死，只要我把球拉上了他的球臺，他遲頓的反應能力便只能眼睜睜地看著球從他的球拍上滑過，這使他感到懊惱，而懊惱又更加使他陣腳大亂。他執意要換一個球，但是換了球以後他依然搓不到。陪公子讀書的戰士們終於看到了莫格爾少校的失敗。

只在那一天的中午，他的飯量減了一半。但是到了晚上又恢復正常了。雖然失敗使他不快，莫格爾少校並不是一個輸不起的人。

在中蒙雙方為了莫格爾少校的越境事件而舉行的邊境會晤上，蒙方拒絕了了中方用莫格爾少校交換前不久越入蒙古境內的肖某的提議；而中方也不願輕易地交還莫格爾少校，於是莫格爾少校只好住在邊防團的小招待所裏，吃他兩塊五標準的伙食，每天和看守他的中國士兵們打乒乓球，只是有了弧圈球以後，他的搓球不再是不可戰勝的了。

後來獨立師舉行乒乓球賽，邊防團代表隊讓全師刮目相看：竟然會拉弧圈球！他們不知道這弧圈球是在莫格爾少校的搓球面前練出來的。

題外：元旦的晚餐

漢字的一大優點是：可以通過對某些字的拆解和組合來說明某種哲理。比如說「鮮」字，左邊是魚，右邊是羊。你可以理解為水中生長的東西最好吃的是魚；陸地上生長的東西最好吃的則是羊。山不厭高，水不厭深，炙不厭細，食不厭精，這是人們在精神和物質方面的不懈追求。但是當你在精細的食品中耽溺了太久之後，才會猛然想起最好吃的東西原來是那些最原始最粗率的吃法，在對食物的理解上經歷一次復歸。

在我所讀過的所有對吃的描寫文字中，最精彩最誘人最使我心動的是前蘇聯作家阿斯塔菲耶夫的《魚王》一書中《鮑加尼達村的魚湯》那一章裏對俄羅斯北方葉尼塞河流域魚民們的村野魚湯的描寫——

月桂片隨著沸水翻滾，白色泡沫在鍋心卷成了一個漩渦。在這個漩渦裏飛轉著花椒末子，以及飛落在鍋裏的炭粒、柴灰、蚊蟲。

值班人拿來了一筐洗淨、切好的魚肉。這兒有乳白色的、剖成兩半的大聶利瑪魚的魚尾，有依然在動彈的、撞擊著籮筐的鱘魚的魚翅，有外形美觀、發出褐色光澤的折樂魚……魚肉嘩啦啦地倒進鍋裏，剛才還在沸騰翻滾著的鍋子再次安靜下來，冒泡吐沫的沸湯也已停止翻滾，不再在毛毛糙糙的鍋壁上拍濺發出咕咕的聲音……有好一會兒一塊塊魚肉雜亂無章地堆在鍋裏，只是從下面開始有點掀動，隔不多久星星點點的油花就浮出湯麵。開初，成團的油脂在鍋裏零落翻滾，但羹湯從底裏開始翻動，一陣緊似一陣，沒過多大會兒就有一兩塊聶利瑪魚肉或者肥美的魚尾魚翅升騰而上又翻轉而下。魚湯的色澤由清而濁，像翻騰的雲霧，蘊蓄著熾熱的力量。魚油起先只有五戈比銀幣那麼大，後來變得有金盧布那麼大了。最後，湯麵上的魚油竟像覆蓋了一層熔金。在鍋裏甚至有什麼東西清脆地響了起來，就好像是熔化的金粒滾動著叮叮噹當地掉到了這口大鐵鍋的底部。聶利瑪魚肥大魚尾首先冒了出來，帶著魚翅的白鮭翻上翻下，但很快被煮得身首異處；蜷腹曲背、懶洋洋地張著嘴巴的折樂魚隨勢而上，又急轉直下，尖尖的鱘魚頭浮出湯的表面，的溜溜地打轉。好一場魚兒的環圈舞！一塊塊魚肉——白花花的，粉紅的，鵝黃色的，帶有魚翅的和不帶魚翅的——全在鍋裏翻騰，冒起來，沉下去。只有灰不溜丟的聶利瑪魚的魚尾能在上面浮上片刻，但不久也像秋天的落葉一般飄落鍋底。

葉尼塞河在比蒙古更北的地方，它的河水流向北冰洋。在那樣寒冷的自然環境裏人們顯然需要這種熱烈的魚湯。

而在我所有吃的經歷中，能夠和這鍋轟轟烈烈的魚湯相比一下的，只有在戈壁灘上篝火煮出來的手把羊肉了。所以當我讀到對這一鍋魚湯的描寫時，我大腦的左半球灌滿了魚湯，大腦的右半球則盛滿了大塊的羊肉，整個頭裏塞滿了一個鮮字。

我是在吃完了七五年的元旦晚餐後結束了我對邊防團的生活體驗的，那是我最後一次見到莫格爾少校，也是第一次和他在一起共進晚餐。晚餐地地點不是在食堂裏，而是在團部外面的戈壁灘上。邊防民兵營的蒙古族兄弟趕了一群肥羊來慰勞部隊，他們在那裏支起帳篷，就在帳篷邊上為團部的官兵們準備了一頓羊肉宴。

篝火在黃昏的戈壁灘上燃燒了起來，一堆又一堆，一團又一團，每一團都像一朵盛開有波斯菊。燒的柴是一種戈壁上特有的叫梭梭的灌木，這樹的木頭鬆而空，很粗的一根也沒有太多的重量，除了燒火，派不了別的任何用場，但燒出來的火卻無與倫比。這種灌木在它活著的時候從來都是灰溜溜的，似乎連開一點最細小的，最不起眼的花也不會，可它像煤一樣，似乎就是為了燃燒而準備的，一旦燃燒起來，從它疏鬆的木頭空隙中每一個縫裏都冒出火苗來，而每一個火苗都是一個豔麗的花瓣，無數花瓣交織成一朵怒放的鮮花，那種妍美只有在如風的海水中飄動的海葵才可以相比。

每一堆篝火上方都架著一隻行軍鍋，不像由支架吊著的，像是由火苗們奮力托舉起來的，與火苗們一壁之隔的是一鍋清水，調料只不過是散落在鍋底的一些花椒大料而已。每一隻行軍鍋的旁邊都有一個班的人數在圍著它忙碌或感覺是在忙碌，這是作戰和吃飯的最基本單位。每隻鍋邊上都臥著一隻肥羊，它們的皮已經被剝去攤在地上，而健壯的筋肉被剁成大塊堆在皮上，待水翻開了細碎的波浪，就可以投進鍋裏。手把羊肉是典型的蒙古人的吃法，今天在我寫到這兒的時候才意識到，圍在鍋邊吃飯和圍在桌邊吃飯，這是遊牧民族和農耕民族的一大區別。而且吃「飯」也是一個極其漢化的概念，農人的主食是穀物，牧人的主食則是大塊大塊的肉。

因為我第二天就要離開，朱團長和苟政委執意要我和他們在一個鍋裏吃，這是一種待遇，也是一份親切，我只能從命，盡我的努力把火燒得更漂亮些。那些大塊羊肉——整塊的腿、強韌的腰、硬挺著的脖子，不肯瞑目的羊頭，在水中漸漸變色，它們收縮肌肉，從被宰割後的分散鬆懈狀態重新變得充滿了力量。它們一生辛勤咀嚼從草中聚集起的熱能開始在鍋裏散發了出來。當肉香越過火苗邊緣飄出來時，司務長跑來請示：莫格爾少校怎麼吃？是繼續吃他的兩塊五呢？還是弄兩塊羊肉給他送去？

團長和政委對視了一下說：「還是把他請來和我們一塊兒吃吧，過元旦嘛，在我們這兒住著好歹也算是我們的客人，他當邊防站長每年我們都要請他幾回，現在當我們的房客也不能太虧待了人家，老苟你看呢？」

苟政委點頭：「我看可以，帶他到這裏來會餐，不過警衛工作要做好。」

莫格爾少校被帶來的時候，鍋與鍋之間的肉香已經彌漫成一片了。

每只行軍鍋邊都有一個的蒙古族民兵在他們營長的帶領下唱起了酒歌，依依呀呀悠長的歌聲如篝火上飄開的煙帶一樣在暮色中的戈壁上彌漫開來，各人唱出的歌詞和旋律不盡相同，但是風格卻完全一致，這是一種大碗喝酒大塊吃肉，騎著駿馬趕著羊群遷徙，頂著一片完整的蒼穹並住著象蒼穹一樣的蒙古包，因為看不到大地的褶縐可以一眼就望到天邊的民族才能唱出的歌。和山地民族跌宕的山歌和水網地帶婉轉的小調全然不同。現在想起來那一片歌聲是一個無與倫比的大合唱，可惜所能記起的只是那種氣氛，歌詞和旋律都無從記起了。

我看見在乒乓球台前沉著穩靜的莫格爾少校在歌聲中卻顯得十分心情躁動，坐立不安，彷彿肌肉酸脹難忍，渾身的骨節處都有草籽在發芽。民兵營長自然知道莫格爾少校的身份，他們是同一個民族的人，卻屬於兩個國家，這兩個國家因為與另一個國家的關係在邊境線上緊張地對峙著。他們現在同在一口沸騰著的行軍鍋前坐著，一個是待客的主人，一個是被軟禁著的俘虜。因為有莫格爾少校的加入，我們這一圈人的氣氛顯得比其他鍋邊的要拘謹一些，只是一邊吃肉一邊讚美著這種粗獷的吃法。民兵營長給在座的軍人都敬了一碗酒後，把酒碗遞到了莫格爾少校面前，並不說話。莫格爾少校接過碗一飲而盡後，終於衝破了一直在折磨著他的某種禁錮，站起身放開喉嚨高聲唱了起來，唱得是和民兵們同類的酒歌，他的聲音雖然扁而嘶啞，音量卻不小，而且還有一種能牽動人心的韻味，在這之前很難想像這個又黑又瘦長得十分拘束的人會唱歌而且還能唱出如此舒展的歌。隨著歌聲的飄開，他精神上的躁動感平息了，身體上的不適感也消除了，他的軀幹和四肢甚至隨著歌聲有些微微地舞蹈了起來，好像被風吹過的牧草。唱著唱著，他那張黑瘦的臉顯得明亮了起來，再唱著唱著，眼淚從他乾澀的小眼睛裏流了出來，還有一條鼻涕也加入了眼淚的流淌。

大家手上抓著羊肉卻停止了咀嚼，等他唱完一起由衷地叫好，包括朱團長和苟政委。苟政委把酒倒滿了他的碗。朱團長從鍋裏拎出兩大塊羊腿肉，一塊遞給他，一塊自己拿著，對他說：「上回在你們那裏吃手把肉，我楞沒吃過你，今天我們再來比一下！」於是兩人不說什麼，低頭猛啃羊腿。吃到只剩羊腿巴骨時，朱團長雙手一用勁，啐巴一聲，骨頭斷了。莫格爾少校也去撅那另一條羊腿上同樣的羊腿巴骨，第一次沒撅斷，第二次稍稍借了一下膝蓋的勁，骨頭斷了。倆人哈哈大笑。苟政委的四隻眼裏也滿是笑意。

又是幾碗下肚，朱團長居然走到莫格爾少校身邊拍拍他的肩膀叫他老莫了：「老莫，放開你的肚子，今天我們吃個痛快！」

莫格爾少校看看行軍鍋裏，羊肉已經快撈完了。朱團長指指帳蓬那邊說：「你放心，有的是羊，你能吃下多少？」

民兵營長已經提起刀準備再去殺羊了。

莫格爾少校忽然站起來說：「可以讓我為你們去殺一隻羊嗎？」他見朱團長一時沒做出反應，補充道：「為你們做一個正真的蒙古人的吃法！」他已有醉意，彷彿忘了自己的身份而和民兵營長一樣成了以羊待客的主人，他向他走去，想要他手上那把用來殺羊的刀。

民兵營長當然不敢把刀給他，他看著朱團長和苟政委，不知該怎麼辦。

莫格爾少校似乎感覺到了有什麼不妥，但他固執地站在那兒，本來熱烈的氣氛有一點僵了起來。他轉過身來面對朱團長和苟政委：「我的意思沒有說清楚嗎？我想去殺一隻羊，為你們做一個正真的蒙古吃法？我們蒙古人不會說一套做一套，我以軍人的榮譽保證，我想要那把刀只是為了去殺一隻羊！不會有任何別的目的，我真的很想去殺一隻羊！」

朱團長和苟政委再次對視了片刻。在邊上的警衛班也密切注視著這裏的動向。朱團長走到民兵營長身邊拿過那把刀，看著莫格爾少校說：「我也以軍人的榮譽相信你！」便把刀遞到了莫格爾少校手上。在莫格爾少校握住刀把的那一瞬間大家都很緊張了一下，但他接過刀就向羊欄裏走去，從裏面拖出了一頭羊，於是大家都目睹了一場精彩的宰羊表演。

莫格爾少校不需要助手，一個人放血、剝皮、開膛，動作熟練得如同庖丁解牛。他扒出羊腸子來，熱而滑的羊腸子像一條蛇一樣從他雙手間遊過，腸子裏的羊糞便源原不斷地從腸子的另一頭被擠了出來。能把那麼粘糊那麼拖泥帶水的活幹得如此麻利如此具有歌唱性和韻律感，實在讓人佩服。把腸子擼完，他請民兵營長幫忙，把接在盆裏的還沒有凝結的羊血灌進羊腸子裏，兩頭一扎，扔進鍋裏。然後他用蒙語指揮幾個蒙古族民兵把篝火燒旺，並揀來許多拳頭大的石塊放在火堆裏燒。他把剝下來的完整的羊皮四個腿處紮好，只留下脖子那兒的一個口子，成了一隻皮口袋。他再把羊肉切成比雞蛋大些的塊，讓民兵們往肉塊上灑上鹽、花椒和大料，把切好的羊肉裝進羊皮口袋裏去，做完這些事後那些揀來的石塊已經在火堆裏燒得滾燙了。他要了一把步兵鍬，從火堆裏鏟出滾燙的石頭也往裝了羊肉的羊皮口袋裏裝，口袋裏發出哧哧的聲音和熱氣。把石頭都裝進去以後，他便紮緊了羊脖子，把羊肉塊和燒熱的石頭塊全都封在了羊皮口袋裏。他像那達慕大會上的摔跤手一樣，一邊哼著歌一邊把裝著羊肉和熱石塊的羊皮口袋掀過來翻過去，一會兒扛在肩上，一會兒扔在地下，折騰得滿頭大汗，看得出來他在做這一切時心情極為愉快。這時候的莫格爾少校成了一個完全陶醉在自己的勞動中的蒙古族牧民。

別的鍋邊的會餐已經接近尾聲了，而我們這一鍋卻正是方興未艾、高潮迭起的時候。在他翻騰著羊肉口袋的時候，民兵營長從鍋裏撈出了那根長長的血腸——一根完整的羊腸子，灌滿了一隻整羊的血——盤在行軍鍋的鍋蓋上。先是整條血腸都蒸騰著熱氣，等稍稍冷卻些以後，每切開一段，撲哧撲哧的熱氣都從腸子的斷面處冒出來。莫格爾少校這時的感覺完全成了主人，端著鍋蓋走到每一個人面前，說這是世界上最好吃的東西，執意要每個人都嚐上一段。不吃顯然是不禮貌的，朱團長不怎麼在乎，稀裏呼拉就吃了一段下去；苟政委多少有點犯難，吃的時候把四隻眼全都閉上了，眼不見為淨。我不知道我是怎麼把那段腸吃下去的，回憶中的感覺只剩了一個字：燙！那可是真正的一腔熱血啊，從喉嚨口一直燙到胃裏。

二十分鐘以後，莫格爾少校割開了那隻把熱石頭和羊肉都封在裏面的羊皮口袋，從那裏面噴礴而出的香氣使所有周圍的人都為之傾倒，羊肉和石頭已成了一個顏色，大家伸手下去抓，硬的是石頭，軟的是羊肉，羊肉被石頭烤熟了，滾燙；石頭被羊肉同化了，噴香。於是重新倒酒，重新開宴，重新唱起了伊伊呀呀的酒歌，羊肉的熱力從每個人的渾身肌膚裏透出來，把夜半的戈壁烘烤得寒意全無。

民兵營長早已仰倒在火堆旁呼呼大睡了，莫格爾少校顯然打算一醉方休。朱團長雖然酒量過人，但身體已有些飄搖起來，只有苟政委的四隻眼依然清澈而警醒。

又是相對乾了一大碗之後，莫格爾少校忽然把朱團長拉到一邊，十分神秘又十分莊重地對他說：「自從我到你們這裏來以後，一直對貴方守口如瓶。但是今天，我想給你透露一個我們軍方的重大秘密——」

朱團長的酒意一下子就醒了，很有些驚訝地看著莫格爾少校，難道這傢伙只要肚子裏灌滿了酒肉就什麼都可以吐出來嗎？

莫格爾少校依然表情嚴肅：「我要告訴你的這個重大秘密啊，就是——我們蒙古啊，沒有海軍！」

停了有兩三秒鐘，朱團長和莫格爾少校同時放聲大笑起來，笑得流出了眼淚，痛快淋漓。朱團長的大拳頭擂得莫格爾少校直晃：「你們這些蒙古人啊！你們這些蒙古人啊！」

後來莫格爾少校怎麼樣了？他又在邊防團的小招待所裏住了多久？什麼時候回到蒙古的？有沒有用他換回那個叛逃的蕭幹事來？我就不知道了。後來我又乾脆把他忘了個乾淨，連同那條看不出明顯標誌的國境線。但是很多年以後，我卻又重新想起了他，從塵封的記憶裏挖出了這個黝黑乾瘦的、沉穩堅忍的、並且帶有一點幽默感的蒙古人。

漂泊的湖

一、從沙漠到湖泊

我老了。現在的我，只能終日困坐書房。

好在我的書房就是一個世界。地球上任何一個地方，都被包含在我的四壁書架之中。我的面前橫陳著歐亞大陸。歐洲部分，從寫字臺的邊緣垂落下去；遼闊的中亞，被一隻沙漏和一杯水壓在桌面上。而在沙漏和水杯之間，便是我曾數度出入的塔里木盆地。那個盆裏，究竟裝著些怎樣的珍寶，使我對它嚮往了一生？

我凝視著這兩件玻璃器皿：一隻沙漏和一隻杯子。

沙漏中的細沙在慢慢流動著；而杯中的清水，因為剛被喝過一口放回去，也在微微地波動著。

我面前的世界多麼單純，只有這兩樣東西：沙和水。它們是多麼不同，卻又何其相似。是液體，卻會凝固；是固體，但會流動。在漫長的時間裏，沙在流動，水也在流動。而我的使命，或者說我的宿命，就是穿越沙漠，撲向水澤……」

我最危險的一次探險，是我三十歲的一個清晨從中國新疆的麥蓋提村出發的。我的頭號僕人伊斯拉木巴依牽來八隻駱駝，使我的愛犬約爾達斯受了驚，它沖對著那些陌生的傢伙大聲吠叫。

嚮導約爾提自信地拍著幾隻大水桶，告訴我從這裏到和田河一共不到二十天的路程，用這些大桶來裝水足夠路上喝的了，而且中途還有一個湖，可以在那裏補充水。和格沁抬著一隻大箱子的奧爾得克則好奇地問：「老爺，這兩隻箱子為什麼這麼重？」我告訴他一隻裝的是銀元，另一隻裝得是我拍照用的底片，一共有一千多張底片，我要他們裝貨卸貨時千萬小心，一定不能摔了！

奧爾得克更加好奇：「底片？底片是什麼東西？」

伊斯拉木巴伊不耐煩地：「快點幹活吧，底片就是一些玻璃。」

看熱鬧的幾個村民在一邊議論著：「看這個外國人多有錢啊，他帶了八頭最好的駱駝、還有那麼多的箱子……」

「他要沙漠中去，去尋找傳說中的寶藏！」

我的房東圖達柯紮伯克有些傷感地看著我：「你能夠買得起這些東西，證明你足夠富有了，還有什麼必要進去尋寶呢？傳說塔克拉瑪干深處是有一座古城，那裏到處堆撒著黃金和白銀，可是以前的尋寶者，都搭上了性命。你知道塔克拉瑪干是什麼意思嗎？就是進去了出不來！」

「你也認為我到沙漠裏去是為了尋寶？」

伯克反問道：「那麼你到沙漠裏去是為了什麼呢？」

我隨手抓起一個小鏟子，在地上劃了一道線：「你看，這是麥蓋提，西面是葉爾羌河，東面是塔克拉瑪干。但是，尊敬的伯克，您知道塔克拉瑪干的東面又是什麼地方嗎？」

伯克想了一下說：「沒有了。塔克拉瑪干是沒有邊的，從來就沒有人走到過它的邊，所它才叫這個名字！」

我在地上畫著示意圖：「但塔克拉瑪干的南面是有邊的，這就是昆侖山。十年以前，有一個叫普爾熱瓦爾斯基的俄國探險家曾經沿著昆侖山走到和田，他畫了一張地圖——」我從隨身攜帶的包裹抽出了地圖：「你看，和田河向北穿過塔克拉瑪干，流向阿克蘇，在那裏和葉爾羌河匯合成塔里木河。」我熱切地告訴他：「普爾熱瓦爾斯基的地圖告訴我在葉爾羌河的東邊是和田河，那麼我向東穿越塔克拉瑪干沙漠，就一定可以走到和田河邊！」

伯克不解：「你走到和田河邊又怎麼樣呢？」

「我就可以再畫下我的地圖，別人就可以利用我的地圖在大地上行走。」

駝鈴聲中，我們這支由五個人組成的探險隊從麥蓋提村出發了。這是1895年的4月10日。

一個送行的老人歎道：「塔克拉瑪干，進去出不來，他們永遠不會回來了！」

數天後的一個黃昏，準備紮營的時候，約爾達斯不見了。

伊斯拉木巴依安慰我：「剛才還跟著駝隊，你放心，它不會跑丟的。」

果然，隨著一陣歡快的狗吠聲，約爾達斯旋風一樣出現了，對我們興奮地搖著尾巴。奧爾得克卸下一隻箱子，他看著狗說：「赫定老爺，它的肚子全是濕的！」

嚮導約爾提高興地說：「它一定是在附近找到了水源，我們已經到了長湖！」

「塔克拉瑪干的恐怖，或許是被當地人不適當地誇大了。我們竟在一個長長的湖邊走了兩三天，在這樣的湖邊，你很難相信是置身於這個以死亡著稱的大沙漠中。」4月19日，我坐在一隻木箱上這樣寫下了我的日記，接著走到已經支好的照相機前，把眼前的美景收入了取景框。當我們於一兩天後真正進入不毛之地，回想此情此景就像回想一座人間天堂！

離開長湖以後，從駝背上望出去，無論前後左右，全都是起伏無盡的沙漠。我的身體隨著駱駝的步伐有節奏地晃動著。配合著這晃動的是駝鈴的聲音和另一種「空通，空通」的聲音。我忽然覺得有什麼地方不對勁，問伊斯拉木巴依：「這些水桶為什麼都空著一半？」我用拳頭敲擊著馱架上的鐵皮水桶。

伊斯拉木巴依連著敲了幾隻水桶，果然都發出空洞的聲音。他發火了，喊道：「奧爾得克，格沁，你們過來！你們為什麼不把水桶裝滿？」

「在湖邊裝水的時候，約爾提說不用十天就可以走到和田河邊了，沒有必要把水桶都裝滿。」格沁回答。

奧爾得克也說：「駱駝背得太重，如果前面能補到水，就沒有必要裝那麼多。我家鄉的塔里木河有流不完的水，我想和田河也是一樣。」

這時候嚮導約爾提從最前面走了過來。伊斯拉木巴依向他大發雷霆：「是你自作主張叫他們不要把桶裝滿的嗎？」他用拳頭使勁敲著鐵桶。

「是的，不用太久我們就可以走到和田河了」約爾提輕鬆地說。

「可是，萬一我們的行程超過了你的估計，而水卻用完了，你知道這意味著什麼嗎？」

約爾提開始有些心虛了：「我只是想讓駱駝輕鬆一點，我們可以早一點走到和田河。就算水提前用光了，在快到和田河的地方，也可以從地下挖到水。」

伊斯拉木巴伊把手中趕駱駝的鞭子向他揮過去：「偷懶的東西，你只想早一天拿到報酬，可你這樣做是在拿老爺的性命開玩笑你知道嗎！」我攔住了他，這件事首先怪我，是我沒有親自督促他們把水裝滿。在這天的日記裏，我心情沉重地寫下：「今天才發現飲水沒有帶夠。」

4月24日，當我從睡眠中醒來，僕人們正往駱駝背上裝各種箱子時，伊斯拉木巴依臉色嚴峻地走到我面前：「主人，有一個不好的消息，昨天夜裏有一隻駱駝逃走了！」

「那麼，我們就只能用七隻駱駝來擔負八隻駱駝的負重了。」

「問題不在這裏。那只駱駝一定是逃回長湖那邊去了，它也許預感到了前面等著它的是什麼？」

這時候奧爾得克也走了過來：「赫定老爺，駱駝也像人一樣，有的聰明，有的笨。笨駱駝好使喚，人趕它們到哪裡就去哪裡。可是聰明的駱駝，感覺到了有危險，它就會逃走。」

我沉吟著：「那麼我們面臨著一個選擇：是像那隻逃走的駱駝一樣回到長湖邊去把水裝滿，還是繼續向前走？我們離開長湖已經四天了，一來一回，就要增加八天的行程。」

「如果像約爾提說的，再走四五天就可以到和田河邊，就沒有必要回去。可是如果……」奧爾得克看著約爾提。

約爾提沒有說話，他從地上抓起一把沙子，慢慢鬆開手，讓沙子落下，似乎想從風對落沙的影響中找到信心。

從他手中落下的沙子就像從沙漏中落下的細沙。

後來在我斯德哥爾摩的書房裏，我不止一次地凝望著沙漏中的落沙回想起這一情景。有一次正當我看著沙漏走神時，奧雷爾・斯坦因先生前來探訪我。我知道斯坦因在中國人那裏的名聲不太好，他們甚至把他當作一個盜墓者，因為他弄走了太多他們的文物。但是僅作為一個探險家，他還是有值得我尊敬的地方。我告訴他我非常歡迎他的來訪，並告訴他我正在拜讀他關於中亞探險的新書。

斯坦因得意地看著我：「閣下注意到我書中這樣一段話了嗎：『我非常感謝斯文・赫定博士那優越的地圖，它使我能夠非常準確地找到那些他第一個到過並測定過的地方，雖然我們的路線不同，並且沒有可以用作路標的特殊地貌。當我後來做完了繪圖上的作業時，發現赫定博士所勘定的位置和我所勘定的在經度上只差兩公里，而與天文學上緯度的規定則完全一致，這真是一種偉大的滿足！』」

我當然注意到了，《地理雜誌》上的一次談話把這件事稱為「地理學的一種真正的勝利！」

斯坦因說：「您知道嗎？在來您這兒之前，我又重讀了一遍您關於第一次穿越塔克拉瑪干沙漠的描述。我相信，在您離開沙漠中的那個長湖四天之後的位置上，我也曾站在那裏猶豫過，到底是冒險前進呢，還是退回到湖邊？」

「結果呢？」我問他。

斯坦因說：「我向前走了三天，但最終還是放棄了冒險，選擇退回湖邊。」

我對他說：「你及時折回去的決定對你和你的隨從無疑是一種幸運！」

斯坦因笑道：「也許正因為如此，今天的我才能夠站在您面前和您談話。」

「可我當年卻選擇了繼續前進。那個選擇太冒險了！」

約爾提手中的沙子落完了。他拍了一下手，鼓足勇氣對我說：「老爺，再有四五天，頂多五六天，我們一定能走到和田河邊，我敢保證！」

於是我下了繼續前進決心。無邊無盡的沙丘伸延向天邊。陪伴著我們的只有單調的駝鈴。前方是巨大的危險，但我不願意踏著自己的足跡退回一步。

又過了幾天以後，當所剩不多的盛水桶從駱駝背上卸下來紮營時，人、狗和駱駝都圍了過來，用眼睛看著，用耳朵聽著，用鼻子嗅著那一些在鐵皮桶底晃動著的水。

每個人配給的那份水立刻就被喝完了。他們捧著空碗，意猶未盡地看著伊斯拉木巴依。但是這位忠實聽命的僕人堅決地蓋上了水桶的蓋子。約爾達斯焦急地圍著人們叫著，它伸出舌頭挨個地去舔僕人們垂落下來的水碗。

我拍拍它的頭說：「約爾達斯不是牲口，它應該享有和我們一樣的待遇！」伊斯拉木巴依歎了口氣，打開桶蓋，用自己的碗盛了半碗水，端在手裏放低了讓約爾達斯喝。大家都坐下來休息著。約爾提討好地倒了一些菜油來喂駱駝。駱駝不得已舔食著菜油，一種沉鬱的情緒籠罩著全隊，沒有人說話，只聽見風的聲音和駱駝的喘息。

忽然，奧爾得克喊了起來：「一隻烏鴉！」

一直沉默著的格沁說了一句：「看見烏鴉，這可不是個好兆頭！」

約爾提立刻反駁道：「不對，有鳥就有樹林，就有水！它一定是從東邊和田河邊飛過來的！看見鳥，就離水不遠了！」

我看著這隻烏鴉消失在暮靄之中，在日記本上寫下：「4月25日，看見烏鴉！是死的預兆還是生的希望？」

沙漠中的又一個清晨。太陽已經從地平線上升起來了，我的四個隨從還疲憊地躺在那裏。駱駝們也還臥著，沒有站起來的意思。

我一個人單獨先行了。手裏托著羅盤，邊走邊數著自己的腳步。這一整天，我都在反覆數著自己的腳步……每百步就是一個勝利，每千步就增高得救的希望！但是這白天的太陽多麼像地獄裏的毒火，而這些沙丘又多麼像墓丘，只是少了十字架。上帝啊，你用這死寂的練獄來折磨我，在前面會有向我洞開的天堂之門嗎？我終於精疲力盡地倒在一座沙丘頂上，把白扁帽拉到臉上，遮住那猛烈的陽光，作片刻的喘息。過度的疲憊立刻就使我進入一種朦朧入睡的狀態。

我夢見我向後走回到了那個長湖邊上，面前就是波光粼粼的湖水。我一下子就撲進了湖水中，痛飲了一番後，抬起頭來讚歎道：「多麼好的長湖啊，離開你就是離開了生命！」

這時候我聽到身後有一個聲音在說：「這不是長湖，這是伊塞克湖。」

我驚訝地回過頭去，只見湖岸邊的一把躺椅上，半躺著一個五十歲左右、穿著沙俄軍裝的人，他的身體看起來十分虛弱，但精神卻還不錯。

「你是誰？」

那個人笑笑：「你應該知道我是誰，你在中學的時候就翻譯過我寫的探險記，出版後銷路還不錯。當然，你不滿足只介紹我的經歷，隔岸觀火，還要自己走進荒漠。」

這麼說，是大名鼎鼎的普爾熱瓦爾斯基？

普爾熱瓦爾斯基笑道：「年輕人，探險，就意味著隨時會有失去生命的危險。你看，傷寒正在奪去我的生命，而擊倒我的，只是一杯沒有燒開的水！」

忽然間，我身邊的湖水消失了，我依然是站在滾燙的沙丘上，乾渴難耐。

我對他苦笑著：「可是眼下，只要給我一杯無論什麼樣的水，我寧可以得傷寒作代價！」

普爾熱瓦爾斯基認真地對我說：「不，年輕人，你不會得傷寒，你也不會死，你會穿過這沙漠，一直向東，那裏有一個大湖，叫做喀拉庫順。但我認為，那就是被中國人在地圖上畫錯了地方的大湖，羅布泊！我認識那裏的昆其康伯克，我答應過要回去，但我已回不去了，你可以替我回去！」

普爾熱瓦爾斯基說著，他的形象在沙漠正午晃動著的熱浪中漸漸模糊了。他躺在躺椅上的身體變成了位於伊塞克湖畔以東他的那個樸素的墓地。我曾於1891年專門到那裏去做過祭掃，並為這個墓地畫過一幅素描。在我晃惚的意識中，這個墓地就在我的面前。我喃喃自語：「普爾熱瓦爾斯基先生，我一直把你當作我的領路人，如果你不把我引向死亡，那就一定會把我領到你的那個羅布湖邊去！」

還是駝鈴把我喚回到了可怕的現實中來。伊斯拉木巴依揭開了蓋在我臉上的白扁帽：「主人，主人，你醒一醒，我們跟上來了。」我慢慢睜開眼睛，看到面前垂著一顆駱駝的頭，它眼裏流露出的是一種將死的光。我坐起來抬眼看去，在我身邊像出殯的隊伍一樣排著的駱駝只剩下了五隻。

夜晚又來臨了，但僕人們已無力撐開帳篷，大家都在空曠的天底下躺著，每人的身邊扔著一隻喝完了水的空碗。我對伊斯拉木巴依說：「我們不能這樣躺著，趁著夜裏涼快，我們應該挖井！」伊斯拉木巴伊立刻就爬了起來，隨之也把另幾個僕人轟了起來，開始挖井。

當井已經挖得很深時，伊斯拉木巴依拿來了一壺水，請示道：「主人，很快就要挖到水了，我們能不能夠先喝掉這一壺水？」我開心地說：「應該犒勞一下大家，不過，先把這壺水放到井底的冷沙裏去涼一下，冰鎮的水更能解渴。」

奧爾得克接過水壺把它塞進涼沙裏，但很快他就忍不住了，又把水壺拔出來，懇求地：「赫定老爺，我們實太渴了，能不能先喝一口？」

我於心不忍，點頭默認了。於是，奧爾得克打開壺蓋搶先喝了一口，這一喝就止不住了，井下的三個人輪流搶著狂飲起來，急得伊斯拉木巴依在上面大喊：「停止！停止！快停下！你們忘了還有老爺嗎？」

水壺在奧爾得克嘴邊停住了，他默默地舉起水壺，遞了上來。然後又是一陣狂挖，井下赤裸著上身的三個僕人終於累癱在井底，水還是沒有出來。

夜深了。兩盞小風燈放在井壁上。我的僕人們都倒在井邊沉沉睡去。但是幾隻駱駝，還有約爾達斯，卻圍在井的周圍，用鼻子嗅著濕沙，等待著井裏會有能讓它們解渴的水出來。一直到清晨。這些動物們都以那樣虔誠的姿態在等待著水。

清晨的寧靜被趴在井邊的僕人一聲絕望的叫喊撕破了：「沙是幹的！」那帶著哭腔的聲音像是從墳墓裏發出來的。

伊斯拉木巴依開始從水桶裏給每人分水，舀水的瓢已經刮到了桶底。

我看著駱駝，喝下自己的那小半碗水，抬起頭來對他說：「可以也給駱駝喝一點嗎？」伊斯拉木巴依堅定地蓋上了桶蓋：「堅決不行！駱駝總比人耐旱。」

「可是，它們已經虛弱不堪，再也馱不動這些東西了。」

「主人，我正要和你說，我們不可能帶著這麼多重東西走出沙漠！」

我看著堆放在地上的那些箱子，不得不痛下決心，扔下一切累贅的東西：帳篷、火爐、我的行軍床、還有多餘的糧食、能夠精簡的儀器……把它們堆放在這裏，如果我們能活著走出去，以後還可以再回來取。但是，有兩隻箱子不能犧牲！一隻裝得是銀元，另一隻裝得是我的照相底片，我必須帶著它們。奧爾得克和格沁只能吃力地把這兩隻箱子裝上駝背。

駝隊又開始行進了。約爾達斯老是靠著水桶的邊上走，聽著水在桶底搖晃的聲音。休息的時候，約爾達斯跑到我身邊，搖著尾巴，低聲叫著，兩隻眼睛目不轉睛地凝視著我。我不忍和它對視，揮起手，向東方喊道：「水！水！」約爾達斯立刻撒腿向我所指的方向跑去，但沒跑多遠，立刻就懊喪地轉回來了，伏在我腿邊，發出可憐的哀鳴。

再次出發的時候，又一隻駱駝站不起來了，它躺在沙地上，腿和脖子伸直著在發抖，任格沁再怎麼吆喝鞭打，它也不肯起來。我們把這隻垂死的駱駝獨自留在了原地。

4月30日早上，奧爾得克忽然喊起來：「你們看，雲！」

日出之前，在西方能看見一團團晶藍欲雨的雲彩。希望又被扇動了，雲彩迅速擴大著，走近著，似乎一場大雨就要降臨。伊斯拉木巴依馬上指揮著僕人們興奮地準備迎接這天賜之水，他們把所有能盛水的東西都攤開在地面上：空桶、盆、罐、碗等，並展開雨布，準備接住雨水。但是烏雲走近時，卻又忽然分開了，片刻之間，煙消雲散。太陽升起來了，僕人們扔下雨布，失望地躺倒在地。

伊斯拉木巴依近乎絕望地道：「約爾提，你說的和田河在哪裡？我們還能走到嗎？」約爾提喪氣地：「我想我們是中了魔，以為是走直路，其實在繞圈子。」

我舉起羅盤：「那是不可能的事。太陽是在有規律地轉動著，每天中午，它都在我們右邊，說明我們一直是在向東走。」

約爾提低聲嘟囔著：「大概連太陽也中了魔！」

伊斯拉木巴依小聲焦急地把我叫醒，這是又一個清晨：「主人，主人，昨天夜裏一隻水壺被盜了！約爾提也不見了！」

奧爾得克憤怒地罵道：「該死的嚮導，他把我們領到了死路上，自己卻偷了水逃跑了！」格沁也恨恨地：「真主詛咒他！」

我能說什麼呢？他如果迷了路，會死在沙漠裏的，我倒希望那壺水能夠救他的命。休息的時候，我坐在沙丘頂上寫日記：「5月1日，在我的故鄉瑞典是快樂的春光節，但在沙漠裏卻是我們最嚴峻的一天。駱駝一匹匹減少，四面都是沙山，沒有一根草莖，沒有一點活東西。人和駱駝都已經不能再支撐了，這是我能寫下的最後幾行字了。上帝啊，拯救我們吧！」

伊斯拉木巴依搖晃著拿著一個瓶子走過來。我驚喜地看著那個瓶子：「怎麼，還有一瓶水嗎？」他搖搖頭：「不，這是中國燒酒，主人。」

酒也是液體呀！我打開瓶蓋，迫不及待地喝下一大口，但立刻就被嗆得劇烈咳嗽，兩眼冒火。

約爾達斯聽見了酒在瓶中的聲音，興奮地跑過來，使勁地搖著尾巴。

我把瓶子伸過去讓它聞，它嗅了一下，尾巴頓時就垂了下來，很憂鬱地走開了。我扔開酒瓶，打算站起來，但兇猛的酒精已經摧毀了我的力量。伊斯拉木巴依用一塊蓬布在我頭邊支起一個遮陽的小帳蓬。他讓其他人向前去找水，自己要留下來陪我。我努力睜開眼：「不，你們都向前走，我休息一下，會跟上來的！」

伊斯拉木巴依無言，他把羅盤對準東方，帶著奧爾得克和格沁向前走去。

沙丘頂上只留下我自己。還有伏在身邊的約爾達斯。

5月3日的太陽從沙海邊緣升起。當我們被陽光烤醒時，發現格沁已經再也不會醒來了。活著的人默默地在死者身邊坐著。伊斯拉木巴依面向麥加在為格沁做祈禱。我慢慢地站起來說：「讓死者留下吧，活著的人還要繼續走！」

伊斯拉木巴依抬起頭來：「主人，東西也要留下！駱駝再也馱不動了！」

我看著那最後的幾隻箱子：「可是，這些都是我在亞洲買不到的東西！」

奧爾得克大膽地插嘴道：「人能走出去，我們還可以回來找東西。人出不去，這些東西又有什麼用呢？」

他是對的。我下了最後的決心，丟下了幾乎所有的東西：日記本、地圖、儀器、鋼筆、紙張、手槍、子彈、照相機、一本聖經和一些煙草。我打開另兩個箱蓋看看，裏面是一直沒有捨得扔掉的一箱銀元和一箱密封著的玻璃底片。我從箱子裏找出一套乾淨的衣服，從頭到腳重新換過。如果我真的要死在沙漠中，被風暴埋葬在永久的沙丘裏，那我至少要有一身乾淨的殮衣。除此之外，所有的一切都丟下了！

伊斯拉木巴依和奧爾得克把這幾隻箱子堆在一起，在上面蒙上蓬布包紮起來。然後繼續前進，沙漠上，三個人、兩隻駱駝，還有一隻狗。

到了5月4日，又一隻駱駝倒下了，倒下的還有我忠實的僕人伊斯拉木巴依。約爾達斯也不能再走了，我讓它留在了伊斯拉木巴依的身邊。

5月5日，繼續前進。沙漠上只剩下了兩個人。

當我和奧爾得克互相攙扶著爬上一個高高的沙丘時，我茫然的眼神忽然亮了：地平線不再像前些天那樣只是一列黃色的地平線，而是出現了一條平直的、深綠色的線條，那是樹林，我們終於走到和田河邊了！

但是奧爾得克卻倒了下去，他的樣子十分可怕：嘴唇腫裂、兩頰下塌，眼睛裏只有微弱的光亮。我推他坐起來，不讓他倒下：「你等著，我去河邊取水！你只要還有一點力氣，也要堅持往樹林、往河邊爬！我們可以死在沙漠裏，但我們決不能死在河邊上！」

我使出全部力量，向著前方地平線綠色的樹林和樹林後面的和田河奔去。穿過最後的沙地，跌跌撞撞地跑進樹林，一頭倒在平坦柔軟的土地上，但是河流還在樹林的那一邊。我倒在地上，抓食著能夠夠到的樹葉和青草，借此來積蓄體力，感覺到頭邊開始有了蒼蠅和蠓蟲的飛舞和嗡鳴，耳邊似乎已聽到了河中流水的聲音。但是當我真正爬到河岸邊的時候，卻被命運的最後一擊完全擊垮了——在我眼前展開的確實就是和田河谷，但這條寬闊的河谷卻沒有一滴水！

上帝啊，再也沒有比這更悲慘的了！我想到過，或者在沙漠中乾死，或者在河邊得救，但我唯獨沒有想到這是一條季節河，上一年流來的河水早已乾涸，而從北西藏冰山上融化的雪水要等到七月初才能流到這裏，那時候，我早已成了一堆白骨！

我絕望地趴在河槽的沙地上，一動不動，在垂死的幻覺中，我回到了童年——那是1880年4月24日的夜晚：當完成北極探險的加菲號滑進斯德哥爾摩港口，圍繞著碼頭的房屋便浴在一片歡慶的燈光與火焰之中。那時候我十二歲，我和我的父母和妹妹站在港口附近的小山頂上，那裏可以對歡慶的場景一覽無餘。我永遠也忘不掉加菲號榮歸那一天的情景。一種偉大的激動情緒控制住我，它決定了我將來的道路。那時候我想：我將來也要這樣榮歸啊！可現在，我想我再也回不去了！

就在我閉上眼睛靜待死神來臨時，卻聽到一種單純而清晰的聲音。

我睜開眼，眼前依然是乾涸的河床，但是我發現在前方不遠的地方，有一隻小小的水鳥在走動著，鳴叫著。這是一種上帝的提示：有水鳥，就說明附近有水，我一下子振作了起來，拖著身子向前爬去。而那隻小鳥也真如一個嚮導，始終在我前面一段距離的地方叫著，跳跳走走。就這樣，我跟著小鳥爬行了數十米之後，在河床拐彎處的深槽中，忽然出現了一個積存的水潭！

「上帝啊，感謝你賜我以水！」我一頭撲進水潭裏狂飲起來。而當我喝足了水抬起頭來的時候，那只引領我來此的小鳥卻不見了。此後在我的一生中我不止一次地想過，那引領我到上帝的水潭邊的到底是一隻水鳥而是一個天使？

坐在水潭邊上，我測量著自己逐漸增加的脈搏。我那已經乾枯的軀體像吸收了水分的海綿一樣開始膨脹恢復了過來，在水面上，我看到那剛才垂死的容貌也開始有了生機。忽然，小鳥再一次出現，它從空中落下在水邊沾濕了一下自己的羽毛，隨即展翅升空，向西面飛去。

這是在提醒我：我的僕人，垂死的奧爾得克還在樹林那邊的沙漠邊緣躺著。我得帶水回去救他！或許還可以救回躺倒在更遠地方的伊斯拉木巴依和約爾達斯？我脫下自己的白襯衣浸入水中，提起來，水從衣服上流下，襯衣不是容器。但靴子可以是，我立刻脫下靴子，把這雙長統靴灌滿了水，並用剛才幫助走路的一根木棍插在靴扣上，我挑著這雙靴子穿過樹林，趕去救奧爾得克。

這雙靴子是斯得哥爾摩的老鞋匠斯特林斯特羅姆縫製的。當時賣給我的時候他說過：「六克郎一雙，絕對物超所值。」他說得沒錯，確實物超所值！正是我花六克郎買的這雙靴子，救了我的僕人一條命！所以後來我每年都要付一次款，並且寫信向他表示一次感謝。

是上帝的水潭救了我；而斯特林斯特羅姆做的靴子救了奧爾得克和後來堅持著爬出了沙漠的伊斯拉木巴依。但是約爾達斯、我的那些沒能走出沙漠的僕人、嚮導，還有我的所有裝備，都留在塔克拉瑪干之中了！

一個多月以後，劫後餘生的我們三個人終於輾轉到達了和田。在那裏我受到了和田道台熱情的迎接：因為在喀什的俄國總領事彼德羅夫斯基和英國外交代表馬嘎特尼都帶信來，要他盡可能地幫助我。這兩位外國官員對那裏中國官員的影響力，在某種程度上可能並不亞於他們遠在北京的皇帝。

在道台府，道台先生帶我走到了他的大案子面前，多少顯得有些賣弄地揭開了臺面上的一塊綢布，露出了一把手槍。我無比驚訝地認出那就是我留在沙漠中的手槍！上帝啊，它怎麼會在這裏？

道台告訴我：這是台維克爾村圖達伯克的駝隊在沙漠裏發現的。和這枝槍在一起發現的還有一箱銀元。圖達伯克是一個誠實的人，他不敢私吞這些銀元，就把它交給了官府。

這樣的事情對我來說這簡直難以置信！但是當幸運在面前的時候，我還期待著有更大的幸運：「可是，既然駝隊在那裏找到了銀元，還應該找到其他的箱子，特別是有一隻箱子，那裏面裝著我的全部照相底片！他們沒有看到嗎？」

道台先生不知道底片是什麼？他問：「那比銀子還重要麼？我完全可以派人護送你專程到台維克爾村去一趟。」

由於急於找回我的那些底片和儀器，我只在和田城裏小做休整，就在道台府衛兵的護送下花了好幾天時間專程來到了這個台維克爾，一個沙漠邊緣的村落。

我們到達時，聽見圖達伯克家的宅院裏傳出一陣陣歡樂的歌舞聲。帶路的村民告訴我們，伯克正在慶祝他家的光明房子落成。

「光明房子？」

那個村民自豪地說：「是啊，伯克家新蓋了一座光明房子，這是方圓數百里地方最漂亮的房子！」他看了道台府的衛兵一眼，「恐怕道台府裏也不會有這麼漂亮的房子！」

聽說道台府來了人，圖達伯克，一個富態的老人，從正在歡歌曼舞的內院中走了出來，笑容可掬地請我們進去參加宴飲和歌舞。道台府衛兵說明了他們陪同我前來尋找丟失的物品的使命。伯克詫異地說：「那些銀元，還有槍和子彈，我不是已經派人交給道台大人了嗎？」

我連忙上前說明我就是那個在沙漠裏險些死掉的歐洲人。我非常感謝他找到並歸還了我的那些銀子！可是，還有一些對我來說非常重要的東西，不知道他的駝隊是不是也將它們帶了出來，並且是不是還在府上？

圖達伯克驚訝地問：「還有比銀子更重要的東西嗎？」

「是的，那是一箱底片？」

圖達伯克不解：「底片？是一種什麼東西？」

伊斯拉木巴依用更為流利的維語上前解釋，他比劃著：「底片，就是一些玻璃，這麼大小見方，上面塗著一層膠。」

圖達伯克聽伊斯拉木巴依說完：「啊，你說的原來就是那些玻璃片！請跟我來——」他以一種十分自豪的表情，領著客人們穿過外宅，走入內院。

天哪，我看見了什麼？我看到在那些歡歌曼舞的賓客們面前，是一座剛剛建好的房子，這座房子和沙漠地區用粘土夯築成的民房完全不一樣，它的半個房頂和一面牆完全由木格子窗櫺構成，而鑲嵌在窗櫺上的，正是數百張洗去了膠水層的玻璃底片，有些玻璃片上還塗上了色彩，畫上了圖案。

圖達伯克指著這座新房得意地介紹著：「這些玻璃，也是我的駝隊在沙漠裏找到的。我想把它們那麼老遠地送到和田去是太不值了，但是拿它們能派什麼用場呢？最後我想到了一個絕妙的主意，就是把它們洗乾淨，用來建造一座光明房子！你們看，這是一座多麼漂亮的房子！不過，為了洗去玻璃上的那層黑糊糊的東西，我的僕人們可沒有少費力氣。」

我呆呆地看著那些在陽光下閃著光的玻璃，不由自主地跪了下去：「我的底片啊！」

道台府的衛兵一定是看出了我絕望的表情，一下子拔出了佩刀，對圖達伯克喝道：「你好大膽！你不知道這些玻璃比那些銀子還要貴重嗎？」

圖達伯克委屈地：「我確實不知道啊！我為什麼要把撿到的銀子上交給道台府呢？那是因為安拉要我們誠實。如果這位洋大人還想要回這些玻璃的話，他可以把它們帶回去。」

這時候我已經恢復了我的鎮靜，我制止了衛兵兇狠的態度，對伯克道：「尊敬的伯克，就讓這些玻璃留在您這裏吧。但是我想知道，您這裏還有沒有還沒有打開、沒有清洗過的玻璃？」

伯克答道：「那些玻璃，我建造這座光明房子用掉了大部分，剩下的那些，我全都分給了我的村民，他們也都拿回去做窗子用了。」

我看著那座漂亮的「光明房子」，再看看圖達伯克無辜的表情，忽然感到釋然。他找回了我的那些銀子，已經使我萬分感激！至於這些底片，既然它們已經全部曝光了，還不如讓我們來慶祝它們的新用途吧，要知道，能夠用這些底片造出這樣一座光明房子，對當地人來說是一件多麼具有想像力的事情！我為什麼不和它的主人一同來享受它呢？於是我們被主人殷勤地待為上賓。看著眼前的歌舞，品嚐著杯中的美酒，我想，許多年以後，這裏的居民也許並不能夠瞭解我在地理探險上做出的成就，但他們一定會記得：曾經有一個歐洲人，為他們帶來了窗戶上的玻璃。此刻，那數百上千片玻璃，正在陽光下閃爍著夢幻的光彩。

第二年，1896年3月，我開始準備我的另一次探險，出發地點是塔里木盆地北緣的小城庫爾勒。當我和伊斯拉木巴依在喧鬧的市場上購買一些旅途所需的東西時，一條憨態可掬的小狗沖著我們汪汪地叫起來。

「啊，它多麼像約爾達斯啊！」我蹲在小攤前看著它，小狗也以一種似曾相識的眼神看著我，這確實讓我想起了約爾達斯的眼神。我們買下了這隻紅黃色的嫩狗，讓它繼承了約爾達斯的名字。不久它就成了大家的寵物。

我的駝隊著沿塔里木河行進。我們的目的地是塔里木河和羅布湖的內地支流。中國人數百年來就知道這湖的存在和它的位置了，他們把它記載在各種時代所有的地圖上。普爾熱瓦爾斯基在他1876年到1877年的旅行中是第一個逼近羅布湖畔的歐洲人。因為他在中國地圖上的羅布湖南面整整一個緯度處發現這湖，所以我的老師、著名的中國研究家李希霍芬教授便立下以下的理論：這湖因為塔里木河支流的變遷後來曾經向南移動了一個緯度。

當河岸的胡楊林變成了叢叢蘆葦時，我的探險方式也從陸路改為了水路。我租賃了一隻長約六公尺、寬不及半公尺的小船。船是用一棵挖空的白楊樹幹做成的。我坐在船中間，像坐在一張靠椅上，膝蓋上放著羅盤、表和圖紙，一邊行進一邊畫著路線圖。約爾達斯以一種十分舒適的姿式躺在我腳前。

奧爾得克和老庫爾班站在船的首尾，他們把那長條寬面的槳幾乎是垂直地浸入水中。兩岸迅速的駛過，當船走過茂密的蘆葦叢時，就發出沙沙的聲音來。

「奧爾得克，我們沿著這條河一直向前，就可以到達羅布人的領地阿不旦嗎？」奧爾得克回答道：「赫定老爺，這條河有很多支岔，但是老庫爾班認得這裏的路，還記得這裏的乾涸期。二十年前他打死一隻野駱駝，把皮賣給了第一個到這裏來的——你們那裏的人。」他一隻手鬆開槳，在臉前比劃著歐洲人的高鼻子。

老庫爾班得意地喊著：「瓊圖拉！瓊圖拉！」

「是普爾熱瓦爾斯基嗎？」我驚喜地找出一本普爾熱瓦爾斯基著的書，翻開扉葉讓老庫爾班看那上面的作者像。

老庫爾班連連點頭：「瓊圖拉！瓊圖拉！他是第一個到這裏來的你們的人。」

我向他解釋：「這位瓊圖拉是俄國人，而我是瑞典人。」

但老庫爾班覺得這並不重要，重要的是：「瓊圖拉不會說我們的話，赫定圖拉，你會！」他敬佩地伸出大拇指。

4月19日我們到達我此行的目的地——阿不旦小村，這是塔里木河注入羅布湖的地方。村民們顯然已經得到了有外國老爺再次到來的消息，全部聚集在碼頭上迎接。在獨木舟靠岸的那一刻，我一眼就辨認出了這群人的首領，我趨步上前，走到這位身高只有一米六多的老人面前，恭恭敬敬地鞠躬施禮：「昆其康伯克！」

當地的頭目——已經八十高齡的昆其康伯克對此十分驚訝：「尊貴的客人，你認識我嗎？」

「我認識你，在你們所說的瓊圖拉的書裏。」我拿出那本普爾熱瓦爾斯基的書，翻出書中為昆其康畫的插圖。

昆其康看了一眼，大笑道：「這是我，這是我。」

奧爾得克上前為我作介紹：「伯克大人，這是赫定圖拉，他是瓊圖拉的朋友。」

昆其康說：「瓊圖拉的朋友，就是我的朋友！」他熱情地拉著我的手，引我走向一個用木柱子支起，四面透空，上覆蘆葦作頂的涼棚。

這位昆其康伯克曾經是普爾熱瓦爾斯基的朋友，但是很難想像這位受到清政府欽命冊封的五品伯克，他的宅邸竟簡陋得如同野人之居。我們來到涼棚中坐下。昆其康向我介紹道：「這裏就是阿不旦的迎官廳和議事廳。」

我四下看了一眼，問道：「伯克先生，您的這個議事廳，為什麼沒有牆呢？」

昆其康揮了一下手笑道：「有牆就沒有了風，而有風，才能刮得蚊虻不能停留，坐在這裏才能免遭叮咬之苦。」

「伯克先生，我從瓊圖拉的書中得知，您的名字，是日出的意思，對嗎？」

昆其康慨歎道：「太陽升起，太陽升起，我這個太陽，已經升起了八十年了了，也許不久就要落了！」

我轉了話題：「那麼阿不旦，是什麼意思呢？」

昆其康說：「阿不旦，就是好地方，有水有魚的好地方，我們羅布人生活的好地方。你知道嗎，人是靠水而生的，就像——」他從身上捉出一個蝨子，「它是靠我們人身上的水而生的；而我們人，是靠河流和湖泊而生的。我們是羅布湖的蝨子，如果有一天羅布湖乾了，我們就沒有活路了！……」

老人興致勃勃、滔滔不絕地講下去。我一邊傾聽，一邊拿出速寫本，開始為昆其康畫速寫肖像。這位睿智的老人講著他生活中的種種奇事——講到河流、湖沼、沙漠和動物，他對於人和水的關係的比喻，使我深感新奇。他異常熱情地收留了我們。並請我做一次較大的航行，向著東面到羅布湖去。

我坐在船上悠然地畫著速寫，自從我的那些底片成了沙漠居民的窗玻璃之後，就不得不用速寫本來代替照相機了，這大大地發揮了我速寫的能力。

傍晚時我們劃出狹隘的河道，到達寬廣空敞的水面，無數野鵝、野鴨以及別的水鳥在這裏浮游。我們露天駐紮在湖岸上，月亮當空，亞洲腹地的水面真有威尼斯的味道！

告別的時候，在阿不旦村的那個四面透空的「迎官廳」，昆其康伯克用一大鍋湖水煮魚為我餞行。

我和老人對坐著，默默喝著魚湯，空氣中彷彿有些感傷的意味。

昆齊康問：「赫定圖拉，你還會來嗎？」

「會的，我還會來這裏。」

昆齊康不無傷感地：「可是我已經很老了，老太陽到了要墜落的時候了！等你再來時，我可能已經不在這裏了。那就由我的兒子來接待你吧。」他喊了一聲：「托克塔阿洪！」

一個中年人上前幾步，跪在了他和我之間。

昆其康對兒子說：「你要記著，赫定圖拉永遠是我們的客人！」

托克塔阿洪俯下身：「我會記著。」

昆其康看著我說：「這是我的兒子，托克塔阿洪。」

我向他欠身：「我會記著。」

我抬眼望著這片沙漠中的湖水。湖水在陽光下閃著迷人的波光。

二、從河流到荒原

經過在中國西部三年零七個月的旅行之後，我坐著一種名叫「土篼」的轎子如一葉小舟般漂進北京的城門。瑞典那時候還沒有駐節中國的公使，能給我接待的只有俄國公使館。我在北京最有趣的回憶，就是在俄國公使的陪同下，和聰明的老政治家李鴻章結識的那一幕。

李雖然算是最富有的中國人之一，但卻住在許多亂七八糟的老房子中間，他用一種和藹的微笑迎接了俄國公使包羅夫先生和我。飯菜是歐式的，一味一味地上。主人和客人由一個人翻譯在做交談。年邁的李大臣似乎是帶著一種長輩對晚輩的愛護給我讓菜：

「我知道你是一個旅行家，你知道我也是一個旅行家嗎？」

包羅夫殷勤地幫李鴻章解釋：「李大人去年為參加加冕禮到莫斯科去旅行過，此前他還到歐洲和美國遊歷過。」

李鴻章笑道：「政治就是和人打交道，所以我往有人的地方跑，而你往無人的地方跑。但是跑完了無人的地方，還要回到有人的地方來。你到這裏來，是想在天津大學當教授嗎？」他想當然地這樣認為。

「不，謝謝您，我沒有這樣的想法。我的探險活動，是得到了我們瑞典國王的支持的。為什麼閣下去年不到瑞典去遊歷呢？您到了莫斯科，離那裏已經很近了。」我這樣問他。

李鴻章說：「我可沒有時間走遍那裏的國土，但是你可以告訴我瑞典是什麼樣的國家，在你的國度裏人們怎樣生活？」

「瑞典是一個安樂的大國，在那裏冬天既不太冷，夏天也不太熱。那裏沒有沙漠和草原，只有田野、森林和湖沼。那裏沒有太富的人，也沒有太窮的人。」我自豪地告訴他關於我祖國的情況。

李鴻章轉頭向包羅夫道：「這真是一個可注意的國度，我要勸俄國沙皇佔領瑞典。」

包羅夫慌張地：「這是不可能的，閣下，瑞典國王和俄國沙皇是世界上最好的朋友，彼此從不含任何惡意的！」

李鴻章哈哈大笑：「公使先生，這不過是一個玩笑而已。」他轉而問我：「赫定先生，你曾經走過新疆、北西藏、柴旦和蒙古南部，你的旅行是為了什麼呢？」

「我研究和繪製那些不知名的大地部分，考察地理、地質和生物，尤其我要看看，是否有可以給瑞典國王佔領的合適地方。」我不失時機地還以顏色。

李鴻章開心地大笑，舉起大拇指：「很好很好！你也反將了我一軍！」

我發現李大人是一個有幽默感的人。

離開北京，途經彼得堡回家時，我受到了沙皇尼古拉二世陛下的召見。接見的地方在沙皇工作的偏殿內。沙皇穿著大佐的軍服，他給我印象不是一個皇帝，而是一個學者。他對我的旅行表示了很大的興趣，把一張很大的中亞地圖鋪在桌子上，讓我在圖上為他指出自己的旅途，並隨手用一支紅鉛筆在最重要的地名下做記號，還以專家的知識指出我與普爾熱瓦爾斯基的研究範圍接觸的地方：「你說你也到了普爾熱瓦爾斯基到過的那個大湖——羅布湖？」

「是的，我正是按照他書上的插圖認出了當地的首領昆其康伯克。不過，我認為這個湖並不是中國人地圖上的那個羅布泊。我非常尊敬普爾熱瓦爾斯基，但是，我認為他的這個結論，下得也許過於輕率了。」

沙皇陛下看著我：「你是這樣認為的麼？」

「當然了，我現在還沒有足夠的證據可以否定他的這個結論，所以，以後我還會以新的中亞旅行來試圖證實這一點。」

沙皇陛下問：「你真的還會再次去中亞旅行嗎？」

「是的。我有一種感覺，好像那裏是我的第二故鄉！」

「那麼，當你要做新的中亞旅行時，請在出發前把詳細的計畫告訴我，我願意盡我所能幫助你減輕你旅行的困難！」

沙皇陛下的好意使我非常感動，事實證明這個約定並非一句虛言。

回國後，我出版了《穿越亞洲》，和《1893－1897，我在中亞旅行的地理科學成果》。德、英、法、瑞各國地理學會都授予我勳章。但使我最高興的事，還是在柏林地理協會，與我的老師李希霍芬教授的見面和討論。

老師翻看著我交給他的手稿：「你的實地考察可以證實我對普爾熱瓦爾斯基那個結論的質疑：在沙漠的東面，確實有一個大湖。但那不是中國人地圖上標出的羅布泊，那只是普爾熱瓦爾斯基發現的一個新湖！我認為他對自己過於自信，而對中國人繪製的地圖過於輕視了。」

「是啊，地理上一個緯度的距離，可不是一個小的誤差。我認為鐵干里克東南由依列克河氾濫形成的阿拉幹湖群，應該是中國地圖上羅布泊的遺存。或許，真正的羅布湖還在更北一些的地方。」

我在柏林《地學雜誌》上發表的論文引起了軒然大波。1897年10月15日，我在聖彼德堡皇家地理學會作演講，出於民族感情，我的觀點遭到了俄國學者的圍攻。他們奮起捍為普爾熱瓦爾斯基，認為只有他的觀點才是可以接受的。科茲洛夫反應最為激烈，不惜一切為普氏辯護。科茲洛夫在講臺上激動地發言：「那麼多探險家都去過羅布荒原，我也去過——1883至1885年間，我參加了普爾熱瓦爾斯基的第四次中亞探險，1893年至1895年，我再度參加了羅布羅夫斯基的中亞探險隊，我深入羅布荒原的腹地，一直走到孔雀河乾涸了的地方。那裏除了一個叫做阿提米希布拉克的水源地，根本就沒有什麼北方的大湖。那個水源地只有極少的當地人才知道，也只有找到那個意思為六十處泉水的水源地，才有可能帶上足夠的淡水，穿越春夏之間的羅布荒原。」

「阿提米希布拉克，六十泉？」我在本子上認真地記下了這個我以後將要到達的地方。

科茲洛夫激動地反駁著我的結論：「為什麼只有赫定一人相信所謂『北方的大湖』？除了傳說和推論，有關北方大湖的存亡過程，有誰能提出過硬的證據來嗎？進而言之，即便真有一個東北方的大湖，是怎麼把它與歷史上的羅布泊聯繫起來的呢？一個某種名稱的大湖能一分為二，忽南忽北，這是有正常科學思維的人都難以理解的。所以我認為，李希霍芬教授和斯文・赫定先生的假說是站不住腳的，是站在落後的中國地圖提供的資料上立論。我堅定地認為：我們的先驅普爾熱瓦爾斯基發現的喀拉庫順湖，是古代的、歷史的、真正的中國地理學家的羅布泊，這湖已經存在了幾千年，並且將永遠這樣！」

我冷靜地傾聽著辯論對手的強烈抨擊。基於在彼得堡的遭遇，我覺得要戰勝論敵還得有更充實、更有說服力的資料，這還得通過地理考察來實現。這促使我再次赴中國西部進行新一輪的考察。我一定要找到真正的羅布泊，哪怕是它的遺體！

當野黃楊於1899年的夏至枝繁葉茂的時候，我第四次出發到亞洲的腹地去。孤獨的路上那種新鮮空氣和偉大的冒險在吸引著我。我已於四月中旬謁見沙皇並把我新的考察計畫向他奏明了。他做了一切減輕我旅行困難的事。在俄國的歐亞鐵路上，我得到了免費乘車、免費轉運和免稅的權利，他還派遣二十名哥薩克騎兵做我的衛隊，而我只要了四名。

我在九月初的烈日下出發，旅隊的大銅鈴在街上響著。離開疏勒時，引起當地人興趣的，不是那幾十個箱子的行李，而是押運行李的那四個哥薩克騎兵。忽然，一陣狗叫聲引起了哥薩克騎兵的注意，他們看見一隻狗汪汪叫著從街的另一頭沖著我直撲過來。領頭的騎兵立刻端起槍對準了那條衝過來的狗，我抬手攔住了他：「不不，這是約爾達斯！這是我的約爾達斯！」

這條狗果然就是長大了的約爾達斯，它撲到我身上，使勁地搖著尾巴，向分別了兩年的主人表示著親熱。

「哦，約爾達斯！分別兩年了你居然還能認得我！奧爾得克呢？分別時不是他領著你嗎？」

這時候奧爾得克也跑到了我面前：「赫定老爺！赫定老爺！你果然又回來了！」

我開心地向他張開雙臂：「奧爾得克！我說過我要回來的。你是專門趕來跟隨我的嗎？」

奧爾得克點點頭：「那當然，老爺要到哪裡去，我就跟隨老爺到哪裡去！」

「那好，這次我們要向東走，穿過羅布荒原，去尋找羅布湖。」

奧爾得克問：「我們還要去阿不旦，去昆其康伯克的羅布湖嗎？」

「不，在昆其康伯克的羅布湖北面，我想還應該有一個更大的湖，那才是真正的羅布湖！」

在離麥蓋提不遠的河岸上，我設立了一個船塢，指導當地的工匠們為我製造一條用於在河上漂流探險的船。這隻船的前部蓋上一層木板，我的帳幕就張在這上面。中部設有一個船艙，上面掛上黑布，準備當作暗室用。裏面安放固定的桌子和板壁以及沖洗膠片的幾隻清水桶。船艙後面堆積著笨重的行李和食物，僕人們就在船尾部一架泥灶的周圍活動和休息，因此我在航行的時候會有熱茶飲用。兩邊設有一條狹窄的過道，用來連接船的前後部。這條船將做我三個月的住所。

塔里木河把我們引入亞洲腹地。我的又一次探險開始了。

我坐在寫字用的箱子前，面前放著一頁紙、羅盤、鋼錶、鉛筆和望遠鏡。眺望著這條雄渾的河流，它繞著凶野的拐角向沙漠蜿蜒而進。我們像蝸牛般地帶著我們的家出行，用不著我走一步路，前面的風景就悄然而遲緩地迎我而來了。每一轉角都在我眼前展開新的圖像：陰森的地岬、昏暗的叢林或茂密的葦田。奧爾得克用木板托著熱茶和麵包放在桌上。一種莊嚴的寂靜包圍著我們。只有當約爾達斯向著河岸邊隅爾出現的牧人狂吠時，這種寂靜才被打破。我熟悉了河的生命，我感到了它的脈動，每一天都叫我更清楚地認清它的習慣。我從未做過一次更有詩意的旅行，這種回憶讓我永生難忘。

秋天到來了，樹葉閃耀著黃色和紅色。在胡楊林邊宿營的傍晚。奧爾得克和伊斯拉木巴依在生火做飯，那幾個哥薩克士兵無事可做，就開起留聲機來。於是這荒原的岑寂就被俄國和瑞典的歌曲所衝破。

1899年年底我們離開冬季大本營，重新踏上貫穿大沙漠的旅途。在沙漠深處，景物像月球上一樣死寂，看不見一片落葉，一隻動物的足跡，人類從未到過這裏。

黃昏。僕人們找到了大堆乾枯的胡楊樹幹埋在沙裏的地方，生起了一大堆火。他們晚上在沙裏掘孔，把紅炭填在裏面再用沙子蓋上。夜裏他們就在這溫暖的床上睡覺，好像睡在中國客棧的炕上似的。

天上下雪了。沒有帳蓬。我坐在火堆邊讀書和寫日記，因為雪花蓋住了文字，不得不一再晃動書本，奧爾得克為我張開一張頂蓋，這至少可以保護住我的腦袋。

十九世紀的最後一天我們走了二十四公里三百公尺，是我們在這艱巨的沙漠中最長的一天旅程。太陽沒入雲間了。當它在東方再次升起時，我在日記本上寫上：1900年1月1日。新的世紀開始了。

在一望無際的荒原裏的孤獨行進中，我們的駝隊和另一支駝隊不期而遇。

奧爾得克走上前去，和另一支駝隊的人打招呼問路。片刻後，他帶著對面駝隊的首領走了過來。向我介紹道：「赫定老爺，他是北面興地村的獵駝人，他把他的妹妹和嫁奩送給都拉爾村的一個伯克，現在正要回到庫魯克山去。」

那個獵人名叫阿不都熱依木。

奧爾得克指著阿不都熱依木，「我聽說羅布全境中認識阿提米希不拉克的人只有兩個，他就是一個！他說，他曾為外國老爺帶過路。」

「阿提米希不拉克？」我立刻就想起了這個地名，「不就是科茲洛夫提到過的六十泉嗎？」而阿不都熱依木似乎是似曾相識地在看著跟隨我的那幾個哥薩克騎兵穿著的俄國軍裝。我拿出一本科茲洛夫的書，翻出扉葉上科茲洛夫的照片。

阿不都熱依木連連點頭：「我認得他！我曾帶他去過阿提米希不拉克！」

我興奮地問他：「我想要橫過羅布沙漠，據科茲洛夫書上說，六十泉就是這個計畫最合適的出發地點。你願意陪同我們到那去，並把駱駝租給我用嗎？」

阿不都熱依木自豪地對奧爾得克說：「這位老爺算是找對人了，在這一帶只有我知道去阿提米希布拉克的路！」

3月5日，我們走過荒原中一條乾涸的古河床。河床岸邊屹立著一座已被風沙和歲月剝飾得殘破不堪的古堡。

我帶著哥薩克騎兵齊諾夫，羅布人奧爾得克和興地山獵人阿不都熱依木等，我們在冰上越過孔雀河，在河的對岸找到了成行的路牌和堡壘，這就是東方與西方交通的古道絲綢之路留下的痕跡。孔雀河曾經在這裏流過，科茲洛夫曾經發現了這條乾河。我們在營盤——或許是絲路古道上的一個驛站——接觸到這乾河幾個拐角處。我發現了一處巨大的圍城，有四個城門和許多倒塌的房屋和牆壁。有一座堡壘高達八公尺。營盤還有活的胡楊樹，但再往東一段路樹全死了，樹幹就像墓地裏的墓碑一樣站著。

在一條向東延伸的幹河床裏，我眯起眼睛向前看去，河灘裏有許許多多的白色貝殼，在陽光下閃著光。我在乾河床的兩岸，找到了成千上萬的介殼、還有石斧等，這暗示了古代塔里木河曾流經這裏，河濱一帶一定有人類活動的遺跡。

荒原上，駝隊在行進著。這片荒原的北部邊際，橫亙著的是一條沒有任何生命跡象的庫魯克塔格山。

存水現在用完了，但我們離六十泉已不遠。沿著魯克山麓向東北走了一程之後，六十泉綠洲的黃色蘆葦和昏黑的檉柳樹林於3月23日在輕煙中浮起。

泉水結了冰，但由於地下的泉水不斷湧出，使冰塊裂開。

3月27日我們用羊皮囊帶了水向南出發，依然是荒原，無邊無際的荒原。但是忽然之間，探險隊走進了一個讓人感到詫異的地方，似乎是一座古城的遺址。

這是下午三點鐘左右，在一個小泥崗上，我們忽然站住了，我們在這裏看見了幾間木屋的殘餘，自然在這裏紮下了駐地。我測量這三間房子，大樑還保留著——但是什麼時代的，就不得而知了。在這裏我們找到了各種中國錢，兩把鐵斧和幾塊木刻。一塊刻著手裏拿著三股叉的人，另一塊刻著頭戴花冠的人，還有一塊刻著蓮花。

我們只有一把鐵鏟，只能不停地換人，人何以休息，鐵鏟卻必須連續工作。

早晨。在被陽光拉長的古建築的影子上，阿不都熱依木和我們告別。僅管留戀，我們也得和這剛發現的古城告別，因為羊皮囊一路都在漏水。

阿不都熱依木拿到一筆款子告辭向北回家。我派我的僕人庫魯帶領兩隻駱駝和一切我們所發現的東西向西回大本營去。我自己則帶領齊諾夫、蘇發拉和奧爾得克，四隻駱駝和一隻狗繼續向南穿過沙漠。

黃昏時分，我們在有幾棵檉柳樹的地方停下來紮營。

我指給他們看：「這是一塊窪地，裏面還長著活著的檉柳。這裏的水源不會很深，因此我們要掘一口井，來補充我們的水。」

奧爾得克在馱架上來回找著，一會兒後，他不得不懊惱地報告說：「對不起，赫定老爺，我把鐵鏟忘記在那三間舊房子那裏了！」

「奧爾得克呀，我們只有這一把鐵鏟啊！」我歎道。

奧爾得克內疚地道：「赫定老爺，我錯了。我回去把鐵鏟找回來。」

「奧爾得克，犯了這樣的錯誤，我很替你難過，但鐵鏟必須取回來！」

奧爾得克點點頭：「放心吧老爺，我一定取回來！」

我拍拍他的肩膀：「水不夠了，我們不能在這裏等你。如果你回來找不到我們的足跡，就只有往南或西南走，無論如何會走到喀拉庫順湖的。你騎我的坐騎去吧！」我把駝韁遞到他手裏。

奧爾得克眼裏含著淚水，他接過駝韁，轉身走了。

我們一行也跨上駝背，繼續向南方走。

在奧爾得克走後兩小時，突然刮起了一陣暴烈的東風。我們實在為他耽心，因為這風極大地增加了他獨行的危險。

第二天早上，不見奧爾得克的蹤影。我們只能繼續向西南走。傍晚，駝隊橫過一帶矮的沙丘。蘇發拉在這裏找到了幾段枯樹。他喊道：「老爺，這裏有一些木頭，我們可以用來生火。」

「那我們就在這裏紮營吧。奧爾得克也許能看見我們營地的火光。」

幾個人正在忙碌的時候，忽然約爾達斯汪汪地叫了起來。我們抬起頭來，看到奧爾得克拿著鐵鏟，笑咪咪地出現在面前，這情景簡直像是一個夢境。

哥薩克騎兵大叫一聲：「奧爾得克，真的是你嗎？」

我驚喜地上前從他手中接過鐵鏟：「奧爾得克，你怎麼會在這裏？不但找回了鐵鏟，而且走到了我們的前頭？」

奧爾得克神情恍惚：「赫定老爺，我也不知道是怎麼回事，從昨天到今天，我好像是做了一場夢！我回頭走了不久，就在暴風中迷了路。在風暴裏我先是回到了丟鐵鏟的地方，找回了鐵鏟。風暴停了的時候，不知怎麼的走到了一個有著古城堡和許多漂亮木板的地方。我只能盡力帶出了兩塊，老爺你看！」

他從駝背上拿下了兩塊雕刻精美的古木板，呈現在我面前。

我被這兩塊精美絕倫的雕花木板驚呆了。

我激動地擁抱著奧爾得克：「奧爾得克，奧爾得克，我要謝謝你！丟掉了鐵鏟，這是一種神賜的運氣，否則我們永遠也不會知道沙漠裏藏著些什麼東西！」

那三間殘房，還有這兩塊漂亮的雕花木板，使我意識到在這死寂的荒原中一定有著被風沙埋沒了的燦爛古代文明。但是立刻回頭到那去嗎？存水已經不允許了。上次穿越死亡沙漠的經歷，讓我選擇只能先救這一行人的性命！

奧爾得克興奮地：「赫定老爺，明年你再來這裏的時候，我一定把你帶到那個有許多漂亮木板的城堡去！」

「一言為定！」我在心裏發下了誓願。

探險隊在荒原上繼續向西南行走。4月2日，登上一座沙丘，我的望遠鏡裏終於出現了喀拉庫順湖。

湖上刮著一種清涼的東北風，湖水是淡的，野鴨和野鵝在水面上浮游著。我禁不住產生一種不可抑制的衝動，要到湖心洗掉一切沙漠的灰塵。劃著自製的皮筏子，我們沿著荒涼的湖岸走了兩天，卻看不到一點人的足跡。簡直就要挨餓了。第二天晚上，我們在南邊看見泛起了一點炊煙，謝天謝地，我們終於又來到了羅布人的領地阿不旦。

但這已不是幾年前我們到過的那個阿不旦了。

湖岸上，在羅布人簡陋的蘆葦棚邊，是一圈已經頹敗了的清末修建的要塞。

在一個比上次和昆其康伯克見面的那個四面透風的葦棚更加簡陋的棚子裏，我和昆齊康伯克的兒子托克塔阿洪見了面。招待客人的依然是一大鍋魚湯，但是當年的主人已不在了。

喝下一碗魚湯後，我放下木碗：「這麼說，昆其康伯克已經去世了？」

托克塔阿洪點點頭：「是的。他對我說，赫定老爺還會來的，要我還像他在世時那樣招待你，幫助你，說你願意在阿不旦住多久都可以。」他沉默了一會兒，抬起頭來，眼中含著淚水，「可是，我們已經不能在老阿不旦接待你了，阿不旦，我們的家，已經被廢棄了！」

「為什麼？」

托克塔阿洪說：「因為水越來越淺，越來越鹹，魚也越來越少了。其實很多人早就想搬家了，但是父親活著時不願意離開阿不旦。父親去世後，努米特繼任了伯克，就領著大家遷到了這裏。為了紀念我們的老家，我們把這裏叫做新阿不旦！」

我充滿感慨：「阿不旦是好地方，昆齊康伯克說過，有水有魚就是好地方。但是水鹹了，魚少了，阿不旦就不再是好地方了。」我看著托克塔阿洪，「要是再過一些年，這裏，新阿不旦，也不適合居住生活了，你們再搬到哪裡去呢？」

托克塔阿洪有些茫然，更有些傷感地：「我不知道。父親說過，人是水身上的蝨子，水移動了，靠水過活的人也要跟隨著移動。什麼時候水沒有了，我們羅布人的日子也就沒有了！」

此後的幾天裏，我又用小艇在喀拉庫順湖上盡情地做了一次巡遊，並測量著湖水的深度。昆齊康伯克當年的話堪稱至理名言：人是水身上的蝨子。水移動了，水邊生活的人必定也跟隨著它移動。那麼，這片湖水到底會在多大的範圍內移動呢？在羅布荒原的深處，奧爾得克發現美麗木雕的地方，千年以前既然有人類文明存在，就必然也曾經有水存在。只有水移走了，文明之花才會凋謝枯萎。那麼，那片古代曾經有過的水移向了哪裡呢？明年再來時，我希望能夠解開這個謎。

第二年，1901年3月3日，我們再次穿越荒原，終於駐紮在去年曾與之擦肩而過的那座古城的泥堡之下。面對這座古城，我覺得自己就像是駐節這裏的西方使者，地球上從來無人對此地的存在有過一點知覺。而我第一件要做的事就是確定它經緯度：令人驚訝的是，這個古城的位置就在中國人的地圖所標出的羅布湖的邊上。

「赫定老爺，赫定老爺！」奧爾得克興奮地呼喊著，他捧著一個剛剛挖出的破損了陶質水罐跑過來。

我接過那個水罐，久久地凝視並思考：

古代的人在古代的羅布湖邊生活著並創造文明，這是十分合乎情理的事情。這湖後來的乾涸，或許只是一種移動，因為河流改變了水道。面前的這座寺廟在當時無疑是被叢林所環繞，廟的南面平鋪著龐大的水面，到處看得見房屋、堡壘、牆壁、花園、道路、旅行的商隊和人群。而現在呢，住在這裏的只有寂滅！

抬起頭來，放眼環顧這一片了無生命跡象的羅布荒原。湖啊，那曾經在這裏存在過又遊移走了的大湖，有朝一日你還會回到被你拋棄了的故地嗎？

奧爾得克在一邊問：「赫定老爺，你在想什麼？」

「奧爾得克，我要說，你去年忘掉那把鐵鏟不是一個過失，而是一種運氣，不然我永遠也不會再回到這個古代的城來，永遠完成不了這樣偉大的發現。我們在這裏找到了很多古代的紙片和木簡，雖然現在我還不能解讀這些文字，但是這個古城的發現，一定會給中亞古代史投下意想不到的光輝。奧爾得克，我要感謝你，並且我會想念你的！」

奧爾得克說：「我也會想念你的，赫定老爺！是你的到來，改變了我的生活。你知道，奧爾得克是野鴨子的意思，一個幸運地飛到過古城的野鴨子，就再也不是過去那只在湖沼裏飛來飛去覓食的野鴨子了。赫定老爺，你這次離開，還會回來嗎？」

「會的，相信我的話，我還會回來的！如果一個人能有兩個故鄉，那麼對我來說，一個是瑞典，另一個，就是羅布荒原。好好活著吧，野鴨子，我們還會重逢的！」

回到歐洲後，我把我在羅布沙漠中發現的文書木簡等交給德國威斯巴登的語言學家卡爾·希姆萊作專題研究。希姆萊很快得出結論：

這個沙漠中的古城名叫：樓蘭。

1902年11月，我在俄國皇家學會地理學會就最新的羅布泊考察進展進行演講。經過了這次的考察，我創造出一個「遊移湖」

的理論。這個「遊移湖」的理論可以簡單地這樣表述：在西元330年以前，塔里木河向東注入樓蘭南面的老羅布泊，即中國地圖上的羅布泊。而在塔里木河改道以後，又向東南流入喀拉庫順地區的湖泊，這是一個新湖，也就是普爾熱瓦爾斯基認為的羅布泊。新老兩湖在地理上恰好有一個緯度的差距。普爾熱瓦爾斯基沒有考察到河流改道的因素，所以他才會認為是中國的地圖弄錯了。就我最近的幾次考察的結果看來，自從普氏訪問過後的幾十年來，喀拉庫順湖很明顯地露出了處在乾涸過程中的趨向。蘆葦在湖上侵佔的地方越來越多，而湖沼面積越來越小。以至於羅布人在我的朋友、他們的首領昆齊康伯克逝世後便不得不放棄了他們家園阿不旦。基於我的觀察，在此我要大膽做出如下的預言：喀拉庫順，也就是普氏的羅布湖將要乾涸，這個塔里木河終端的大湖將要北返到以前的羅布湖存在的地方，也就是回到它在漢唐時代的故地。我堅信這一點！

我的預言引起會場上一片譁然。

我繼續說：「我想把羅布湖，比喻成塔里木河鐘擺上的掛錘；或者是上帝計時的一個沙漏。鐘擺搖到左邊，還將擺回右邊；沙漏一端流完了，翻過來就流向另一邊。那麼塔里木河的水呢？在這個自然的時鐘上，歷史的錘錘不會停止，它必然還要擺動！」

科茲洛夫問：「那麼你的這個錘錘的擺動週期是多久呢？」

「我認為，它在南北兩個湖盆之間的擺動週期是在一千五百年左右。」

科茲洛夫嘲諷地：「那麼你認為我們能看到它擺動的結果嗎？」

「羅布湖何時返回原處，這要上帝才能決定。」

我以堅定的目光，注視著整個大廳裏反對我這個觀點的人。

三、回歸

我再次回到中國已是二十多年以後。

這時的我按中國人的說法已經年過花甲，並譽滿全球。我的到來是率領德國和瑞典的科學家為德國漢莎航空公司開闢橫貫中國的歐亞航線作學術調查。但這時的中國，已不是外國探險家可以隨意出入的時代了。通過與中國方面漫長的談判，最終與中國學術團體聯合組建了中國西北科學考查團。我作為外方團長，中方的團長是徐炳昶。考察團出發似乎是順利的，但誰也沒有料到這個中外聯合的科學考察團將在此後的八年中歷經多少磨難！

1928年2月20日早上，在吐魯番驛道上的一家客棧，我和考察團員陳宗器起床後站在院子裏刷牙洗臉。

店主從伙房裏端出一碗牛肉面放到院子裏的小桌上，沖一間房子大聲喊道：「托克塔阿洪，托克塔阿洪，別睡懶覺啦，你今天不是還要返回鐵干里克嗎？」

我聞聲一驚：「托克塔阿洪？」用手抹掉了嘴唇上的牙膏沫。

陳宗器見狀問：「赫定先生，您怎麼了？」

「托克塔阿洪？昆其康伯克的兒子就叫托克塔阿洪！難道他會在這裏？」

陳宗器連忙問店主人：「老闆，你叫的托克塔阿洪是誰？」

店主道：「是我的老主顧啊，他是來往於鐵干里克和吐魯番的生意人，見多識廣，只要來吐魯番，總是住在我的店裏。」

「他在哪裡？你說的托克塔阿洪？」我抑不住激動要見他。

這時候一個門簾一掀，一個三十多歲的維吾爾人睡眼惺忪地走了出來。店主朝他一指：「他就是托克塔阿洪。」

那個人有些詫異地看著我這個外國老頭：「我就是托克塔阿洪，你找我嗎？」

顯然這不是我認識的那個托克塔阿洪。我告訴他：「我認識的那個托克塔阿洪，現在應該有六十多歲了，他是鐵干里克南面大湖裏的羅布人，你認識他嗎？」

這個托克塔阿洪搖搖頭：「鐵干里克南面人太少了，我們生意人一般不會去那裏。我只在鐵干里克那裏買尉犁人的羊，然後拿到吐魯番的巴紮上來買，每年來回四趟，一年的生活就有著落了。」

我問他每年都要來回鐵干里克和這裏，走的都是哪一條路？

托克塔阿洪有點奇怪地看著我：「你對我走的路有興趣嗎？」

「有啊，我對鐵干里克那裏很熟，不過我過去都是沿著塔里木河從西向東到那裏，從東到西去那裏怎麼走，我還不知道，所以向你請教，因為以後我還要再去那裏。」

托克塔阿洪有些得意地說：「這件事你問我就算問對人了，」他拿起碗上的筷子反過來在地上畫著線路，並用小桌上吃剩的杏核來標明地點：「你看，這裏是吐魯番，我去鐵干里克販羊，要走托克遜、庫米什、烏什塔拉……到庫爾勒。從庫爾勒向南，走尉犁、阿克蘇甫，再到營盤。」

我點點頭：「營盤這地方我去過，那裏古代是個有很多人駐紮的營盤，可是現在，除了廢墟，就什麼也沒有了。」

托克塔阿洪說：「不，營盤有人，那個地方因為河水太深，徒步涉不過河去，所以就有人專門在那裏設了渡口，擺渡來回的人……」

「等等，你是說營盤那裏有河水，還有渡口？」

托克塔阿洪說：「是啊。」

「這不可能！」我斬釘截鐵地對陳宗器說：「1900年我在那裏做過考察，那裏不但沒有一滴水，更不可能有什麼渡口！陳，你去把我的那張地圖拿來。」

托克塔洪不高興地：「誰說營盤沒有河？那裏明明有一條大河，我每年運的羊，都是在那裏擺的渡。難道我還騙你不成？我們維族人是誠實的！」

我仍不相信：「你真的能肯定營盤那裏有一條大河？」

這時候陳宗器已經拿來了地圖，店主人從小桌上端開了那碗牛肉面，地圖被鋪在了桌上。

我指著地圖：「這張圖是我1900根據實測而繪製的，你看，營盤這裏，根本就沒有河流。乾涸的古河床倒是有一條，它至少已經乾涸了一千年之久，在樓蘭王國鼎盛時期，它一定是有水的，這也正是營盤遺址存在的依據。但現在它叫做庫魯克河，維語的意思就是乾河！」

托克塔阿洪說：「庫魯克河，這就對了嘛！不過它現在已經不叫庫魯克河了，自從有了水，當地人就叫它庫姆河了！」

我太驚訝了：「乾河怎麼會有水呢？」

托克塔阿洪解釋道：「哦，我忘了告訴你了，過去我父親販羊的時候，營盤那裏確實是沒有水的。可是七年前塔里木河發了一次洪水，聽說尉犁的一個農民在河邊用砍土曼刨開了一個口子想澆他的地，可河水就從他的地裏改道了。從那以後營盤附近的乾河裏就來了大水，而且越流越大，現在營盤南邊河水已經比一人還要深了。」

這個意外的消息簡直像閃電擊中了我：「這麼說，上帝把他的沙漏翻轉了，塔里木河的鍾錘真的向回擺動了！」

陳宗器看到我一瞬間目瞪口呆的樣子，輕輕地拉了拉我的衣袖：「赫定先生，您怎麼了？」

我回來神來，一把抓住他：「陳，親愛的陳，你知道我的那個遊移湖的理論嗎？你知道這個消息對我來說意味著什麼嗎？」

陳宗器也開始激動了起來：「您是說，羅布荒原的水系已經北移？

「只有一個原因能使營盤附近的孔雀河——也就是庫魯克河波濤洶湧，而它的直接後果：必然就是塔里木河和孔雀河的共同終端湖——羅布泊，又回到了羅布荒原北方的古老湖盆，也就是你們中國人的地圖上早就標明了的位置！」

陳宗器說：「這就是說，塔里木河七年前的改道，已經證實了您的遊移湖理論？」

我無比感慨：「作為一個預言，我大膽地說過：羅布泊有可能被造物主放回到一千五百年前的位置。但是一個人只有不到一百年的壽命，我不敢奢望自己能在有生之年看到這個結果，造物主是多麼垂青我，它竟然讓我親身感受到了它那根撥動歷史指標的手指！羅布湖啊，我多麼渴望立刻就能到你的身邊去，去看一看樓蘭古城的佛塔映在你水中的倒影！」

陳宗器無比羨慕地：「赫定先生，您真是太幸運了！我願意陪您一同到復活了的羅布泊去！」

我高興地拍著托克塔阿洪的肩膀：「謝謝你，年輕人！你給了我天大的好消息，我恨不能馬上就跟著你到營盤去，再從那裏順河而下，去樓蘭古城！」

但這時候，徐炳昶團長發來了電報，電報中說新疆省的楊督軍正召喚整個考察團到烏魯木齊去與他會面。

我的身體在從吐魯番通向烏魯木齊的驛道上搖晃著，但是心已經飛到了千里之外的羅布泊。我知道在遠山的另一側，塔里木河終於又返回了舊河床，重新流向了千年以前被它拋棄了的樓蘭城。儘管河流擺動一次的週期要經歷許多世紀，但我還是很幸運地活著看到了我自己的理論被大自然所證實。現在樓蘭及其附近地方已經復蘇，乾河床有了來水，並有魚類、兩栖類和草原動物活動，樫柳和胡楊又將綠滿河岸。與紀元初一樣，春天樹梢的雨點將奏響其美妙的樂曲，在我的想像中，那一片迷人的湖水正在波光蕩漾。

在烏魯木齊，一長溜藍色的別克轎車載著我和其他考察團成員們穿過像無底泥潭一樣的路面。車隊沿著俄式與維吾爾式建築混雜的街道向前走，穿過漢城的巨大城門，來到了督軍府。一間長方形的、四面斑駁相當簡陋的大廳中間擺著一張大長桌子。這讓我想起了當年在北京和李鴻章的會見。

新疆督軍楊增新坐在長桌一側的正中。他六十多歲年紀、高個子、身板硬朗，長著挺拔的鼻樑和雪白的山羊鬍子，頭高昂著，給人一種不怒而威的印象。徐炳昶告訴我：這位楊增新是雲南人，從軍隊裏一點點升上來，直到擔任新疆督軍，從辛亥革命那一年至今已經十七年了。在以鐵腕治疆的過程中，他鼓勵商業、修建道路、進口汽車、創建了電站和一個工業作坊，現在還忙於新的建設計畫。不管怎麼說，自從中國內戰爆發以來，他一直將新疆置於戰事之外，僅就這一點來講，應該是值得敬佩的。

我和徐被安排坐在了這位新疆的獨裁者的對面。一番寒暄之後，楊增新對我說：「赫定先生，據我所知，你已經數次進入新疆了。我知道，同樣是西方的探險家，斯坦因挖走了我們很多古董，而你只是考察山川河流。」

「督軍先生，我是一個科學家，我感興趣的只是大地。」

楊增新不無諷刺地道：「我不知道斯坦因為什麼要費那麼大的勁跑到沙漠裏去找古跡，他到我這裏來就可以找到豐富的考古內容，你們瞧，這裏的一切都搖搖欲墜，連牆皮都古老的一塊塊脫落了，就像被他剝下來的那些壁畫。」

我向他聲明：我對西方人前來剝取壁畫的行為和中國人一樣深惡痛絕！

楊增新笑了：「所以你是受歡迎的！」

這時候，侍從們已經在桌上的酒杯中倒上了香檳酒。

楊督軍微笑著端起酒杯：「赫定先生，徐教授，我歡迎你們一行來到這裏！中瑞聯合科學考察團的到來，我認為對新疆、乃至對中國是一件幸事。你們將從這遼闊的大省裏探索出自然的秘密；你們會發現寶貴的金屬礦和煤礦，並在我們自己努力的前提下教會我們怎樣使新疆繁榮。我將在各方面支持你們的活動，並視它為我的職責。」

楊將軍對我們的接見，使我印象深刻。我幸運地感到：新疆有他穩健的執政，會享有和平和繁榮；而我們有他熱情的支持，也將圓滿地完成科學考察任務。

接見以後，楊增新在督軍府的院子裏和考團成員們合影留念。

站在正中楊增新兩邊的，依次是我、樊耀南、徐炳昶和金樹仁。

但這是一張預兆著不祥的凶照。

就在此後不久，不幸的事件發生了。德高望重的楊將軍被刺身亡，指使兇手的人據說是在照片上站在楊將軍左邊的樊耀南；而隨後，他又被站在楊將軍右邊的金樹仁殘忍地殺死。

楊增新死了。新疆的大權落入了金樹仁之手。從此，新疆的戰亂和苦難開始了。我們的考察計畫被腰斬，這支科學考察隊伍也在戰亂和苦難中歷盡艱辛！

在西北科學考察團經歷了幾年的困境之後，1933年6月28日，我在北平參加了德國公使館款待蔣介石先生軍事顧問德國將軍澤克特的宴會。我萬萬沒有想到，這次宴會強烈地影響到了我未來的命運。

一位身著燕尾服的友善的高個子中國人端著酒杯來到了我面前，自我介紹是中國的外交部次長劉崇傑，他是南京政府派駐北平與各國使館的聯絡人。他說他知道由我率領的西北科學考察團取得了很大的成就，但也在經歷著種種困難。

我如遇知音，因為我正想和中國政府的要人好好談一談關於新疆的事情。我終於得到了一個侃侃而談的機會：

「新疆，故名思意，是中國最新的邊疆。乾隆皇帝統治中國時，在他的龐大帝國周圍建立起了一個由附屬國組成的半圓形緩衝帶。這些附屬國嚴密地控制在中國最高當局手中。可是如今他們與中央政府的聯繫已經少到了十分可憐的地步。共和以來，中國已經失去了西藏、外蒙和熱河在內的滿洲。如今內蒙古也受到嚴重威脅。新疆雖說仍屬於中國，但是楊增新被刺後，爆發了內戰。如果政府再不重視新疆的事情，那麼用不了多久，中國也將失去它！」

「您認為我們應該怎麼辦？」這位中華民國的副部長問。

「我想應該加強中國本土與新疆的聯繫。第一步是修築並維護好二者之間的公路；第二步是鋪設通往亞洲腹地的鐵路。以新疆目前的情況來看，中國人以及在印度的英國人，都無法與俄國人競爭新疆市場。俄國人依杖方便的交通，已經基本上佔領了這塊地盤。他們有極好的公路線，通往喀什噶爾、霍爾果斯、塔城和阿勒泰；並且他們正在使這些公路變得更好。而中國方面呢？你們離身體最遠的一部分已經被俄國人握在了手裏，而你們連結這一部分的動脈卻並不通暢！」

劉崇傑如遇知音：「赫定先生，這是一個十分重要的問題，我們可以約個時間專門來談它嗎？」

第二天，在劉崇傑的辦公室。我指著牆上掛著的中國地圖和他繼續談論新疆問題：「劉先生，1928年2月20日早晨，我在吐魯番得知了塔里木河改道這個重要的地理資訊。這條漂忽不定的河流，如今又回到了它兩千年前的故道之中，回到了絲綢之路的邊上——絲綢之路，這是我的老師李希霍芬教授給它的命名！我要說的是，塔里木河的改道、羅布泊的回歸，使那裏再次出現兩千年前絲綢之路繁盛時期的自然景象。面對這樣的變化，我們有理由提問：這條沉睡了大約一千六百年的古道，為什麼不該再一次蘇醒？敦煌與樓蘭舊時的密切關係到了可以恢復的時候了！」

我的話點燃了劉崇傑的激情：「請您說得更詳細一些。」

「塔里木河改道對中華民國可能意味的事情，應該說一目了然。這個值得注意的地形學與水文學事件，使政府具備了重新打開那條古老通道的基本條件。如同漢代那樣，一條從中國內地的敦煌、樓蘭、沿天山南麓直到喀什噶爾的完好交通線完全可能建立！那時，從北京乘汽車到中國西部盡頭的喀什噶爾只需要用兩到三周時間，而現在完成這一旅行卻要騎駱駝走上四個月。」

劉崇傑大感興趣：「您是說，如果實施這一計畫，將會大大地縮短中國內地與西部屬地的距離，加之有見地的汽車編組運輸，就會把新疆的產品直接運送到沿海，再從那裏把進口產品運回新疆！」

「人們從中國內地去新疆旅行，就再不用繞道借助俄國的西伯利亞大鐵路，四千公里的路程會迅速便利地跨越，新疆與內地的交通，那時將會完全控制在中國自己的國土之內。雖然俄國的尼古拉二世沙皇曾經熱心資助過我的中亞探險，但我的這個設想卻是完全站在中國人立場上的考慮。」

我們兩人的手緊緊地握在了一起。

我沒有料到中國政府會立即委託我來做這件事。不久之後，劉崇傑從南京發來電報，說行政院長希望儘快在南京見到我。為此我離開北京去往這個共和國的首都南京。我意識到我的命運將要發生重大轉折，我對自己能夠為中國政府服務而感到高興。我會盡最大努力報答中國人自1890年以來給予我的友好接待，並且沒有哪一個人會像我一樣真誠地希望辦成這件事，給中國帶來些實際的利益。如果有可能組建一支新的考察團前去勘查備忘錄中提到的路線，那麼我將有機會沿著1921年形成的塔里木河新河道前往樓蘭古城，去實際調查絲綢之路上我仍不瞭解的路段。

我在南京時，高出玄武湖八百英尺的紫金山天文臺興建工程已接近尾聲。從那裏下坡不遠，是我的中國同事和朋友陳宗器的住處——地磁觀測台。當我出現在他面前時，陳宗器正在儀器前埋頭工作，我的到來使他異常驚喜：「赫定先生，您怎麼會在這裏出現？」

我實在是有些得意非凡：「中國政府委託我組建一支汽車旅行團去新疆。我已提出申請，要你參加這次汽車旅行！」

陳宗器大喜過望：「真的嗎？這麼說，我們那個不幸夭折的西北科學考察計畫，又可以借這個汽車考察行動繼續進行了！」

「當然，這個考察團有這次行動的主要任務：作公路建設的考察。政府任命我為這個團的領導，還給我一個『鐵道部顧問』的頭銜。去時選擇北路，穿過戈壁沙漠到哈密。歸程走古絲綢之路，順便可以調查1921年形成的塔里木河下游的新河道和新的羅布泊，並且專門研究一下樓蘭，看看有否在這個中國古代殖民地周圍開拓和灌溉的可能性。」

陳宗器不無耽心地：「可是新疆現在正在打仗啊，新的新疆統治者盛世才和年輕氣盛的叛軍將領馬仲英正在相持不下呢！」

「所以政府規定，考察團必須在新疆內部糾紛中嚴守中立，不得介入政治。誰都清楚，介入政治就等於葬送我們的事業！」

不久以後，我們的汽車隊：兩輛轎車四台卡車，便開始穿過戰火中的新疆大地。從車窗望出去，路邊看到的是燃燒的村莊，炸斷的樹木，還有人和馬的屍體。

或許有必要簡單敘述一下新疆內戰的背景：

1928年楊增新被刺殺，新疆的和平時期結束了。

金樹仁掌握了大權，但他的暴虐、貪婪和重賦很快就導致了哈密維吾爾人和天山哈薩克人的造反，造反者遭到了殘酷的鎮壓。失敗的造反者於1930年派人去甘肅向年輕的東幹將軍馬仲英求援，引起了馬仲英征伐並立足新疆的念頭，但他第一次對新疆的進軍並不順利。就在馬仲英積蓄力量，準備東山再起時，吐魯番又爆發了大規模的維吾爾人起義。金樹仁派盛世才帶兵前去鎮壓，這給了盛世才揚名立業的機會。鎮壓使吐魯番的城鎮化為灰燼，使哈密的王宮變成廢墟。但殘暴的行徑激起了維吾爾人更大的反抗。1933年1月，他們群起向烏魯木齊進攻，烏魯木齊成為一座孤島。所幸烏魯木齊城中居住著許多在俄國十月革命後流亡來的俄國移民，這些前沙皇的臣民中有不少參加過第一次世界大戰，有著良好的組織和戰鬥經驗，正是靠著他們的頑強作戰，烏魯木齊才避免了陷落的命運。然而這一功績非但沒有受到獎賞，反而引起金樹仁的疑忌。當俄國人喊叫要乘勝追擊時，他按兵不動；當俄國人要求戰馬時，他只給一些老瘦的馬匹並且沒有馬鞍。於是被激怒了的俄國人轉而攻打金樹仁的府衙。金樹仁被趕走了，手握兵權的盛世才成為新疆督辦，成為這個遠方大省的軍事獨裁者。沒過多久，維吾爾人再次武裝起來，並於1933年5月第二次請求馬仲英的幫助。這次馬仲英率軍長驅直入新疆，開始了和盛世才軍隊的拉鋸戰。在一段時間內，馬仲英成了從哈密到庫爾勒、庫車、喀什噶爾這一廣大地區的實際統治者。而盛世才則從背後的大國搬來了蘇聯紅軍的飛機和坦克，同時還利用著烏魯木齊城裏的那些前沙皇白軍騎兵，與馬仲英部進行著激戰。

這場戰爭使整個地區陷於癱瘓，並毀掉了新疆與中國本土的所有脆弱聯繫。

就是這樣情形下，在庫爾勒，我們成了馬仲英軍隊的俘虜。

一天夜裏，考察隊駐地的院門被粗暴地敲開了，闖進來的駐軍張司令宣佈了馬仲英從前方發來的命令：要求徵用汽車。

我強硬地回答著，強調每一個字：「我們是為中央政府工作的，我必須執行政府的命令。汽車不是我們私人的，我無權外借。」

於是一群士兵開始對我們大打出手。一陣暴打後，我們被剝去了上衣，推到了院牆邊。一群士兵端起了槍，步槍的槍栓嘩嘩地響著，看來只等一聲令下，他們就會開火。

接下來的是沉默。一片強烈對峙中的沉默。

在那生命即將離去的一瞬間，我想到了瑞典——我可愛的家鄉；想到了需要我擔負起責任的年輕人，想到我們所肩負的中央政府的考察計畫，再過半分鐘，這一切都會隨著槍聲而結束。不，我們不能就這樣死去，我和我夥伴的生命要比一輛汽車貴重得多！在牆邊，我大聲喊出來：「我們會被槍斃的，答應給他們汽車！」

瑞典人喬格用平靜低沉的聲音翻譯了我的命令。形勢立刻發生了變化，對準我們的槍放了下來。

「早這樣答應了，你們不就不吃這一頓苦了嗎？」張司令的口氣開始緩和了：「其實我也不願意用這種方式逼你們，但是馬司令的命令執行不了我就得掉腦袋！現在戰局對我們不利，盛世才這個狗日的請來了俄國人，他媽的從蘇聯來的紅軍和流亡在外的白軍為了對付馬司令倒合成了一家！現在烏魯木齊已經被俄國人佔領了，馬司令急著要把他的部署命令送到庫車和阿克蘇去，所以除了徵用你們的汽車沒別的辦法。」

我對他說：「馬司令曾經承諾在他的勢力範圍之內要好好招待我們，但他的部隊卻用暴力對付他的客人，並且還強征中央政府的車輛！」

張司令聳聳肩道：「戰爭中沒有法律和義務可言。除了執行命令，我別無選擇。」

繼續行動是不可能了。我們在考察隊的駐地門口，升起了中瑞兩國國旗。大門上還掛著一面紅十字旗。下面寫著的漢字，表明了我們的尊嚴：

中央政府鐵道部，綏遠——新疆公路考察團。

雖然在軟禁中，但生活還得繼續。有一張照片記錄了我們當時的生活情景：

在院子的一邊，馬仲英部的一個老兵正在為喬格理髮，尤寅照和另一名工程師龔繼成在一邊觀看。另一邊，瑞典醫生赫默爾在為受傷的馬仲英部的傷兵處理著傷口。

忽然，北面天上傳來了清晰的嗡嗡聲。一個馬仲英部的士兵慌忙地從門口探進頭來喊道：「老毛子的飛機來轟炸了！」

頓時，在院裏監視考察團的士兵們全都跑了出去，連那個傷兵也不例外。

我的團員們仰起頭來，看到了幾架飛機，它們在小城上空盤旋著降低高度，然後投下了幾顆炸彈。隨之外面不遠處便響起了爆炸聲。

貝格曼等幾個瑞典人連忙在院子裏的地上鋪開一面很大的瑞典國旗和一面紅十字標誌。飛機再次俯衝下來，我只能站在一邊祈禱：「上帝保佑我們，但願那些俄國人能看到我們的標誌！」

好在這次投下的不是炸彈，而是一片飛揚的傳單。有幾張傳單落進了院子裏。陳宗器撿起一張遞給我，傳單上赫然印著新疆督辦盛世才的名字和他的印章。

陳宗器說：「看來，馬仲英敗局已定了。」

這時候到外面去探聽消息的尤寅照跑進來興奮地報告：「馬仲英部隊全都撤了！俄國人的軍隊就要進城了！」

第二天上午，我們被新的佔領者傳喚，跟在一個俄國軍官後面前去見進駐庫爾勒的俄國騎兵司令。骯髒的街面上拴著許多俄國兵的戰馬，頭朝著店鋪，尾巴衝著街心，而那些哥薩克騎兵則坐在店鋪門口的臺階上抽著煙。

我們走進了一座中式大宅。俄國騎兵司令沃爾金微笑著迎接了我們，他甚至向我敬了一個軍禮：「我聽說大名鼎鼎的赫定教授被馬仲英囚禁在了這裏，現在好了，你們被解救了！」

我也向他致意：「準確地說，我們是被軟禁的。謝天謝地，他對我們還不算過分無禮。」

沃爾金好奇地問：「你們見到馬仲英本人了嗎？」

「很遺憾沒有見到他，三天前他離開了這裏，強行帶走了我們的四名司機和四輛卡車。」

沃爾金說：「馬仲英把美麗富饒的新疆變成了一片荒蕪的沙漠。但我本人認為他確實是個英勇的軍人，無論是飛機轟炸還是大軍壓境都嚇不倒他。現在好了，他的逃亡，將使新疆掀開新的一頁。」

我拿出護照遞過去：「將軍，這是南京政府給我們一行的護照，請驗看。我想向將軍提出幾項請求：一、儘快找回我們的車輛和司機；二、希望准許我們去羅布泊，在那裏等待時局安定；三、當條件許可時，按我們原來的計畫去喀什噶爾和伊犁、塔城；最後我們需要發信和打電報。」

沃爾金將軍說：「這些事宜我會向別克迭夫將軍報告。但是，在此我也要轉達別克迭夫將軍對你們的不滿：他很奇怪您這樣一位令人尊敬的人為什麼會用汽車幫助馬仲英逃跑？他是我們的敵人，也是全省的敵人！」

我苦笑：「將軍，如果您手無寸鐵，落入士兵們手中，被他們用槍逼著提出要求，您將怎麼辦？」

沃爾金有點為難，微笑著回答：「可是你們有南京政府的護照，這上面明確寫著你們的許可權和身份，你們完全有理由拒絕。」

「將軍，畢竟我們一行人的生命比汽車更重要，而我們擔負的使命則比生命更重要！」

沃爾金歉意地：「對不起教授，我只是奉命向您提問。我想，當明天或後天別克迭夫將軍到這裏來時，他會親自和您交談的。」

「順便問一句，這位別克迭夫將軍，他是從蘇聯國內派來的，還是……」

沃爾金說：「不，別克迭夫將軍在國內革命後就移居烏魯木齊了，他說他認識您。」

這麼說，這位別克迭夫是我的老相識！他曾在沙皇的軍隊中升到很高的職位，但是俄國革命後便流亡烏魯木齊，以教俄語為生住了十三年。我想完全是因為這次新疆戰爭的爆發，才給了他重新當將軍的機會，他是被盛世才任命的北軍總司令！當年被革命趕出來的前沙皇軍人，和蘇聯現政府派出的紅軍部隊，竟然在幫助盛世才的戰爭中組成了一支聯軍，這實在是一件很有意味的事情！

兩天後，我們一行受到了別克迭夫將軍的接見，他笑容可掬地向我伸出雙手：「啊，尊敬的赫定博士，我很高興馬仲英這個魔王沒有把你殺掉！」

我也開心地大笑「老朋友，真沒想到我們會在這裏見面。」

但是別克迭夫的臉忽然嚴肅了起來，一本正經地：「作為盛督辦委派的司令官，我不得不詢問你一個他所關心的問題：南京政府怎麼會把一個汽車考察團送到戰場上去？而且你們來了這麼久為什麼不通知盛世才長官。」

對此我解釋道：「原因是顯而易見的。當我們到達哈密時，通往吐魯番、焉耆、庫爾勒的道路全在馬仲英的控制之下，我們是中立的，不得不考慮現實情況，如果我們表示自己屬於烏魯木齊方面，就會立刻被逮捕。不過現在戰爭形勢已經明朗，去烏魯木齊的道路應該已經通了，不論有沒有汽車我們都想立即去首府拜訪盛世才將軍。」

別克迭夫說：「好吧，我想你的解釋是合情合理的。你知道，對這件事，我必須要給盛督辦一個交待。」接著他的面部表情又放鬆了：「博士，你還記得我們最後一次見面是什麼時候嗎？」

「是1928年秋天吧，楊增新被刺後，金樹仁奪得了新疆的大權。」

別克迭夫笑道：「是啊是啊，當時你們正計畫從烏魯木齊去羅布泊，但是金樹仁有意刁難你們，使你們不能成行。但是現在，去羅布泊的鑰匙已經不在金樹仁的手中了！」

「我知道，現在新疆所有事務的決定權，都在盛世才督辦手中。」

別克迭夫道：「當然，連我的指揮權也是他授予的。我需要請示一下盛督辦，看他是否能會見你們。」

而此刻我心裏卻在盤算著要盡可能地拖延去烏魯木齊的時間。從別克迭夫的談話中可以看出，由於我們把汽車借給了馬仲英，引起了盛世才的極大不滿，如果到了烏魯木齊，也許會被當成間諜或通敵者長期監禁。

我從皮包裏扯出一張地圖鋪展在桌上：「老朋友，你看，這是羅布泊地區的大比例地圖，兩千年前的絲綢之路就通過這裏。現在南京政府想重建這條世界上最長的路，不是駱駝路，而是真正的汽車公路。我們的工作就是實地勘察這條路線。這項偉大工作的意義，遠比這場不幸的戰爭重要的多。在我看來，目前盛督辦和馬仲英之間的這場戰爭，不過是歷史長河中的一瞬間，而我們的工作卻是為了和平，喚醒和幫助人民發展貿易，加強各綠洲間的交通聯繫，使這裏興旺發達。令人吃驚的是，竟會有人認為我們是來參加這場戰爭的，這簡直太不可思議了！」

別克迭夫注意地聽完，然後說：「你們目前已在南疆，我看你們不妨先去羅布泊，然後去喀什噶爾，最後再去烏魯木齊怎麼樣？」

我的心跳突然開始加速：「如果能這樣安排，那我太感謝了！」

別克迭夫說：「當然，這還要徵得盛督辦的同意。」

從俄國司令部回來以後，陳宗器說：「那個俄國將軍的建議不錯，我們真的能從這裏脫身去羅布泊嗎？」

赫默爾說：「聽說盛世才這個人很不好打交道，他要是對我們心存疑慮，我們的行動就會受到限制。」

「這樣吧，我已經起草了給盛世才的電報，告訴他我們考察團的任務。出於禮貌，我們還是要提出先希望到省府去拜會他。」

傍晚的時候，一個俄軍少校到營地來將一份信件交給我：「赫定博士，別克迭夫將軍派我來告訴您：你們的汽車已經找到，今晚就可以開回庫爾勒。」

隊員們大感興奮：這真是太好了！

少校接著說：「另外盛督辦剛發來一封電報，他說最近從庫爾勒到烏魯木齊的道路仍有小股敵人出沒，他不能保證考察團的安全，因此你們現在還不能去省府，他建議你們可以先到羅布泊去考察那裏的灌溉問題，最好在那裏呆兩個月以後再去省府見他。」

我簡直不敢相信自己的耳朵，但必須強壓狂喜：「當然了，恭敬不如從命——」我故意看了一下周圍的人，「我們也只好委屈一下自己，就按盛督辦的吩咐先去羅布泊吧。」

少校完成了他的信使任務，禮貌地敬了一個禮，轉身離開了。

全院子裏的人都目送他離開，當他走出了一段距離，我忍不住摘下頭上的帽子扔向空中，頓子院子裏爆發出一陣歡呼：「羅布泊！我們終於可以去羅布泊了！」

後來當我們被盛世才困在烏魯木齊時，才知道這次去羅布泊實在是天賜良機，否則，我將永遠與這復活了的大湖失之交臂！」

1934年4月1日。庫爾勒的又一個清晨。

汽車隊從庫爾勒小城的南門開了出來，車行向東，前方是剛剛升起的太陽。

去羅布泊對我來說意味著出現了光輝的前景。在考察計畫中，我向南京政府提出過塔里木河下游及孔雀河的利用問題：引水入羅布沙漠，使兩千年前的古樓蘭城復活，把那裏的沖積平原變成良田和花園，這情景在三十四年前——我發現樓蘭廢墟時就曾經夢想過。樓蘭曾經是有水的，它將來也應該有水！

1921年改道的塔里木河河水，首先使下游久已乾涸的孔雀河恢復了生命。在河岸邊，隊員們在這裏做著出發前的準備，捆綁各種所需用品。要過河的行李，在暮色中裝上了汽車。考察團在這裏兵分兩路。我、陳宗器和龔繼成走水路。

孔雀河邊已經放了六隻大獨木舟和一些小獨木舟。一些雇來的船工在舟邊忙著。還是按照過去漂遊塔里木河的經驗，兩條獨木舟用繩子綁在一起，上面搭上木板就改裝成了帶甲板的工作船。在我的「旗艦」上，依然是放了個木箱當桌子，把「床」卷起來綁好了當靠背。我又坐到了將要工作的位置上。我將又一次開始在中亞河流上的浪漫旅行。這次旅行比以往更加重要，我們要解開神奇的羅布泊之迷，我會親眼看到我在世紀初提出的大膽預言變為現實。

船隊沿孔雀河順流而下。

天上沒有風，船隊排成一排忽前忽後地漂流，獨木舟上傳來船工的陣陣號子聲，槳聲隨著號子聲起伏著。我坐在船上，手裏拿著指南針、表和鉛筆在繪圖。陳宗器在另一條船上忙著測量著流速和水深。

快到傍晚的時候，忽然前面的船工大聲喊起來：「奧爾得克——開迪勒！」

我聞聲一怔：「奧爾得克——開迪勒？野鴨子——飛來了？」

我抬頭向河面看去，河面上並沒有野鴨子。但當我把目光投向河岸時，看到河岸上有兩個騎馬的人，正打著馬向船的方向飛奔而來。我意識到馬上的一個白鬍子老人正是我當年的老僕人——奧爾得克。

我激動地在船上站了起來，用手攏在嘴前大聲地呼喊道：「奧爾得克！奧爾得克！是你嗎？」

船斜穿過河面在馬匹停下的地方靠了岸。兩個飽經滄桑的老朋友在岸邊見了面。奧爾得克眼含熱淚拉住我的雙手，艱苦的歲月在他手上留下了厚厚的老繭。他一時激動得說不出話來，只是喃喃地道：「赫定老爺。赫定老爺！」

我仔細打量著他，時光的磨難留在了他臉上，額頭上刻下了深深的皺紋。他很瘦，鬍子掛在尖尖的下巴上，戴著一頂羊皮鑲邊的破帽子，披著已經發白的破舊維式短大衣，腰上紮條布帶子，腳上那一雙破靴子告訴人們它曾經穿行過了多少沙漠、草原和樹叢。

「喂，奧爾得克，我們分手三十三年了，你生活得好嗎？」

奧爾得克說：「真主保佑，赫定老爺，自從為你工作以來我一直生活得不錯，但是我以為今生再也見不到你了！」

這時候一隻狗跑到他的腳下汪汪地叫著，低頭一看，這隻狗宛如當年的約爾達斯。我不禁蹲下身來摸著狗頭，疑惑地：「上帝啊，這是約爾達斯嗎？」

奧爾得克開心地笑了：「老爺，它是叫約爾達斯，當然不是當年的那一條了，它活不了那麼久。自從它死了以後，我每次養狗都要找一條長得像它的，這已經是第三條約爾達斯了，還不算死在沙漠裏的最早的那一條。」他得意地拍著狗脖子：「約爾達斯，這是我的主人，也是你的主人！」

他對約爾達斯的感情使我深受感動：「你怎麼知道我會從這裏順流而下？」

奧爾得克道：「噢，我在卡拉的家裏聽說你已經來了一個月了，我要去庫爾勒找你，但被馬仲英的騎兵擋住了。三十三年前你說過一定還會回來，如果不是為了等你，我可能已經去見真主了。你當年的僕人不少已經死了，但我真高興終於活著見到了你！」奧爾得克指指他邊上的中年人：「噢，這是我的兒子，我已經老了，但是他還可以為你服務。」

兒子看看天道：「父親，天不早了，讓我們到前面去為船隊找一塊宿營地，還可以找一些枯樹用來生火。」

奧爾得克和他兒子上了馬沿河向前跑去，這時候太陽開始收起了它的餘暉。

而那條狗約爾達斯，卻像老熟人一樣地蹲在了我的腿邊。

離開我們在孔雀河上的最後一個宿營地鐵門關時，我對陳宗器說：「陳，我們在這裏將和胡楊樹告別，再往前孔雀河就進入了沙漠地帶，我們將是第一個在這新河道上航行的人，並要繪製它的詳細地圖。」

陳宗器問：「1921年，改道的河水就是從這裏闖進沙漠的嗎？」

我強調著：「更確切地說，它是回到了西元一至四世紀的故道中去了，它當年就是沿著這條路一直流向樓蘭城下。」

船隊在沙漠中的河流上漂流著。岸壁上露出的檉柳和蘆葦根像簾子一樣掛在那裏輕拂著水面。四周像墳墓一樣寂靜。岸邊的沙丘上站著三隻羚羊，它們吃驚地看著這支闖入大漠深處的船隊，然後敏捷地跳著消失了。我和奧爾得克站在船上，一直到前面再也看不到植物了，只有一望無際的沙漠。天空一片朦朧，河水與天空融成了一體。

「奧爾得克，你記得嗎？三十四年前，我們就從這裏走過，只是那時候這是一條乾河，我們乘坐的是駱駝。」

「赫定老爺，我怎麼會忘呢？就是因為跟隨你工作，我才在那個刮風暴的晚上鬼使神差地到了樓蘭。你離開羅布荒原以後，我相信你還會回來的，所以我沒事有時候就一個人來這荒原裏東找西找，我曾在一條小乾河的邊上，發現了一處有一千口棺材的小山！」

「一千口棺材？」這太讓人驚訝了。

奧爾得克有些不好意思：「當然沒有那麼多，我們羅布人習慣用一千來說很多。對了，就在前面不遠的地方，河岸邊應該有一座古墓。

在河流拐彎的地方，有許多紅黃色粘土的土堆，叫作邁塞。船隊在這裏靠了岸。奧爾得克上岸指點著方向，幾個船工和隊員越過坑坑窪窪的地面消失在葦叢中。一個隊員興奮地跑回來報告：「那裏確實有一個古墓！」

「陳，我們可以挖開來看看嗎？」我徵求他的意見。因為有了斯坦因這個在中國人心目中名聲狼藉的盜墓賊，在這方面我必須十分謹慎。

陳宗器說：「當然應該挖開來看看。」

古墓邊上。一個隊員在用僅有的一把鐵鍬挖著沙土，其他人都站在邊上看著。

奧爾得克有些奇怪地問：「赫定老爺，你們為什麼又只帶了一把鐵鍬？」

我解釋道：「我們和中國政府有協定，我們的工作是地理考察，而不是挖掘文物。十四個人只用一把鐵鍬，就不會被認為是要搞什麼重大的挖掘了。」

陳宗器笑道：「我們的目的不是考古，但是順便進行一些考古方面的考察，我認為完全是合理的。」

我用指南針測定著方位，在筆記本上畫了一幅四周的平面草圖。當我再回到挖掘現場時，墓地邊已經放了一些頭骨、帶四條腿的淺盤子、兩張弓、三把梳子、一些粘土容器和有漆描圖案的木甕、小筐、紡錘、皮拖鞋、絲製小錢袋等物，最引人注目的是幾片不同色彩的絲綢，上面的中國式裝飾和刺繡使它們在這一堆東西中顯得格外醒目。在我的想像中，這些絲綢穿在了一個美麗女子的身上，她正在兩千年前的河岸上跳著柔曼的舞蹈。

挖掘在繼續著，一個木制棺材呈現在我們面前。

陳宗器驚訝地：「教授你看，這個棺材有明顯的水域特點，這其實就是一個被截去首尾，在兩端重新安上豎直橫板的獨木舟！」

「是啊，生時乘舟在河湖裏航行，死了乘舟渡過冥河！」

棺材的蓋板被掀開了，展現在眼前的是一塊包裹屍體的氈子，打開氈子，輕輕地撩開了頭部的包裹物，我們驚訝地看到躺在裏面的竟是一個非常年輕的女子，她臉上的皮膚已硬得像羊皮紙，但形狀和容貌並未隨時間而改變。她閉著已經深陷的雙眼，嘴角上似乎仍掛著微笑，在許多世紀後依然那麼神秘和迷人。

陳宗器用照相機給她拍照。而我則拿起畫筆和速寫本為她畫一幅速寫肖像。她就這樣被包裹著，在這寧靜的小山上睡了大約兩千年。直到很久很久以後，我們的到來才把她從長眠中喚醒。但她緊閉著嘴，不會向我們洩露以往的秘密，也不能向我們傾訴生命的變遷。當年繁華的樓蘭古城那充滿生機的綠色大地，春日泛舟湖上，這一切昔日的生活都已被她帶入墳墓。她無疑見到過樓蘭軍隊的戰車和士兵，還有經過樓蘭的大小商隊帶著昂貴的中國絲綢由此西去……

當年有水流過時，這裏曾有著多麼迷人的生活和文明啊！

做完考察工作之後，隊員們把她小心地抬回棺材，放進墓穴，然後墓坑被細心地填好。我們這一群荒漠的旅人向這不知名的樓蘭美女告別。

船又離岸了，離開了那年輕女人沉睡了許多世紀的地方繼續向前駛去。不久後，終於來到了一片開闊的水面。河水泛著綠光緩緩地流著，清澈的水喝起來十分甘甜。四周頻頻出現茂密的蘆葦，到處可見單個的大雅丹立在葦叢中。

龔繼成在另一條船上喊著：「這裏應該設一個放牛羊的牧場！」

我回應著他：「完全正確，蘆葦在這裏生長又枯萎，年復一年無人知曉，寶貴的水源在這裏白白流過，無人問津。這一切本來應該帶來人畜興旺！」

5月18日早晨，我看到了一片獨特的景色，孔雀河形成的三角洲的主流在這裏注入了羅布泊。湖的最北部有一個朝東南的湖灣，那裏魚鷗在湖面上盤旋鳴叫著，似乎在抗議我們打破了水域的寧靜——那是它們捕魚的地方。

船隊在平靜的湖面上劃行著。天空泛著青藍色的光，湖水平滑得像一塊玻璃。

多年來我一直夢想著在有生之年乘船去神奇的羅布泊，現在這夢已經成為現實，為此我真心感謝上帝的恩賜。在這裏的湖面上我真感到如臨仙境，這裏從沒有船來過，水面如鏡，不遠處只有幾隻野鴨在湖上玩耍，魚鷗和其他水鳥警覺地飛著。在後面作為廚房的那條船上，奧爾得克和廚子正在煮著一鍋魚湯。約爾達斯聞到了魚湯的香味，在甲板上興奮地叫著。

船隊從湖邊進入一條河道，河道前方隱隱約約處，似乎可見樓蘭古城的城堡和佛塔。

5月21日清晨醒來，一種奇妙的氣氛籠罩著我。是啊，我們正朝樓蘭古城駛去，那是1901年3月3日我幸運地發現的地方。這個歷史上政治、戰略和經濟如此重要的古城，不知將會怎樣歡迎我三十三年後的重新光臨。

陳宗器在另一條船上說：「教授，你看這條河並不很寬，它幾乎是筆直地向樓蘭城堡伸去，所以我猜想它可能是一條人工的運河，用來作為樓蘭城與防禦工事之間的水路聯繫。」

「你的這個猜想很有可能就是當年的情況。陳，羅布泊又回來了，你說，樓蘭古城還有可能重新復活嗎？」

我們在思考中陷入一片沉默，看著前方，只有槳聲在水面上響著。

水面又漸漸開闊起來，我們終於來到了昔日的樓蘭城下。

在夕陽的映照下，兩千年前留下來的古建築遺跡倒映在湖水中，使看到的人感覺到一種無法言說的莊嚴和美麗。

我坐在船邊靜靜地看著這夢中無數次見到過的美景，兩行淚水無聲地從面頰上流下來。為了掩飾這淚水，我從湖裏捧起水來洗臉。水從指縫中流下，我試圖把手指並得緊一些，但水還是從雙手的底端流下來。

就像從沙漏中流下的細沙。

我老了。

現在的我已經八十七歲，接近了生命的終點。

那些曾經有過的漫長旅途，都已留在了身後。

我在書房裏坐著，面前的地圖上放著兩件玻璃器皿：

一隻沙漏和一隻杯子。

沙漏中的細沙在慢慢流動著；

而杯中的清水，因為剛被喝過一口放回去，也在微微地波動著。

我凝視著這兩樣東西，把一張紙攤開在這兩樣東西前面，我要給陳宗器寫一封信。他現在已經在為一個新成立的共和國工作，在這個新的國家，我們的夢想會成為現實嗎？

「親愛的陳，我是多麼懷念我們在一起工作的日子，尤其是在羅布泊，在那個漂泊的大湖之上，它給了我的心靈無比的愉悅。其實我自己，就是一個漂泊的湖。只要生命的河水還在流動，我就在沙漠裏漂泊著，隨著命運的指點，忽而這裏，忽而那裏。我的祖國是瑞典，這裏森林茂密，田野豐饒。而我生命的故鄉，卻是在亞細亞的腹地，在大漠的深處，那一片神奇的大湖，和那個睡去了的古城樓蘭……」

注1：此文參考斯文・赫定著作《羅布泊探秘》、《亞洲腹地探險八年》、《遊移的湖》等，選取與主題有關部分寫成。

注2：為了保持人物的連貫性，作者將奧爾得克的出場時間提前到了參加斯文赫定1895年的第一次沙漠探險，僅此一點為虛構。除此以外的其他人物和事件均為歷史真實。

森格里亞

（本作品以荷蘭畫家M．C．埃舍爾的經歷和作品為依據而寫成）

我，埃舍爾，一個漂泊的荷蘭人，版畫家。

我的父親曾希望我當一名建築師。1919年我二十一歲的時候，進了哈萊姆的建築與裝飾學校學習建築，沒過多久，我就因興趣所致改學裝飾藝術。但是我的一生，始終在建築著，不是在大地上建築實有的物體，而是在繪畫的平面上建築著種種不可能存在的幻象。這似乎是冥冥中的一種使命，我不能放棄它。

我的版畫教授，葡萄牙的猶太人麥斯基塔在為我簽署的學生鑒定中這樣寫著：「他太刻苦、勤奮，文哲氣太濃；缺乏情調和隨意發揮行為，很難稱得上一個藝術家。」他的評價前一條是極其準確的；後一條之所以不太準確（我後來畢竟還是成了一個藝術家），是因為他那時還不知道除了魯本斯、倫．勃朗那種藝術家之外，還有另一種類型，像我這種類型的藝術家。這種藝術家為數極少，但是存在著。我對老師的敬愛，並不因為他認為我不是一個藝術家而改變。他對我良好的素描和版畫技巧是肯定的。在寫下那個鑒定之後，他認為我應該出去闖自己的路了。

1922年春天，我到義大利旅行了兩周之後，就深深地愛上了這個地方，那裏的建築和風景混雜揉和了古希臘、古羅馬和伊斯蘭的風韻，就像是我意中的情人。我也的確在那裏遇到了意中的情人——瑞士姑娘葉塔，並在那裏結了婚。1935年以前，我和家人在義大利生活得很愉快。每年春天，我都要和一些畫家朋友外出旅行寫生，去阿普魯森山區或康帕尼，去西西里、科西嘉或馬爾他，這些朋友都是我在羅馬居住的時候認識的。四月來臨，我們出發，坐火車，坐船，更多的時候是背著旅行袋步行。地中海沿岸氣候舒適宜人，但兩個月後當我們回家時，卻一個個瘦骨嶙峋，如同乞丐。隨同我們一起回來的，是數百張素描寫生稿。寫生素描都是記錄生活中我認為美好的東西，從中再挑選精緻的進行創作。

旅行往往是浪漫的。一個五月的下午，灼熱的陽光烘烤著大地，我們背著沉重的行囊疲憊地走進一個小客棧，裏面是一個暗而涼快的大房間，一群蒼蠅在散發著葡萄酒味的空氣中醉醺醺地飛舞。也許是外國人的棕色頭髮和奇形怪狀的背包引起了他們對陌生人的反感和懷疑，客棧中的人全都以背朝向我們，對我們又饑又渴的情狀無動於衷。這時，羅伯特・希斯從套子裏取出他的齊特爾琴彈了起來，開頭彈得很輕，像是在為自己演奏，而他彷彿深深地沉浸於音樂之中。琴聲漸漸響了起來，我們看看他，又看看四周的本地人，發現敵意的圍牆正在坍塌。先是啪嗒一聲，有人搬凳子，一張臉轉了過來，然後是第二張，第三張。老闆娘也遲遲疑疑地挪動腳步走近來，張開嘴出神地聽著，一手叉在腰上，另一隻手卻下意識地試圖把裙子的褶縐拉平一點。希斯彈完一曲抬起頭來，圍著他的一圈人全都熱烈地鼓起掌來，僵硬化成了溫暖，於是酒來了，問候來了，食物也來了。我忘不了那奇妙的琴聲。還有一次展現齊特爾琴的魅力是在墨里托火車站，發車的時間已經到了，希斯卻彈起了齊特爾琴，這一彈不要緊，結果乘客、司機、包括車站站長全都不顧一切地隨著琴聲跳起了舞，沒有人在意火車是否已經誤了點。齊特爾琴的魅力成了人與人之間最好的一種溝通形式，甚至完全超過了雄辯家的口才。在迷人的音樂面前，畫家該如何展示自己的魅力呢？

但是旅行並不總是浪漫的，當我們到達那個有五根巨指般的岩石拔地而起的窮村子彭特達提諾時，有一位老婦人前來請我們這些旅行家為村裏人帶話給已經在義大利掌權的墨索里尼：「你們若見到他就告訴他，我們很窮，沒有一眼泉水，也沒有土地能埋葬我們的死者。」我們無法帶話給墨索里尼，但是墨索里尼已經通過強大的宣傳機器把他要說的話帶給了我們，1935年義大利的政治氣候已經變得使人無法忍受了。我對政治不感興趣，我反對盲目的信仰崇拜，對虛假偽善嫉惡如仇，要我用藝術家的手法去傳達別人的政治意志是我不能做的。當我九歲的大兒子在學校被迫穿上法西斯青年制服時，我決定帶著全家離開義大利。

在離開義大利之前，我曾乘貨輪到過一次西西里南邊，處於地中海中心位置上的那個袖珍的島國馬爾他。正是在那裏，我碰到了我一生中的第二個情人——這次相遇對我的一生至關重要。

馬爾他，面積只有316平方公里，人口不過三十萬。島上高處是珊瑚石灰岩臺地，周圍是青灰粘土坡。島的西岸崖壁陡峭，東岸由於斯謝比納斯山伸入海中，兩側形成馬爾薩姆謝特灣和格蘭德港，正因為如此它才在航海者的眼裏有了價值。這個像我的性格一樣孤獨的小島一年之中輪流受著強勁的西北冷風、東北幹風和濕熱的東南風的吹拂，它的氣候是好的，冬季短而溫涼多雨，夏季乾旱炎熱，秋季溫暖濕潤，完全無霜、無雪，甚至連霧也沒有。這些都是我在地理書上得到的知識。這個小小的島國實在太小，以至於沒有足夠的地方容納河流和湖泊。連河與湖都沒有的這個國度裏還能有些什麼呢？有的只是那一點漂浮於地中海上的彈丸之地，在大比例的地圖上完全可以忽略不計。我之所以去那裏，完全是因為客隨船便，貨船需要靠港卸貨、裝貨，貨裝完了就起錨出發，停留不過一天而已。那本來應該是極其普通的一天，一個旅行者的生涯中一次漫不經心的停留。在我七十四年的生命中有過數萬個一天，但唯獨那一天以非常的姿態從時間中凸現了出來；並且我生命中的某一部分隨著停泊的船錨拋落以後，就永遠地留在了那裏，再也沒有收回來。

當我被錨鏈落下的震動驚醒，打開舷窗向外望去時，非常意外的，我在我看見的情景面前感到了一種強烈的旋暈，那是一種被幸福感所征服的，不可言說的，靈魂被攝去的感覺。這種感覺在此之前只發生過一次，那就是在義大利拉維洛的小客棧裏下樓梯時，第一次遇見葉塔。那時候葉塔是一位如花怒放的少女，每一朵花在開放的過程中都只有一個絕美的刹那，那個刹那恰好被我在下樓梯時看到了。而每一個藝術家的一生都會相逢一個隻在特定的時刻、只向特定的他展示出美的真諦的所在，與我相逢的這個地方就是坐落在法國灣和船舶修造廠灣之間狹小半島上，與首都瓦萊塔隔港相望的那座海濱小城。這座小城是用層層迭迭的石頭建築於層層迭迭的石頭之上的。馬爾他島上缺乏礦物資源，僅有石灰石可以用作建築材料，而石頭，恰是這個島上最動人的東西。我走上甲板，船長告訴了我它的名字，她叫森格里亞。

那一天我在森格里亞幹了些什麼？我下船，我站在岸邊的城堡上凝視著她的美，她的美似乎只為我一個人存在，對其他的居民和過客來說，那不過是極普通的生活場景，絲毫也用不著神魂顛倒。我注意到這座小城就像是一隻船，海邊的城堡是船艄與船舷，半山上的建築是甲板之上的船樓，而幾個飄著旗幟的圓拱形塔樓就是船上的桅尖。這艘船在空間中停泊著，卻在時間中行駛；短短的一天，它便帶我駛過了生命中的許多年頭。我走進了她的懷抱，那些石砌的狹街小巷，那些用石頭建造起來的密密層層的房屋於重迭中顯示出某種秩序和韻律，每一個門窗都對我散發出女人肌膚般的溫馨，就如同我把臉貼在葉塔的肩窩上聞到的那樣。這些房屋互相之間親密得就像是一個整體，它們確實也就是一個整體，象一座宮殿；因為島上有限的空間，每一座房屋都和別的房屋緊緊貼挨著，每一座房屋其實都是這座城市宮殿的一個部分。有一組帶涼臺的房屋特別引起了我的注意，一共有五層，最下面的一個涼臺的外面就是海邊的石岸，而最上面的那個涼臺上面，經過層迭起伏的屋頂的過渡，最後到達一個六棱形的圓頂塔樓。當我凝視這組涼臺的時候，第五層涼臺的百頁門打開了，從裏面傳出迷人的齊特爾琴聲的聲音，從那流淌出音樂的門洞的暗影中，先是出現了一株綠色的觀葉植物，像是大麻，不僅是因為葉子的形狀，還因為它在那一刻出現所具有的迷幻般的感覺。那迷幻更加誘人了，在綠葉的下方出現的是一張少女的臉，那不是能用漂亮這個詞來描繪的，她只在把那棵植物端到涼臺上來的那一刻翩然出現又稍縱即逝，給你留下無盡的回味。琴聲停了，少女消失了，涼臺上只有那株綠色植物的葉片在地中海的晨風中婆娑舞蹈。那一個瞬間的不可言喻的美讓我驚訝。經常驚訝的人是幼稚的，但我老是驚訝，驚訝是大地的食鹽。而這一粒鹽的晶體是如此動人，勝過所有王冠上的鑽石。

半天的時間在於小城的徜徉間度過了，剩下的半天，我用來寫生。我選擇了一個合適的視角，在畫面上收進了輪船的船艏，船艏般的城堡和遠處層層迭迭從海邊砌向山坡的平民的宮殿，宮殿的最高處就是那個六棱形的圓頂塔樓。那個涼臺已被畫面上密密麻麻的房屋和窗洞淹沒了，但我知道它在那裏，就在那個塔樓之下，涼臺上的百頁門正詩意無比地洞開著，裏面有琴聲湧出，少女顯現，涼臺上那盆植物纖細的腰肢上，嫩綠色的葉片正在風中招展。

一切都如一場夢幻。如果沒有這張寫生稿，我怎麼能證明我到過馬爾他，在那極不真實的一天裏，我相逢了我的情人森格里亞。

其實這張寫生稿又能證實什麼？我一向認為素描是幻覺。它雖然只有平面，但能表現立體；它是在現實世界中畫出來的，卻能顯示出在這個世界上並不存在的東西。只要你畫，幻覺就難於避免。你不能用一個幻覺去證實另一個幻覺。很多年以後，我畫了一幅石版畫《畫畫的雙手》：一隻手握著鉛筆在畫著另一隻手的素描，筆尖下只是襯衣袖口簡單的線條，但是從袖口裏伸出來的手卻越來越細緻真實，它伸出紙的平面，那就是一隻真正的手；那只手也同樣握著鉛筆在畫，畫的是正在畫它的這只手。兩隻手都是幻覺，誰也無法證實對方。

離開義大利，我們搬到了葉塔的家鄉瑞士，在那裏的於克斯城住了一年多。瑞士沒有法西斯的空氣，但是也沒有地中海溫暖而濕潤的風，這裏的風景激不起我的靈感，到處是白茫茫一片的雪地。我雖然也創作過瑞士雪景的石版畫，但我內心深處和這環境格格不入。這裏的群山像一大堆毫無表情、毫無生命的大石頭。這裏的建築太規則，到處像衛生所一樣乾淨，缺乏對想像力的刺激。一切都與南義大利地中海沿岸的自然風光相去太遠，這裏沒有海。而我思念大海到了著魔的程度。一天夜裏我已入睡，卻被一陣嘩嘩的水聲驚醒，我以為那是海潮，是海水湧到了我身邊，後來才知道那是葉塔在洗頭髮時弄出來的聲響。這更加激起了我對大海的嚮往，對於一個孤僻的局外人來說，還有什麼比大海更富有魅力呢？小船的前甲板，歡躍的魚兒，漂浮在大海上空的雲朵，海浪嬉戲追逐，海上氣象的驟變，那一切都令我陶醉。第二天，我便給康帕尼的一個專門為地中海上的貨輪組織少數遊客的協會寫信，我給這個協會提了一個建議：我，版畫家埃舍爾，與妻子在地中海上旅行一圈，用旅行中所創作的版畫來支付旅行費用。版畫共四幅，每幅印十二張，一共四十八張。這個離奇的建議竟被接受了！這個協會中沒有人認識我，或許是因為其中有誰對版畫懷有特殊的興趣。

就這樣，我又開始了地中海上的旅行。我從義大利逃到瑞士是為了避開那裏日漸濃郁的法西斯空氣；而從瑞士逃出則是為了呼吸地中海上溫濕的海風。1936年6月，在初次相逢一年多之後，我又隨著貨輪來到了馬爾他，仍然只有一天，與我永恆的情人再次相遇。貨輪停靠在森格里亞對面的碼頭上，我不能走進小城去扣訪那個夢中的涼臺，只能隔著一道港灣重繪舊景。雖然換了一個視角，畫面上依然有載我而來的輪船，依然是船艄般的城堡，層層迭迭的建築，密密麻麻的房屋。這個小城使我情有獨鍾，一定有什麼地方特別迷人，一定有！但是我卻說不出來。是那個涼臺嗎？因為距離太遠，我無法把它從眾多的房屋和窗洞中分辯出來，但我知道它就在那裏，從海邊的石岸向上數第五層，在那個高聳於宮殿之上的圓拱形塔樓的下面。涼臺上的百頁門詩意地洞開著，裏面有音樂湧出，少女顯現，盆栽植物那纖細的腰肢上，嫩綠色的葉片正在風中婆娑起舞。

哦，迷人的森格里亞，第一次，我意外地親近了你的肌膚；第二次，我只能遠遠地眺望你的容貌。我們還會有第三次相逢嗎？此時的我，依然無法明確地表述出你所蘊含著的那種美，但是我明白，一粒奇妙的種籽已經在我的生命中著床，在我的畫中，有一種神奇的東西已開始出現。在以後的歲月中，我將一次又一次地走近你，而你也將一次又一次地在前方等著我。

那次地中海之行後的1937年到1945年，是我繪畫的變形轉化時期。畫於37年的《變形轉化I》，畫面上是一個森格里亞風格的小城市中的房屋，通過走向立體的變形，最後變成了一個東方小人的變形轉化過程。38年我畫了《大氣與水》，在畫面上，大氣與海水互相融合著，魚向上升騰變成了鳥；鳥向下沉降變成了魚。我把這幅象徵著與過去的畫作有了質的改變的作品送給了我的老師麥斯基塔，他把它掛在自家的門上。他的一位來訪的朋友見了大為讚賞，激動地對他說：「沙繆，這是我所看到你的作品中最出色的一幅！」老師後來平靜地對我講述了這件事，作為對我的獎賞。我這一時期的代表作應該是《晝與夜》：晝與夜互相融合又互相間離著；方形的田塊向上延伸變成了鳥群；鳥群分為黑白兩色；黑夜的群鳥飛進了白晝而白晝的鳥群飛進了黑夜。在相逢中融合，在間離中思念，這一切都是因為有了在地中海上與森格里亞邂逅相遇的那兩天。

在初次相逢的十年以後，當我要創作一幅重要作品時，我想起了森格里亞，想起了那時候說不清楚的那種特別迷人的東西。穿過十年的時光，越過陸地和海洋，我又看見了那個涼臺，百頁門詩意地洞開，音樂湧出，少女顯現，綠葉在風中舞蹈。在這種洞見中，那個涼臺頓時就從那座小城背景上層層迭迭密密麻麻的房屋中凸現了出來，那些石頭都變成了活的肌體，某一塊肌肉中充滿了熱烈的血液，它就會溫暖地膨脹起來。於是那個涼臺占滿了我的心胸，因而也占滿了畫面的中央。就這樣，《涼臺》，一幅傑作誕生了。在它被畫出來的時候，我的老師麥斯基塔和他的家人已經死於納粹的集中營裏。在我找到的一幅老師的遺作上面，留有德國兵鐵釘靴子的腳印。而地中海中央馬爾他島上的那座美麗絕倫的港口小城森格里亞，也在戰爭中幾乎被炸為平地。

《涼臺》產生之後的1946年到1956年，是我的畫在透視學上的探索時期。在46年創作的《另一個世界》中，我把天點、地點和遁點集中成了畫面中心的那一個點。你既是在高空俯瞰大地，又是從地面仰望天庭，同時你的目光還是沿著一條平直的長廊，一直消逝於地平線的盡頭。當然，更為恰當的代表作應該是《上與下》，依然是在森格里亞小城中可以見到的那種風格的建築，但富有意味的是：一座拱形建築的天花板，同時又是另一座拱形建築的地面磚。上和下都成了一個相對存在的遁點。但是在創作這一時期最成功最富有表現力的作品時，受靈感的指引我又一次借助了當年在森格里亞畫的素描寫生。

這幅作品就是《畫廊》：依然是森格里亞式的海濱房屋，畫面的左下角是一個畫廊的入口，在入口處，一個青年正在出神地看畫，他在看著的這幅畫，是海濱小城的風景，畫的最下部是一艘船，左上方是沿岸層層迭迭的房屋，目光沿著這些房屋右移，房屋綿延開來，到最右面時是一幢角樓，而角樓臨街的屋簷下正是這個畫廊，在畫廊的入口處，那個青年人正在出神地看畫……整個畫面是一種奇特的幻覺。那幅畫掛在畫廊裏，畫廊又在那幅畫裏；青年人在畫廊裏看畫，青年人又在畫廊的畫裏。

又是十年過去了，森格里亞再次把她神秘的美展現在了我的前方。生命就像血液，流出心臟又流入心臟。當我們活著時，我們是在世界肌體的血管裏循環；在我們沒有出生之前和當我們死後，我們又回到了宇宙那無形的心臟裏。在這幅畫裏有一種迴旋往復的東西，我的生命註定了將一次又一次地與森格里亞相遇。

在《畫廊》以後的歲月裏，我的畫又開始向無止境的畫境推進。但是我最珍愛的一幅作品還是那個畫廊，那是我的思維和塑造形式最外在的界限。但是這幅畫並不是無可挑剔的，如果仔細地讀它，你就會發現畫面中心的那個不好處理的空洞，我只能在那裏寫下年份、名字和作品號，那是上帝留下的破綻，我無力填補。人們追求完美，卻永不可及，藝術也需要一個遁點。

又一個十年過去了，1957年，我又在地中海的一條貨船上呆了六個半星期，希望能再次相逢森格里亞。但是沒有能夠，這條船不去馬爾他。但是無論如何，坐船在地中海上航行是我的理想，這艘理想的老貨輪竟有一個相應的名字「月亮號」。月亮象徵著平淡無奇，大部分人都這樣認為。沒有人為它懸掛在天空而感到吃驚，一塊大圓盤掛在那兒，滿月時街上或許亮些，月缺時就連一盞街燈都頂不上。然而列奧那多・達・芬奇曾這樣描寫過月亮：「結實、沉重的月亮，呵，月亮！」結實、沉重，他用這幾個詞就是要表達一種令人氣促的驚訝，它傳染給我們，當我們注視月亮時，我們便會感到這個大得令人生畏的圓球竟在空中浮著。我借了船長的望遠鏡看月亮，從鏡筒中看去月面上凸凹不平石頭給我的撞擊，就像當年從舷窗中第一眼看見森格里亞。石頭是它上面最溫柔的東西。「月亮號」載著我這個意志薄弱者越過馬爾馬拉到達古城拜占庭。這座昔日的世界之城有一百五十萬人口，像螞蟻似地在城市裏湧動著。沿海有很多拜占庭式的小教堂在椰子樹的掩映下享受著龍舌蘭的芬芳……那種情景真是迷人。但是在我心中更迷人的地方，是那個全是用石頭砌成，只在某個涼臺上才能看到一棵觀葉植物的馬爾他小城森格里亞。

也許我與同代畫家們追求的根本就不是一個目標。他們著力表現的是欲望和情感，而我感興趣的是理念。理念中並不是沒有溫馨的東西，在我的理念世界裏有一個最溫馨的地方，就是漂浮於地中海中心的那個極小的島國上的那個極小的小城，那個全部用溫柔的石頭砌起來的宮殿與城堡。

有一位喜歡我的畫的人從美國寄來一封信：「埃舍爾先生，謝謝你的存在！」

我也要說：「謝謝你的存在，森格里亞！在這個實有的世界之外，在那另一片海洋之上，我想我們還會再次相逢。」

釀文學16　PG0551

莫格爾少校
──小說集

作　　者　鄧海南
主　　編　蔡登山
責任編輯　林千惠
圖文排版　賴英珍
封面設計　陳佩蓉

出版策劃　釀出版
製作發行　秀威資訊科技股份有限公司
114 台北市內湖區瑞光路76巷65號1樓
電話：+886-2-2796-3638　傳真：+886-2-2796-1377
服務信箱：service@showwe.com.tw
http://www.showwe.com.tw
郵政劃撥　19563868　戶名：秀威資訊科技股份有限公司
展售門市　國家書店【松江門市】
104 台北市中山區松江路209號1樓
電話：+886-2-2518-0207　傳真：+886-2-2518-0778
網路訂購　秀威網路書店：http://www.bodbooks.com.tw
國家網路書店：http://www.govbooks.com.tw
法律顧問　毛國樑　律師
總 經 銷　聯合發行股份有限公司
231新北市新店區寶橋路235巷6弄6號4F
電話：+886-2-2917-8022　傳真：+886-2-2915-6275

出版日期　2011年6月　BOD一版
定　　價　290元

Printed in Taiwan

國家圖書館出版品預行編目

莫格爾少校：小說集 / 鄧海南著. -- 一版. -- 臺北 市：
釀出版, 2011.06
面； 公分. --（語言文學類；PG0551）
BOD版
ISBN 978-986-6095-11-5（平裝）

857.63 100006086

讀者回函卡

感謝您購買本書，為提升服務品質，請填妥以下資料，將讀者回函卡直接寄回或傳真本公司，收到您的寶貴意見後，我們會收藏記錄及檢討，謝謝！
如您需要了解本公司最新出版書目、購書優惠或企劃活動，歡迎您上網查詢或下載相關資料：http:// www.showwe.com.tw

您購買的書名：________________________________

出生日期：________年________月________日

學歷：□高中(含)以下　□大專　□研究所(含)以上

職業：□製造業　□金融業　□資訊業　□軍警　□傳播業　□自由業
　　　□服務業　□公務員　□教職　□學生　□家管　□其它____

購書地點：□網路書店　□實體書店　□書展　□郵購　□贈閱　□其他

您從何得知本書的消息？
　□網路書店　□實體書店　□網路搜尋　□電子報　□書訊　□雜誌
　□傳播媒體　□親友推薦　□網站推薦　□部落格　□其他________

您對本書的評價：（請填代號　1.非常滿意　2.滿意　3.尚可　4.再改進）
　封面設計____　版面編排____　內容____　文／譯筆____　價格____

讀完書後您覺得：
　□很有收穫　□有收穫　□收穫不多　□沒收穫

對我們的建議：________________________________

____

____

____

請貼
郵票

11466
台北市內湖區瑞光路 76 巷 65 號 1 樓
秀威資訊科技股份有限公司 收
BOD 數位出版事業部

....

（請沿線對折寄回，謝謝！）

姓　　名：＿＿＿＿＿＿＿＿　年齡：＿＿＿＿　性別：□女　□男

郵遞區號：□□□□□

地　　址：＿＿＿＿＿＿＿＿＿＿＿＿＿＿＿＿＿＿

聯絡電話：(日)＿＿＿＿＿＿＿＿＿＿　(夜)＿＿＿＿＿＿＿＿＿＿

E-mail：＿＿＿＿＿＿＿＿＿＿＿＿＿＿＿＿＿＿